시인 없는 한국

시인 없는 한국

초판 1쇄 인쇄   2010년 09월 10일
초판 1쇄 발행   2010년 09월 17일

지은이 | 김영범
펴낸이 | 손형국
펴낸곳 | (주)에세이퍼블리싱
출판등록 | 2004. 12. 1(제315-2008-022호)
주소 | 157-857 서울특별시 강서구 방화3동 316-3 한국계량계측회관 102호
홈페이지 | www.book.co.kr
전화번호 | (02)3159-9638~40
팩스 | (02)3159-9637

ISBN 978-89-6023-432-1   03810

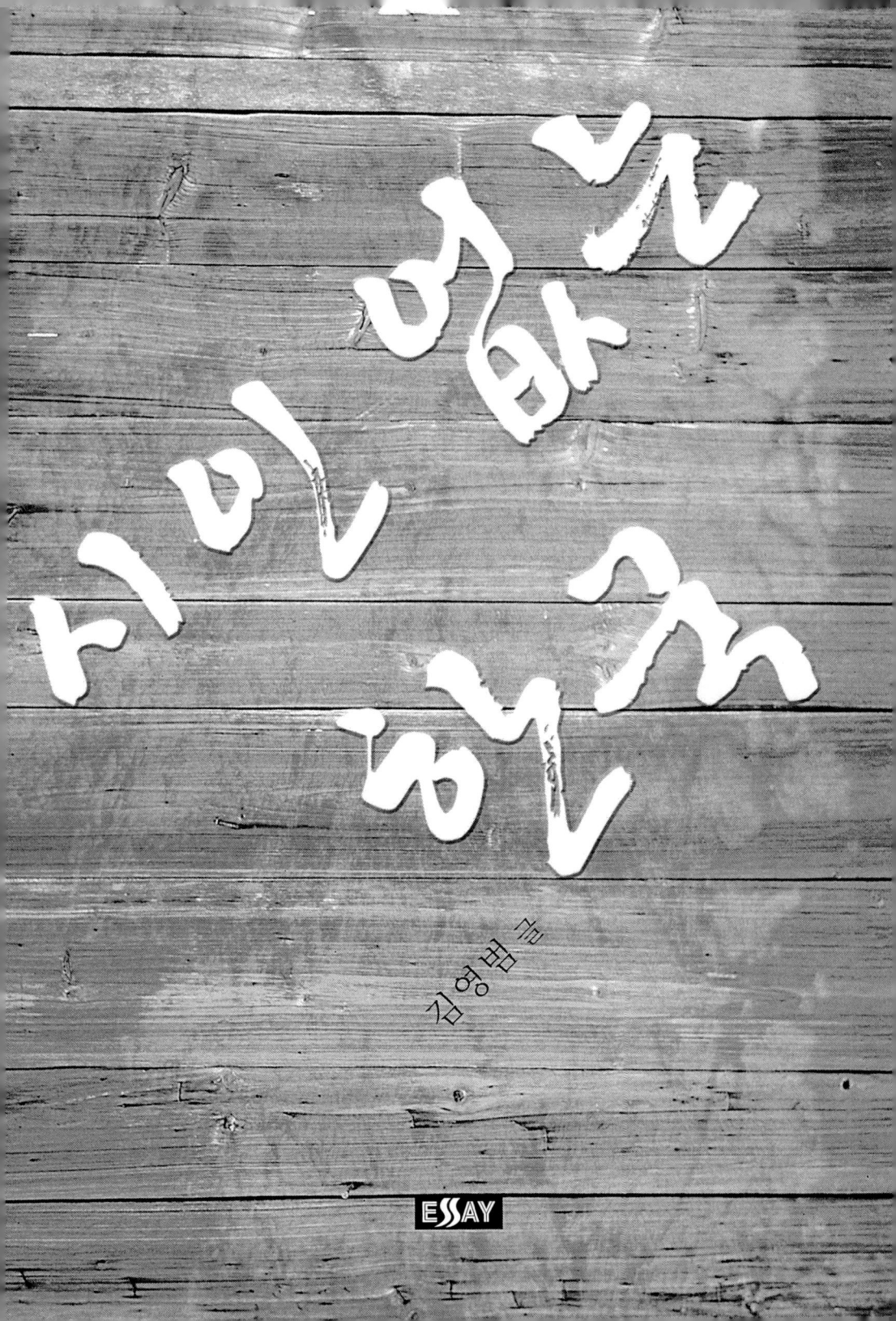

프롤로그

　시를 운문이라고도 하듯 시에서 가장 중요한 요소는 운율(韻律)이지요. 그 이유는 시와 운율의 관계 때문이고요. 시와 운율이 관계는 서로 떨어져서는 존립조차 불가한 관계지요. 인간의 몸을 예로 든다면 신체와 영혼 같은 관계라고 할 수 있지요.

　쉽게 설명하면 운율의 정체는 신체(문장)를 구성하는 낱말들의 결합 속에 포함되는 뜻을 전달하는 방식인 언어(言語)적 의미에 즌재하는 것이 아니라는 것이죠. 신체 속에서 생성되는 영혼(운율)이라는 존재처럼 언외(言外)의 의미니까요.

　운율의 정체는 시라는 문장(신체) 속에 존재하기는 하지만 문장(신체)을 구성하는 실체적 존재인 언어의 의미가 아니라서—미당 선생의 〈자화상〉처럼—언어적 의미의 통일성을 중심으로 완성된 문장은 시인의 시라고 할 수 없다는 뜻이지요.

　속에 지니고는 있으나 드러나지 않는 정체인 운율은—신체 속의 영혼처럼—언외의 의미로 존재하는 정체여서 그 실체가 언어적 의미에서 유추되거나 추상적으로 존재하는 것이 아니거든요.

　이해하기 쉽게 말하면 개념적인 것이거든요. 그렇기 때문에 음률(리듬)

과는 아무런 연관성조차 있을 수 없지요. 헌데 현재 대한민국 교육에서는 현대시의 운율과 음률(리듬)을 동일시하지요. 그것이 대단히 잘못된 지식의 오류인지도 모른 채요. 운율의 정체는 속에 지니어 드러나지 않는(함축된) 한 개념(내포)이 형상화되는 것인데요.

우리는 흔히 시는 운율적으로 형상화되어야 한다고 하지요. 이 말은 곧 운율적으로 형상화되지 않은 작품은 시라고 할 수 없다는 뜻과 같지요. 다시 말하면, 습작 단계도 탈피하지 못한 아마추어들의 시는 전문성을 요구하는 것이 아니기에 그저 시처럼 생긴 문장이면 되겠지만, 전문성을 요구하는 시인의 시는 반드시—운율적으로 형상화해야만 된다는—장르 고유의 특성을 충족시켜야 하지요.

시인들이 장르 고유의 특성을 충족시켜야 하는 이유는, 시와 운율의 독특한 관계상 장르적 특성을 충족시켜야만 진정 시인의 경지에 도달했다는 사실을 입증하는 것이거든요. 해서 습작 단계의 작문과는 명확히 다른 시인의 시는 반드시 운율적으로 형상화되어야 하는 것이지요. 더구나 등단한 시인은 시인이라는 사회적 신분에 맞게 습작 단계를 탈피한 수준임을 작품으로 증명해야 할 의무도 있는 것이고요.

시인의 시는 진정 시인의 경지에 도달한 시인의 시임을 증명할 증거로—습작 단계를 탈피했음을 보여주어야 하므로—작문과 다른 수준임을 입증해야 할 책임도 있는 거잖아요.

현재 우리나라 교육에서는 운율과 음률(리듬)을 동일한 것으로 가르치는데, 만약 운율과 음률(리듬)이 동일한 것이라면 그 진정성을 증명할 수 있어야겠지요. 예를 들면 이상님의 시 〈오감도 1〉이 운율 시인지 무운 시인지 증명할 수 있어야 한다는 것이죠.

다시 설명하면 이상님의 〈오감도 1〉은 운율 시 문장이고, 정지용 선생의 〈향수〉는 무운 시 문장이라면 왜 〈오감도 1〉은 운율 시이고 〈향수는〉 무운 시인지를 구체적으로 입증할 수 있어야 하는 것 아니냐는 것이죠.

정지용 선생의 〈향수〉가 왜 무운 시인지 구체적으로 제시할 수 있나요? 우리는 왜 교육을 받았으면서도 어떤 작품에 어떤 운율이 내재되어 있는지를 구체적으로 제시할 수 없는 걸까요? 이렇게 적용할 수도 없는 지식이 진정 진리를 탐구하는 학문적 지식으로 합당한 걸까요?

운율과 음률(리듬)이 동일한 것이고, 운율의 정체가 음수율 같은 것에 의해 결정되는 것이라면, 이상님의 〈오감도 1〉이나 김수영닐의 〈눈〉 같은 시가, 운율 시인지 무운 시인지 정확히 분류할 수 있어야 하는 것 아닌가요. 특히 시인이나 문학박사, 비평가 등 전문가들이라면 더더욱 구체적으로 증명할 수 있어야 하는 것이잖아요. 헌데 작금의 실정은 어떤가요. 이상님의 〈오감도 1〉 같은 훌륭한 구어체 시가 존재할 수도 없는 추상적·상징적 시로 매도되고 있을 뿐이지요.

근래에 들어서는 운율은 옛날에나 따졌지 지금은 따지지 않는다는 기만적 궤변이 마치 진리적 진실이나 되는 듯 대세를 이루는 것 같더군요.

시와 운율은 태생적으로 서로 떨어져서는 존립조차 불가한 관계라서 시는 반드시 운율적으로 형상화되어야 하는 것인데, 운율의 정체를 명확히 입증하지 못해―시라는 문장 자체가 운율적 의미의 한 덩어리가 되는 것이라서 시의 전부라 해도 과언이 아닐 만큼 가장 중요한 핵인데―옛날에나 따졌지 지금은 따지지 않는다는 궤변에 농락당하면서도, 농락당하는 줄도 모르는 채 증명할 수도 없는 거짓 지식을 진실처럼 숙지하고 있는 것이요.

혹시, 시는 구어체로 써야 한다는 말을 들어보셨나요? 세계적인 대문호인 워즈워스(Wordsworth) 같은 영국 시인은 수백 년 전부터 시는 구어체로 써야 한다고 주장했다는데, 그 이유가 무엇일까요?

만약 훌륭한 구어체 시 작품을 제시해보라 한다면, 어느 시인의 어떤 작품을 들 수 있겠습니까?

어느 유명 시인은 "구어(口語)란 곧 입말이다. 그러므로 구어체 시란 입말로 쓴 시를 말한다."고 하던데 진정 그럴까요? 만약 그렇다면 우리 귀에 익숙한 시들 중 김영랑님의 〈모란이 피기까지는〉이나 이상님의 〈오감도 1〉은 구어체 시일까요, 아닐까요?

교육과정에서 오랜 세월 시에 대한 교육을 하면서도 우리의 교육 현실은 왜—이상님의 〈오감도 1〉이나 김영랑님의 〈모란이 피기까지는〉 같은 작품이 구어체 시라면—이런 작품이 바로 구어체 시라는 증거로 명확히 입증하지 못하는 걸까요?

혹시 교육하는 지식에 문제가 있는 건 아닐까요? 만약 현재 학교에서 가르치는 시에 대한 지식에 큰 잘못—지식의 오류—이 있다면 어찌 해야 할까요?

전 시에 대한 진실을 밝히고자 한답니다. 현재 우리가 배우는 지식에는 운율의 정체를 비롯해 구어체 시란 의미, 내재율, 율격뿐만 아니라 운문에 대한 정의 등등 정확히 증명해야 할 학문적 지식에 대한 오류가 너무 많거든요.

1. 시와 습작의 변별성은?

(미당 선생의 〈자화상〉은 진정 시인의 경지에 도달한 시인의 작품으로 부족함이 없는 수준일까요?)

애비는 종이었다. 밤이 깊어도 오지 않았다.

파뿌리 같은 늙은 할머니와 대추 꽃이 한 주 서 있을 뿐이었다.

어매는 달을 두고 풋살구가 꼭 한 대만 먹고 싶다 하였으나

흙으로 바람 벽한 호롱불 밑에

손톱이 까만 애미의 아들

갑오년(甲午年)이라든가 바다에 나가서는 돌아오지 않는다 하는

외할아버지의 숱 많은 머리털과

그 크다란 눈이 나는 닮았다 하다.

스물세 해 동안 나를 키운 건 팔할(八割)이 바람이었다.

세상은 가도 가도 부끄럽기만 하더라.

어떤 이는 내 눈에서 죄인을 읽고 가고

어떤 이는 내 입에서 천치(天痴)를 읽고 가나

나는 아무것도 뉘우치진 않을란다.

찬란히 틔워 오는 어느 아침에도

이마 위에 얹힌 시(詩)의 입술에는

몇 방울의 피가 언제나 섞여 있어

볕이거나 그늘이거나 혓바닥을 늘어뜨린

병든 수캐마냥 헐떡거리며 나는 왔다.

(서정주의 〈자화상〉 전문)

이 작품은 현재 교육용 교재에 시로 등재되어 있는 작품으로, 미당 선생의 대표작 중 하나로 꼽히기도 하는데, 이 작품은 진정 교육용 교재에 시인의 시로 등재되기에 부족함이 없는 수준일까요?

우린 이미 오래전부터 학교에서 시에 대한 학문적 요지―주제니 성격이니 하는 따위―들을 배워왔지요. 학교에서 배우는 학문적 요지는 작품성을 증명 하는 증거라 할 수 있는데, 현재 교육을 통해 배우는 학문적 요지는 틀림이 없는 걸까요?

김영랑님의 〈모란이 피기까지는〉으로 예를 든다면, 현재 가르치는 주제가 '소망의 성취에 대한 기다림'이고, 성격은 '낭만적, 탐미적'이라 하는데―인터넷에서 발췌함―이와 같이 가르치는 학문적 요지가 부정할 수 없는 진리적 진실의 주제며 성격이냐는 것이죠.

교육은 백년지대계라고들 하는데 현재 가르치는 학문적 지식들이 잘못된 오류의 것들이라면 심각한 문제 아니겠습니까.

서로 떨어져서는 존립조차 불가한 시와 운율의 독특한 곤계상 시는 반드시 운율적으로 형상화가 되어 있어야 한다는 것이 장르적 특성이지요. 그렇다면 당연히 장르적 특성에 입각해 형상화된 운율의 정체가 파악되어야 학문적 요지들도 정확히 알 수 있는 것이지요.

쉽게 예를 들면 〈모란이 피기까지는〉의 학문적 요소를 알려면, 〈모란이 피기까지는〉에 형상화되어 내재된 운율의 정체를 명확히 파악해 제시할 수 있어야 정확한 것이 아니냐는 것이죠. 즉, 〈모란이 피기까지는〉의 운율을 파악해 보았을 때 드러나는 주제는 '소망의 성취에 대한 기다림' 이 아니라 '조국의 독립을 갈구함' 이고, 성격 역시 '낭만적, 탐미적' 이 아니라 '염원시류' 라면, 기존의 학문적 지식과 완전히 다른데 어떤 것이 진실이겠습니까.

학문이란 기본적으로 진리적 진실을 전제로 하는 논리이므로 인터넷에서 발췌한 것과 제가 제시한 주제와 성격 중 어느 것이 진실인지 규명할 수 있어야 학문적 논리에 부합되는 것이겠지요.

시에 대한 진실을 규명하고자 한다면—시는 운율적으로 형상화해야만 한다는 시와 운율의 독특한 관계상—먼저 운율의 정체를 정확히 알아야겠지요.

현재 대한민국에서는 현대시의 운율(韻律)과 음률(리듬)을 동일하게 취급하고 있는데, 이렇게 증명할 수도 없는 주먹구구식 지식이 문제지요. 현대시에서 말하는 운율의 정체는 함축적·내포적 문장 속에 형상화되어 내재되는 존재라서, 음률(리듬)과는 아무런 연관성조차 있을 수 없다고 분명히 나와 있는데요.

생각해보세요. 내재라는 사전적 뜻은 [사물(시)을 규명할 수 있는 원인(운율)이 그 사물(시) 속에 있음]이고, 내포(한 개념)적으로 내재되는 운율(韻律)의 정체가 어찌 음률(리듬)적인 것이 될 수 있겠는지.

사물(시라는 사물)을 규명할 수 있는 원인(운율)이 그 사물(시라는 사물)에 있어야 한다는 뜻은, 곧 시라는 문장은 작품 속에서 운율의 정체가 증명되어야 그것을 증거로 시임이 입증된다는 논리이므로 시라는 문장은 반드시 함축적·내포적 문장 속에 형상화된 운율이 증거로 드러나야 시인의 시로 하자가 없는 것이란 뜻이 아니냐는 것이죠.

앞에 제시한 미당 선생의 〈자화상〉으로 예를 든다면, 만약 미당 선생의 〈자화상〉이 운율적으로 형상화되지 않은 문장이라면, 내용이 아무리 훌륭하다 해도 시인의 시가 될 수 없다는 논리이죠. 시인의 시는 최소한—운율적으로 형상화되어야 한다는—장르적 특성은 충족시켜야 하니까요.

시라는 문장 속에 내재되어 존재하는 운율의 정체는, 문장을 구성하는 언어(言語)의 의미에서 드러나는 존재가 아니라, 시인이 인위적으로 형상화한 언외(言外)의 의미에서 파악되는 정체이기 때문에 음률(리듬)과는 아무런 연관성조차도 있을 수 없다는 말이지요. 리듬적 존재가 아니라 의미적 존재이니까요.

현대시에만 존재하는 운율이라는 정체는 인위적으로 형상화해야 하는 의미적 존재이기 때문에 시는 반드시 운율을 파악해보아야 주제나 성격 같은 학문적 요점들을 정확히 제시할 수 있지요. 즉, 〈모란이 피기까지는〉에서 파악한 두 가지 제시 중 전자의 학문적 요지는 내재된 운율은 파악도 못한 채 언어의 의미 중심으로 조직된 문장에서 유추할 수 있는 주제와 성격이고, 후자는 시인이 장르적 특성에 입각해 인위적으로 형상화해 내재시킨―언외(言外)의 의미에서 드러나는―운율의 정체를 파악해 제시한 것이라면, 운율적으로 형상화해야 한다는 시와 운율의 독특한 관계상 후자가 정확한 것인데, 후자가 옳은 것이라는 사실을 입증할 수 있는 교육이 되어야 진리적 진실을 탐구하는 학문의 취지에 맞는 게 아니냐는 것이죠. 또한 후자가 정확한 학문적 지식이라면 작금의 교육은 근원적으로 잘못된 불량지식을 진리적 지식처럼 가르치고 있다는 문제가 야기되기도 하는 것이고요.

수학 문제를 풀 때 공식에 어긋나면 잘못된 점을 규명할 수 있지요. 만약 시도 수학공식처럼 시인의 시와 습작 단계도 탈피하지 못한 수준을 규정하는 서식이 있다면 어떨까요? 장르적 특성 같은 학문적 조건에 부합되는 문장인지 아닌지 정도는 증명할 수 있겠지요.

시인의 시와 시인의 경지에 도달하지 못한 습작 단계의 작품은 분명 그 수준이 다르기 때문에 습작 수준을 탈피한 이들에게는 시인이라는 특별한 사회적 신분을 부여해 온 것 아니겠습니까. 그렇다면 습작 단계도 탈피하지 못한 수준과 시인의 시는 뚜렷이 다른 변별성을 분명히 제시할 수 있는 규정된 서식 같은 것이 있을 수 있지요. 단, 수학공식처럼 규정된 서식이 있어도 그 서식을 정확히 몰라 습작 단계와 시인의 경지를 제시하지 못하는 것일 수도 있는 것이니까요.

미당 선생의 〈자화상〉처럼 한 시대를 대표할 만큼 유명한 시인의 작품이라 해도, 진정 시인의 시로 부족함 없는 작품인지 아닌자를 정확히 판단할 수 있는 증거로 증명할 수 있어야만 명성 같은 외형적 인지도에 치우치지 않고 작품의 진정성을 확인할 수 있는 것 아니겠습니까.

　외적 인지도 같은 것에 치우치지 않아야 작품의 진정성이 보다 명확히 규명되는 것이지요. 다시 말하면 인지도와 상관없이 작품의 진정성이 정확히 파악되는 방식이 바로 진리적 진실을 추구하는 이상적인 형태라는 것이죠.

　한번 생각해보세요. 신춘문예처럼 권위를 인정받는 통로를 통해 등단한 이들이나 현재 인기를 누리는 유명 시인들이 발표한 작품은 다 시인의 시로 부족함이 없는 걸까요? 만약 부족함이 없다면 시라는 작품 속에서 분명히 증명이 되는 운율을 증거로 시인의 시임이 입증되어야 하는 것이 시라는 장르이므로 적어도 문학박사나 시인, 비평가 같은 전문가라면 구체적으로 제시할 수 있어야 하겠지요. 제가 〈모란이 피기까지는〉에서 운율의 정체를 파악해 제시한 것처럼 말이죠.

　앞에서 내재라는 뜻을 들어 설명했듯이 내재에 부합되는 시가 되려면 반드시 형상화된 운율의 정체가 드러나야 하는 것으로 규정된 장르이므로 운율의 정체를 파악했을 때 드러나는 학문적 요소들을 제시해야만 작문이 아닌 운문(시)의 요점을 파악했다고 할 수 있는 것이란 말이지요.

　'형상화'란 사전적 의미는 [예술 활동에서 구체적인 형(形)을 취한 상(像)을 그리는 일]이므로 곧, 내재된 운율이 구체적인 모양으로 드러나야 한다는 정의이지요. 이처럼 이해력을 필요로 하는 시에 관련된 낱말들은 그 뜻을 명확히 숙지해야 하는데, 내재니 형상화니 하는 시에 관련된 사전적 뜻을 정리해보면, 속에 지니어 드러나지.않는(함축된) 한 개념(내포)인 운율의 정체가 구체적인 모양을 취하고 있음(형상화)이 증명되어야(내재) 하는 것이라서, 시는 함축적·내포적 문장 속에 형상화된 운율이 내재되어 있어야 한다고 하는 것이지요. 즉, 함축적·내포적 문장 속에 형상화된 운율이 내재되어 있어야 한다는 뜻은, 곧 시라는 문장이 어떠해야 하는지를 간단명료하게 규정하는 구체적인 서식이라는 것이지요.

시에서 말하는 '형상화'란 정지용 선생의 〈향수〉의 내용처럼, 지구상에 존재하는 어떤 형태나 상태 같은 것들을 서술적으로 묘사하는 것이 아니라, 감각적인 것이나 심중의 관념—애국적 식견 같은 무형(정신적인)의 것—을 문자라는 도구를 이용해 그 형체[形]가 구체적인 모양[像]을 취하게 유형화하는 것이니까요.

이해가 잘 안 된다면 먼저 형상화니, 내재니 함축이니, 내포니 하는 시와 관련된 사전적 의미들을 정확히 숙지해보세요. 그러면 앞서 설명한 것처럼 운율이라는 정체는 함축적·내포적 문장 속에 형상화되어 내재되는 의미적 존재이기 때문에, 추상적인 성질이 아니라 구체적인 모양을 취한 형태로 규명되어야 한다는 것을 알 수 있을 겁니다. 또한 습작 수준 이하의 작문이 아니라 진정 시인의 경지에 도달한 시인의 시는 시라는 문장 속에 내재된 운율로 시인의 시임을 입증해야 하는 것이라는 사실도 깨달을 수 있을 테고요. 헌데 불행하게도 작금의 대한민국의 현실은 시에 없어서는 절대 안 되는 운율을 열외 시키는 방향으로 가고 있지요. 운율은 예전에나 따졌지 지금은 따지지 않는다며 사장시켜버리려 하고 있지요.

시라는 장르는 운율적으로 형상화해야 한다는 규정된 서식에 따라야 하는 장르이기 때문에 운율이 존재하느냐 존재하지 않느냐에 의해 습작 단계도 탈피하지 못한 수준인지 진정 시인의 경지에 도달한 시인의 시인지를 규명할 수 있다는 것인데, 오랜 세월 운율의 정체가 왜곡되다보니 이제 대한민국은 운율이 없어도 된다는 미개함 쪽으로 퇴보하는 것이지요.

작품을 예로 들어 설명한다면 미당 선생의 〈자화상〉은 습작 단계도 탈피하지 못한 수준이고, 같은 제목인 윤동주님의 〈자화상〉은 진정 시인의 경지에 도달한 시인의 시라 한다면, 작품 속에 형상화된 운율의 정체를 근거로, 습작 수준을 탈피한 시인의 시와 습작 단계도 탈피하지 못한 수준임을 증명할 수 있다는 것이지요.

두 작품의 변별성을 간단하게 설명하면 미당 선생의 〈자화상〉은 운율적으로 형상화된 작품이라 할 수 없고, 윤동주님의 〈자화상〉은 운율적으로 형상화해야 된다는 서식에 따라 완성된 작품이란 것이죠. 그러므로 미당 선생의 〈자화상〉은—장르적 특성을 충족시키지 못한 작품이라—습작 단계도 탈피하지 못한 수준이고, 윤동주님의 〈자화상〉은—장르적 특성을 충족시킨 작품이라—시인의 시로 하자가 없는 것이란 말이지요.

쉽게 말하면 미당 선생의 〈자화상〉은 시 형태의 문장이기는 하지만 그저 시의 형식만 빌려다 쓴 작품이라—수학공식처럼 규정된 서식을 따랐을 때 내재되는 운율의 정체를 구축하지 못해—시인의 시라 하기에는 부족하다는 뜻이죠. 그런데도 미당 선생의 〈자화상〉 같은 작품이 교육용 교재에 시로 등재되어 교육 되어도 아무 문제가 없는 게 작금의 대한민국의 교육 현실이지요.

아무런 연관성도 없는 운율과 음률(리듬)을 동일시하다 보니 시인의 시라 하기에도 창피한 작품이 교육용 교재에 등재되어도 그 잘못을 모르고, 정확하게 알아야 할 장르적 특성 같은 학문적 진실은 증명할 수조차 없는 추상적 궤변이나 거짓 논리에 농락당하고 있어도 그 오류나 잘못을 인지할 수 없는 실정이라 큰 문제라는 것이죠.

규정된 서식에 따라 문장을 완성했을 때 드러나는 운율의 정체를 파악해 보면 운율 시인지, 무운 시인지 구분할 수도 있고, 내재율적 의미와 율격적 의미를 비롯해 운율적 성격도 제시할 수 있는 것이 시라는 장르인데요.

구어체 시임에도 불구하고 추상적·상징적 시라고 가르치고 있는 이상 님의 〈오감도 1〉을 예로 들어볼게요.

〈오감도 1〉의 학문적 요지

주제 : 주권의 부재에 대한 탄식.

내재율 : 내적 구속을 형상화함.

율격 : 존재감에 대한 생리적 고찰.

성격 : 풍자시류.

운율적 갈래 : 운율 시.

시는 이와 같이 구체적인 운율적 증거로 증명을 해야 학문적 논리에 부합되는 것이지요.

모든 일에서 그렇듯 구체적인 증거로 증명하지 못한다는 것은 신뢰도도 떨어지고 확신도 할 수 없는 것인데, 어찌 증명할 수도 없는 비논리적 발상을 학문적 지식으로 합당하다 할 수 있겠습니까.

운율이 곧 음률(리듬)이라는 지식이 진리적 진실이라던, 음률(리듬)적이라는 지식을 바탕으로 한 내재율이나 율격 같은 학문적 요지들을 제기할 수 있어야 진실임을 입증하는 것 아니겠어요? 헌데 현재 대한민국 교육은 어떠한가요. 교육용 교재에 등재된 시도 그 진정성을 규명하지 못하는 실정이지요.

이상님의 시 〈오감도 1〉 같은 경우는 운율 시인지 무운 시인지 증명도 하지 못하여 추상적·상징적 시로 매도할 뿐이지요. 운율의 정체를 파악해보면 앞에서 〈오감도 1〉의 '학문적 요지'를 제시한 것처럼 진정성이 분명히 드러나는데요.

학문적 소양이란 구체적인 증거로 증명할 수 있을수록 정확한 지식이 아닌가요? 전문가들조차 증명할 수 없는 지식—운율과 음률(리듬)이 동일한 것이라는 사실을 구체적인 증거로 증명 못하는 것처럼—은 신뢰할 수 없는 가설이나 다름없는 것이니까요.

반복해서 제시하지만, 내재란 뜻에 맞는 논리만 생각해보아도 반드시 증명해야 함을 알 수 있잖아요. 서로 떨어져서는 존립조차 불가한 시와 운율의 독특한 관계상, 사물(시 문장)임을 규명할 수 있는 원인(운율)이 그 사물(시 문장)에 있어야 하기에, 시 문장에서는 반드시 운율이 드러나야 시임이 증명되는 논리이니까요. 이 말은 곧 시 같은 형태의 모든 문장에 운율이 내재되어 있는 것이 아니라 운율이라는 정체는 오직 시라는 문장에만 존재하는 고유 성질이기 때문에 시인이 인위적으로 형상화를 해야—함축적·내포적 형태로—내재된다는 뜻도 되지요. 헌데 국어사전에 등재된 운문의 정의는 [시의 형식을 갖춘 글]이라 되어 있지요.

국어사전에 등재된 운문에 대한 정의가 진정 진리적 진실일까요?

앞에서 여러 번 설명했듯이 시는 반드시 운율적으로 형상화를 해야 한다는 규정된 서식에 의해 전개되는 구체적인 장르라서 속일 수가 없지요.

예를 든다면 미당 선생처럼 한 시대를 풍미한 거목이라 칭할 만큼 명성이 자자한 유명 작가가 시 같은 형태의 문장을 아무리 훌륭하게 잘 썼다 해도, 규정된 서식에 일치하지 않으면 진정 시인의 경지에 도달한 시인의 시라 할 수 없다는 것이죠. 시와 운율의 관계상 시라는 문장은 오로지 운율의 정체가 드러나도록 완성하는 방식이니까요. 그러므로 운율은 시라는 문장에서 없어서는 안 되는 존재인 동시에 시라는 문장에만 존재하는 것이지요. 즉, 운율이라는 정체는 단순히 '시의 형식을 갖춘 글'에 존재하는 것이 아니라 반드시 인위적으로 형상화를 해야 내재되는 정체이기 때문에 국어사전에 등재된 운문의 정의는 틀렸다는 뜻이지요.

아무리 훌륭한 시 형식의 문장이라 해도 운율이 존재하지 않는 문장은—시인의—시가 될 수 없기 때문에 시 문장 속에 내재되는 운율의 정체는 반드시 증명되어야 하는 서식의 장르이니까요. 바꾸어 말하건 형상화되어 내재된 운율이라는 증거가 드러나야 장르적 특성에 부합됨을 증명하는 것이므로 운율의 정체는 기본적으로 알아두어야 할 절대적 중요 지식이지요.

여타 장르와 차별되는 두드러진 특성인 운율은 단순히 시의 형식을 갖춘 모든 글에 내재되어 존재하는 것이 아니라, 반드시 내재되도록 인위적인 형상화를 해야 존재하는 정체이기에 노래 가사나 소설, 산문 같은 장르에는 결코 운율이 내재되어 있어야 한다고 하지 않지요. 특히 시조나 노래 가사는 시 문장과 흡사한 형태라서 국어사전에 등재된 운문의 정의에 일치하는 데도 운율은 거론도 하지 않거든요.

그 이유가 무엇이겠습니까. 운율이라는 정체는 문장의 형태에 따라 존재하거나 존재하지 않는 것이 아니라—산문시이건, 자유시이건, 형태와 관계없이—인위적으로 형상화를 해야 하는 정체라서 오직 함축적·내포적 문장 속에 형상화된 운율이 내재되도록 완성해야만 존재한다는 의미 아니겠어요?

[시의 형식을 갖춘 글]을 운문이라 한다는 국어사전의 정의가 틀리지 않고, 운율의 정체가 음률(리듬)적인 것이라 하는 현재의 정의 역시 정확한 것이라면, 시조나 노래 가사가 바로 운문(시)라는 논리가 성립되는 것이 아닌가요? 또한 소설이나 산문 글 속에도 음률(리듬)적인 것이 포함되어 있다는 뜻이 아닌가요? 소설도 시 형식만 빌려다 쓰면 시가 된다는 뜻이니까요.

시를 쓰는 언어도 한글이고, 소설이나 산문에 사용되는 언어도 분명 한글인데 단지 형식이 다르다고, 어느 낱말에는 음률(리듬)이 포함되어 있고 어느 단어에는 음률(리듬)이 없다는 것을 구체적인 증거로 증명할 수 있는 건가요? 만약 증명하지 못하면 추상적인 궤변일 수도 있다는 뜻이니까요.

언어가 음률(리듬)을 만났을 때 음률(리듬)을 따르는 것이라면 이해할 수 있지요. 헌데 마치 운율의 정체는 시 형식에 의해 생기고, 시의 형식이 아니면 생기지 않는다는 것은 도무지 납득할 수 없지요. 소설도 시의 형식만 빌려다 쓰면 소설이 아니라 시가 된다는 논리이니까요.

시의 형식은 다양한데 국어사전에 정의된 내용을 보면, 산문시는 [일정한 운율 없이 자유로운 형식으로 속의 리듬의 조화만 맞게 쓰는 형식의 시]라고 등재되어 있고, 자유시는 [재래의 인습적인 운율이나 용어를 무시하고 자유로운 형식으로 지은 시]라 되어 있는데, 이 내용을 한번 숙고해보지요.

아시다시피 시를 운문이라 할 정도로 시와 운율은 서로 떨어져서는 존립조차 불가한 관계라서, 시라는 문장은 그 자체가 운율의 한 덩어리일 수밖에 없는 존재인데, 어찌 운율 없는 문장을 시—시인의 작품—라 할 수 있단 말입니까?

앞에서도 말했다시피 시인이 시를 쓴다는 행위 자체는 시인이 인위적으로 형상화하고자 하는 운율의 정체에 필요한 낱말들만 조립하는 작업이지요. 그러므로 완성된 시 문장이란, 곧 내재되는 운율의 정체를 드러내기 위해 구성된 외피(몸체)에 불과한 것이거든요. 즉, 시인은 작문을 창작하는 것이 아니라 운문을 창조하는 것이라서, 시라는 창작물은 그저 창조된 운율을 담고 있는 그릇 같은 존재에 불과하기 때문에 시를 운문이라고 해도 하자가 없는 것이란 말이지요.

제가 영시를 수십 년 연구해본 결과를 토대로 정의해볼 때 운문(韻文)의 정확한 뜻은, [운율적으로 형상화된 시 문장]만을 지칭하는 것이지 결코 시 형식과 흡사한 가사 같은 문장—운율적으로 형상화되지 않은 문장—까지 포함하는 것은 아니라고 사료되지요. 운율이라는 정체는 함축적·내포적 문장 속에 내재되어야 한다는 규정된 서식에 따라 인위적으로 형상화했을 때만 존재할 수 있기 때문에요. 즉, 미당 선생의 〈자화상〉같은 문장이나 시조, 노랫말처럼 함축적·내포적 형식이 아닌 문장이면서, 단지 시 형식만을 갖춘 글에는 운율이라는 존재가 내재되는 것이 아니라는 말이지요. 그러므로 운문(시인의 시)이 될 수 없는 것이고요.

운율이라는 정체의 생리가 의미적 요소를 포착한 다음 문장 전체의 한 개념이 되도록 형상화를 해야만 운율적 문장이 되는 것이거든요.

> 애인은 종이었다. 의무의 사슬에 묶여,
>
> 신 것이 먹고 싶다 하는 연인에게 다다준,
>
> 파란 포도송이를 파랗게 헤치우며; 홀리는
>
> 열아홉 순정의 눈물을 닦아준,
>
> 순결의 손수건만 마음 깊이 간직한 채,
>
> 스무 살 족쇄의 굴레를 강요하는,
>
> 입영 열차에 몸을 실어야 했던;
>
> 청년의 사랑은, 진실보다 먼저,
>
> 조국의 요구에 충성해야만 하는,
>
> 국가가 부리는 종이었다.

　만약 누군가가 이렇게 쓴 문장을 〈스무 살의 자화상〉이라는 제목으로 발표했다면, 이 문장은 시인의 시라 할 수 있는 걸까요? 아니면 아직 습작 단계도 탈피하지 못한 아마추어 수준일까요?

　작금의 대한민국 교육에서 미당 선생의 작품은 이미 교육용 교재에 실릴 정도로 인정받는 수준이니까, 그 수준을 하나의 표본으로 삼아 판단했을 때 행여 아마추어 수준이라 한다면, 미당 선생의 〈자화상〉과 비교해 어떤 점이 어찌 달라 아마추어라 하는 건지 제시할 수 있나요?

　시는 문학이지요. 그렇다면 등단 같은 외형적 입지와 상관없이 순전히 작품성만으로 판단하는 구체적인 문학적 증거는 없는 걸까요?

분명히 있지요. 문학이란 글의 학문이란 뜻이니까요. 즉 문학이란 뜻은 결국 구체적으로 체계화된 학문적 증거로 진리적 진실을 증명해야 한다는 논리지요. 다시 말하면 문학적 중요 요점들은 학문적으로 증명하는 방식이 가장 이상적인 방법이란 얘기가 아니냐는 것이죠. 그렇기 때문에 일반적으로 학문의 최고 단계인 박사학위 취득자들을 그 방면의 전문가로 인정하는 것일 테고요. 그렇다면 운율의 정체 역시 학문적 체계에 부합되는 증거로 증명해야 하는 거잖아요.

운율이 음률(리듬)적인 것이라 하면서도 어떤 시가 운율 시 문장인지 무운 시 작품인지 모른다는 것은, 운율과 음률(리듬)이 동일한 것이라 주장하면서도 실상은 자신들이 주장하는 이론마저도 참인지 거짓인지조차 모른다는 뜻이나 다름없는 것이 아닙니까? 깊이 생각해보세요. 증명도 못하는 그런 주장이라면 일고의 가치라도 있는 것인지. 우리 집에 황금 송아지가 있다고 주장하면서도 보여주지는 못하는 거나 진배없는 거잖아요.

구어체 시와 구어(口語) 그리고 운율과 음률(리듬)이 동일한 것이라는 지식을 아무리 깊이 숙지했다 해도, 어떤 시가 운율 시 작품인지 무운 시 문장인지 구분도 못할 뿐만 아니라, 어떤 형태가 구어체 시 작품인지 알아볼 수조차 없다면, 그런 지식을 어찌 진리적 진실을 추구하는 참다운 지식이라 할 수 있겠습니까.

막연히 시는 추상적인 것이라 하는 것처럼 진실을 입증할 수 있는 구체적인 증거도 없이 전문가들의 결정만 믿어야 하는 거라면, 전문가가 아닌 독자들은 전문가들의 말이 참인지 거짓인지도 모른 채 오로지 전문가들이 판단하는 주장만 인지해야 된다는 거잖아요.

독자들도 나름 전문가 못지않게 고양된 수준이 있을 수 있는데 왜 그런 불합리성까지도 감수해야 됩니까? 말도 안 되는 얘기잖아요.

전문가란 일반적으로—박사학위처럼—사회적으로 인정하는 공적인 과정이나 신뢰할 수 있는 통로를—신춘문예 같은 등단의 길—통해 해당 부분의 정통한 지식을 습득한 신분의 사람들을 지칭하는 것이지요. 즉, 기본적으로 학문적 지식을—장르적 특성 같은—증거로 진실을 증명할 수 있을 만큼의 소양을 갖춘 사람이라는 뜻 아닙니까. 그렇다면 전문가적 소양을 구체적으로 증명해야 신뢰할 수 있는 것 아닙니까.

석사나 박사과정을 이수만 했을 경우 단지 학위 취득을 못했다고 수준이 많이 떨어지는 걸까요?

그렇지 않잖아요. 그렇지 않은데도—비슷한 수준인데도—학위 취득을 못했다는 이유 하나만으로, 학위를 취득한 이들이 추상적인 시라고 판단하면 추상적 시라는 결정만을 진실로 믿어야 한다는 논리는 결코 이성적이라 할 수 없는 거잖아요.

인간적 논리로 정의하는 가장 이상적인 형태는 구체적인 증거로 증명하는 방법이지요. 그렇기 때문에 구체적인 지식을 증거로 증명할 수 있는 일정한 단계의 학문적 과정을 이수해야 학위 취득의 기회도 부여하고, 신뢰할 수 있을 만큼 획득한 전문 지식을 논리적으로 전개할 수 있음이 확인되었을 때 비로소 학위를 수여해 전문성을 보장하는 것 아니겠습니까. 그렇다면 시문학박사나 시인, 시 비평가 등 시의 전문가라면 운율의 정체 같은 중요 학문적 요소들을 구체적으로 증명할 수 있어야 하는 것이지요. 헌데 당금의 대한민국의 시 전문가라는 이들은 그렇지 않은 것 같아요. 증명할 수도 없는 추상적 논리에 현혹되어 스스로 농락당하고 있으니까요.

　예를 들어 윤동주님의 〈자화상〉이 시인의 시로 손색없는 작품이라면 시인의 시로 하자가 없음을 입증할 수 있어야 한다는 뜻이고, 미당 선생의 〈자화상〉이 시인의 시라 하기에 부족하다면 어떤 문제가 있어 시인의 시라 하기에 문제가 되는지를 기본 소양이 있는 사람들이면 누구나 알 수 있는 구체적인 학문적 증거를 기준으로 분류할 수 있어야 한다는 거죠. 그러지 못하면 시인의 시라 하기에도 창피한 작품마저 추상적 궤변을 진실처럼 합리화하여 속이면 거짓된 주장에도 속아야 된다는 뜻이나 다름없는 것이니까요.

　운율과 음률(리듬)은 아무런 연관성이 있을 수 없는데도 동일한 것이라고 가르치니까—거짓이라는 것을 증명하지 못하므로—어쩔 수 없이 믿으며 속는 것처럼 말이지요.

　설마 전문가들이 속이겠느냐고 하시겠지만, 전문가라는 이들마저도 운율의 정체를 정확히 규명하지 못하면—몰라도 차마 모른다고 할 수 없는 전문가라는 신분상—오류를 정확히 모른 채 배운 지식 그대로를 믿으며, 추상적 견해 위주로 생각하는 개인의 주장만 피력하게 될 것 아니겠습니까. 즉, 속이고 싶어 속이는 게 아니라 거짓이라는 것을 증명할 수 없어, 거짓을 참이라 믿으며 진리적 진실처럼 추구하기에 진실은 매장되고 거짓이 진실로 꽃피는 문제가 발생하게 되는 것이지요. 그러므로 정말 무서운 사실은 도대체 무엇이 잘못된 것인지조차 모른다는 거지요.

　서로 떨어져서는 존립조차 불가한 시와 운율의 독특한 관계상 시의 모든 것은 운율의 정체에 의해 결정 나는 것이고, 운율의 실체는—추상적으로 느끼는 것이 아니라—구체적으로 증명되어야 하는 한 개념으로 드러나는 것이므로 예비지식만 숙지하면 누구나 입증할 수 있는 정체인데요.

예비지식만 정확히 숙지하고 있으면 누구나 구체적인 증거로 입증할 수 있는 운율의 정체가 문학박사니, 시인이니, 비평가니 하는 전문가들에 의해 증명할 수도 없는 음률(리듬)적인 것으로 왜곡되고 있기 때문에 전문가라는 이들마저도 오류의 지식인 줄도 모른 채 토양화된 추상적 견지가 마치 진리적 진실이나 되는 양 시나브로 풍토화된 오류의 지식을 바탕으로 합리화하는 궤변적 기술만 양산하고 있는 것 아니겠습니까.

> 남편은 종이었다. 새벽이 되어도 돌아오질 않았다.
> 한 가정을 책임진 가장의 책무는, 술 상무란 사회적 이름으로,
> 자신의 안위보다 먼저 건사할 가족의 봉양에 바쳐야 하는;
> 아비요, 아들이요, 남편의 신분에 투신을 강요해,
> 목숨을 담보로 소임을 다하기 위해; 최선의
> 역량을 경주해야 하는 족쇄의 종이었다.

이렇게 완성된 〈굴레〉란 작품이 있다 치고, 이 작품이 시인의 시(운문)로 부족하다면 어떤 점이 부족하며, 운문으로 손색이 없다면 운문으로 손색없는 이유를 학문적으로 입증할 수 있는 명확한 증거를 제시해 증명할 수 있어야 하는 것 아니냐는 거죠.

답변이란 구체적으로 증명할 수 있으면 더할 나위 없는 것이지요. 그렇기 때문에 운율의 정체 역시 구체적인 증거로 증명할 수 있어야 보다 진실

에 가까운 것이라 할 수 있는 거고요.

운율의 정체도—운율 시인지 무운 시인지도 모른 채—명확히 제시하지 못하는 시인이나 비평가 또는 문학박사라는 사람들이 요즘 세태처럼 그저 탐미적이니 예술지상주의니 하는 식으로—운율의 정체와 상관없이—포장만 하는 방식이 진정 학문을 하는 자세로 합당한 걸까요.

누차 밝히지만 문학이란 글의 학문이란 뜻인데요. 즉, 시라는 것이 무명 시인이 쓴 작품이면 작품성이 떨어지는 것이고, 권위를 인정하는 등용문을 통과한 이들이나 인기를 누리는 시인들이 쓴 작품이면 무즈건 시인의 시로 하자가 없는 거냔 말이지요.

한 시대를 풍미한 거목이라 해도 시인의 경지에 도달한 수준에 대해 정확히 모르면, 자신이 쓴 작품마저도 작문 수준인지 시인의 시로 하자가 없는 작품인지 증명하지 못할 텐데요.

시를 쓴 시인 자신마저도 습작 단계도 탈피하지 못한 수준인지 진정 시인의 경지에 도달한 시인의 작품인지 증명할 수 없다면, 미당 선생의 〈자화상〉처럼 습작 단계도 탈피하지 못한 작품을 시인의 시라고 가르치며, 그저 유미주의니 초월주의니 하는 학문적 용어들이나 동원해, 한 시대를 대표할 만큼 훌륭한 시인의 시나 되는 양 포장하는 이들의 속임수에—속는 줄도 모른 채—속을 수밖에 없는 것 아니겠습니까.

제가 이 글을 쓰는 이유는 진실을 증명하기 위해서지요. 미당 선생의 〈자화상〉을 예로 드는 것은 단지 설명하기 좋다는 이유일 뿐이고요.

이해를 돕기 위해 시는 함축적·내포적 문장 속에 형상화된 운율이 내재되어 있어야 한다는 서식에 입각해, 미당 선생의 〈자화상〉을 본문에 가장 흡사한 방식으로 리메이크 해보겠습니다.

시인의 시는 최소한 장르적 특성에 부합되는 문장이 되어야 시인의 시로 부끄럽지 않은 거니까요.

〈자화상〉 리메이크 1

애비는 종이었다.

해가 차이도록 오지 않아,

궁핍은 변이의 길을 내고,

변명은 포장을 강요하여,

자비와 차별의 적성을,

심문하는 합의에 투신한다.

잃어도 잃지 않는 살기를;

익히는 소화의 위장에,

주인은 죄인(罪人)을 읽어 내고,

주먹은 천치(天痴)를 읽고 가는,

왕도 없는 자식들의 궁색함은,

가도 가도 부끄럽기만 하더라.

스물세 해 동안 나를 키운 것은 팔할(八割)이 바람이었다.

숙제를 해결하기보다는,

숙지를 풀어가는 문제에서,

새벽을 여는 종들 눈 뜨게,

시인에 얹힌 시(詩)의 이슬에는,

몇 방울의 피가 언제나 섞여 있어,

볕이거나 그늘이거나 혓바닥을 늘어뜨린,

병든 수캐마냥 헐떡거리며 나는 왔다.

잘 보시면 아시겠지만 미당 선생의 〈자화상〉 본문 1연에서는 오직 /애비
는 종이었다./라는 한 문맥만 살아남았지요. 나머지는 단순히 묘사적으로
서술한 산문적 내용이어서—시의 문장에 적합하지 않아—삭제했지요.

운율의 정체를 정확히 아시는 분들은 이해하셨겠지만, 삭제한 부분은
운율적으로 형상화된 내용이 아니라서 시 문장에 있어서는 안 되는 형태
거든요.

장르적 특성상 운율적으로 형상화되어야 하는 시는, 이와 같이 운율에
불필요한 낱말들과 반드시 필요한 낱말들까지 구분이 되기 때문에 속일 수
가 없지요.

제가 리메이크한 문장에 /애비는 종이었다./라는 한 소절만 살아남을 수
있는 이유는 그나마 운율적 시상 포착이라 살린 거지요.

/애비는 종이었다./라는 한 소절이 진정 시인의 경지에 도달한 시인의 시
상 포착으로 완벽하지는 않으나, 나름 운율적인 시상이기는 하기에 어느
정도 수련이 된 습작 수준이라 할 수 있거든요. 그렇다면 진정 시인의 시로
하자가 없는 시상이 되려면 어떻게 바뀌어야 할까요?

해답은 아래에 있지요.

제가 리메이크한 〈자화상〉 리메이크 2는 장르 고유의 특성에 부합되게 운율 중심으로 형상화한 작품이니, 미당 서생의 〈자화상〉 본문과 무엇이 어떻게 다른지 비교 분석해보며, 운율의 정체에 대해 고민해보시기 바랍니다.

〈자화상〉 리메이크 2

당신은 종이었지.
타도 없는 틀에서,
지는 시공을 따라,
결재의 둥지 짓는,
설계의 꽃다발을,
화장에 써야 하는,
장막의 계단에,
연가 지울 수 없는,
연출의 함량을;
완수하는 종이었지.

수탈의 고지대로,
돛을 치는 수인들이,
빚는 별도 없는,
양산의 항구에,
꽃 덤불을 새겨,

풀뿌리라도 뜯어야 했던,

형장의 밥줄에,

형벌의 목을 맨,

실형의 치수가,

의지를 고문해,

수치 속 두드려도,

수장뿐인 교수대엔

선혈만 낭자한,

공작이 앉아

골격을 죄는,

탄주가 양성이라,

비굴 속 뱀일지언정,

수지를 매야 했지.

목줄로 매인 채쩍보다,

목통을 조이는 조런사들이,

수명마저 부리는 충성에서,

영화를 쩍는 영상은,

입장의 소지마다,

봉한 고름이 차서,

고친 증식의 채취와,

놓친 기회의 빗속에,

옥고를 치러 온 연일,

굴종의 협연들은,

밤이 고갈되도록 말려도,

낮은 숨은 기재를 내,

합주하는 전략을 인사로,

양지의 가정을 유지하려,

기록한 신상의 문신들이,

신체의 촉수를 살려,

죽도록 눌러야 했지.

버찌의 바다에,

무궁화 배는,

항구에 허기져,

항로를 타협한,

승부의 돛으로,

모종의 날을 가는,

지난한 형틀에서도,

문패를 달아야 하는,

이름은 멈출 수 없기에

처지가 체벌하는,

처형의 함량을,

이수해야 하는 종이니까.

미당 선생의 〈자화상〉 본문 내용으로 볼 때, 이 작품에는 작가의 어린 시절도 포함됨을 알 수 있지요. 하여 일제 강점기라는 시대 상황을 염두에 둔 〈자화상〉을 전제로, 시라는 장르의 서식에 입각해 완성하다 보니 미당 선생의 〈자화상〉 본문과는 많이 다르지요.

미당 선생의 〈자화상〉 본문은 시라는 장르만이 갖는 독특한 서식과 상관없이 언어(言語)적 의미의 통일성 위주로 완성한 산문 형식의 기법이고, 제가 리메이크한 내용은 함축적 · 내포적 문장 속에 운율이 내재되어 있어야 한다는 서식에 따라 언외(言外)의 의미로 존재하는 운율의 통일성을 중심으로 완성한 작법이라서 같을 수가 없지요.

흔히들 시는 느끼는 것이라고 하는데 단순히 느끼는 것이라는 주장을 깊이 들여다보면, 이미 오래전부터 체계화된 학문적 지식을 가르치는 학교교육과 배치되는 얘기지요. 학교에서 배우는 지식은 기본적 · 학문적으로 체계화된 지식—주제나 성격, 운율 등등—이나 장르적 특성 같은 구체적 지식인데, 교육과는 다르게 단순히 느끼는 것이라 하는 건 이율배반적인 것 아니겠습니까.

진지하게 숙고해보시면 아시겠지만 막연히 느끼는 것이라는 추상적 견지는 구체적인 증거로 증명할 수 없어 진실인지 아닌지 규명하기조차 어렵다는 얘기나 다름없지요. 진실을 규명하기 어렵다 함은 결국, 거짓인지 궤변인지도 모른 채 그것을 진실처럼 수용하게 될 수도 있다는 뜻도 되는 것이고요.

시라는 장르 고유의 서식을 무시한 채—시의 형식만 빌려다 일반적 문장을 완성하듯—언어적 의미의 통일성을 추구하는 기법에 따라 완성한 미당 선생의 〈자화상〉본문과 시를 쓰는 작법으로 규정된 장르 고유의 서식에 따라 제가 리메이크한 〈자화상 2〉가 많이 다른 것처럼, 시는 규정된 장르 고유의 서식이 존재하기 때문에 습작 단계도 탈피하지 못한 수준의 작문과 진정 시인의 경지에 도달한 시인의 시는 분명히 구별되게 되어 있지요.

　30년, 40년 시를 썼다 해도 장르 고유의 서식에 부합되는 작품과 그렇지 않은 문장을 명확히 구분할 줄 모른다면 어찌 되겠습니까. 미당 선생이 〈자화상〉을—시라는 장르 고유의 서식에 어긋나는 줄도 모른 채—시라고 발표한 것처럼, 등단 시인이라는 이들마저도 자신의 쓴 작품이 시인의 시로 하자가 있는 작품인지 아닌지도 모른다는 얘기가 되는 거잖아요. 더구나 시인의 시라 하기에도 부끄러운 작품들이 인기를 끈다면—부끄러운 작품인 줄도 모르니까—그러한 작품을 동경하는 이들에게는 목표나 표본이 될 수도 있어 결국은 하나의 경향이나 대세로 작용하는 세태 속에 시나브로 풍토가 될 수도 있겠지요.

　시라는 장르 고유의 서식에 어긋나는 작문 수준의 작품들이 시인의 시로 하자가 없는 것처럼 풍토화되다 보면, 미당 선생의 〈자화상〉처럼 장르 고유의 서식도 충족시키지 못한 작품들이 교육용 교재에 시로 등재될 수도 있겠지요. 그리 되어도 진실을 규명할 수 없으므로 문제도 되지 않을 거고요. 그러다 보면 결국 작금의 대한민국의 세태처럼 스스로 함정에 빠지는 추상적 궤변에 농락당하면서도, 농락당하는 줄도 모르는 함정만 깊이 파는 꼴이 될 것이고요. 즉, 이러한 문제들이 숨어 있기 때문에 반드시 진실을 규명하는 교육이 되어야 하는 것이 아니냐는 거죠.

　문학을 하는 사람들의 문학적 소양을 근원적 시각에서 보면, 문인들의 소양 그 자체가 이미 학문적 진실로 규명된 이론과 논리적 체계를 전제로 하는 것이지요. 문인들뿐만 아니라 인간들이 소양이라 일컫는 지식의 대부분을 교육을 통해 배우듯, 사람들이 진실이라 여기는 지식은 학문적 차원에서 구체적으로 규명된 지식이지요. 사람들은 일반으로 학문적 차원에서 규명된 지식이 가장 이상적인 소양이라 여기니까요. 그러기에 시니, 소설이니, 산문이니 하는 것들을 통틀어 문학이라 정의하는 것이고—문학이란 글의 학문이란 뜻이므로—장르적 특성 같은 학문적 잣대를 기본으로 진리적 진실을 추구하는 것 아니겠어요. 그렇다면 시인의 시와 습작 단계도 탈피하지 못한 수준 역시 학문적 차원에서 분명히 분류할 수 있어야 학문이라는 정의에 부합되는 것이지요. 허나 우리 문단이나 교육의 현주소는 어떤가요? 장르 고유의 서식과도 배치되는 작품들이 교육용 교재에 등재되어도 아무 문제없는 세태이지요.

강산이 몇 번 바뀔 만큼 오랜 세월 영시를 연구하며 시중에 나와 있는 많은 번역본을 살펴보았지만, 현재 출판된 영시 번역 시집들 역시 매우 잘못 번역되어 있더군요.

영시 본문은 분명 운율의 정체가 구체적으로 드러나는 구어체 시인데도, 대부분의 번역본은 운율이 존재하지 않는 문장으로 변질되어 있더란 말이지요. 다시 말하면 본문은 분명 시라는 장르 고유의 서식에 따라 완성된 작품임에도 불구하고 번역 내용은 규정된 서식과 다르다는 거죠.

비평가나 시인, 국문학 박사 같은 전문가들이 운율의 정체를 구체적으로 제시하지 못하는 것처럼, 번역자들 역시 운율의 정체를 정확히 모르면 운율적으로 형상화된 영시 본문을 제대로 번역할 수 없겠지요. 그럼 어찌 되겠습니까? 결국은 운율의 정체와는 무관한 번역을 마치 진실처럼 취급하게 되겠지요.

운율이 존재하지도 않는 왜곡된 영시 번역 집을 출판한다 해도, 운율의 정체를 정확히 모르는 한 그 누구도 잘못을 규명할 수 없을 테니 오류가 있는 줄도 모를 거고요.

오류가 있어도 오류임을 모르는데 잘못된 번역인 줄은 알겠습니까? 더욱 모르겠지요. 그러다 보면 진실을 모르기 때문에 신분 같은 것에 기댈 수밖에 없게 되고, 결국은 약력 같은 외형적 요소에 진실의 무게감이 실려—작금의 대한민국 실태처럼—오류의 지식이 진리적 진실처럼 토착화되는 거지요.

시인의 시라 하기에도 부끄러운 한글 작품이 교육용 교재에 시로 등재되어, 마치 훌륭한 시인의 시인 양 교육되는 작금의 작태도 인지하지 못하는 상황인데, 운율의 정체를 정확히 알지 못하는 한 누가 감히 본토 유학 약력의 소유자들이 번역한 영시 번역 집이 잘못되었다고 규명할 수 있겠습니까.

영국 시인들은 수백 년 전부터 시는 구어체로 써야 한다고 했다는데, 구어체 시를 구어체 시 그대로 번역해 출판하려면 번역자들이 먼저, 어떤 시인의 어떤 작품이 그들이 말하는 구어체 시인지를 정확히 알아야 하는 것 아니겠습니까.

제가 연구한 구어체 영시 몇 편을 제시해본다면, 셰익스피어의 소네트 18 가인 〈Shall I compare thee to a summer's day〉를 비롯해, 예이츠의 〈The lake Isle of Innisfree〉, 워즈워스의 〈Ode(Intimations of immortality from~)〉 같은 작품이지요. 또한 E. A. 포의 〈애너벨리(Annabel Lee)〉나 에즈라 파운드의 〈In a station of the metro(지하철 정거장에서)〉 같은 미국 시인의 작품도 구어체 시이지요.

워즈워스를 비롯한 영국 시인들은 왜 수백 년 전부터 시는 구어체로 써야 한다고 주장했을까요? 시를 구어체로 써야 한다고 주장했다면 반드시 그만한 이유가 있었을 것 아니겠어요.

노벨 문학상을 받는 등 1900년대에 가장 유명한 시인 중 하나라고 할 수 있는 엘리엇(T. S. Eliot)도 같은 주장을 폈지요.

워즈워스나 엘리엇처럼 세계적 명성을 획득한 이들이 한결같이 시는 구어체로 써야 한다고 주장한 저변에는, 시는 구어체로 써야만 할 분명한 이유가 있기 때문에 구어체로 써야 한다는 주장을 강력히 전개했을 것 아니겠냐는 말이지요.

영문학 전공자들은 영문학 시간에 워즈워스나 엘리엇의 작품 중 그들이 주장하는 구어체 시란 어떤 제목의 작품이 대표적인지를 배울까요? 예를 들면 워즈워스의 작품 중 우리나라에 가장 잘 알려진 〈My hearts leaps up when I behold(〈내 가슴은 뛰노라〉로 번역된 것으로 알고 있음)〉가 대표적인 구어체 시라고 배웠냐는 거죠.

단순하게만 생각해보아도 시는 구어체로 써야 한다고 주장한 워즈워스이니, 자신의 시를 구어체로 쓰지 않았을 리가 없을 거 아닙니까?

워즈워스의 작품 중 제가 가장 좋아하는 것은 〈Ode(Intimations of immortality from~)〉인데, 이 작품뿐만 아니라 〈내 가슴은 뛰노라〉 역시 구어체 시이겠죠.

시는 구어체로 써야 한다고 주장한 워즈워스의 작품이라서 구어체 시라는 것이 아니라, 구어체 시라는 사실을 증명할 수 있어야 정확히 아는 것이 아니냐는 거죠. 구체적인 증거로 증명할 수 있어야 구어체 시임이 입증되는 거니까요.

어떤 작품이 구어체 시 문장인지를 명확히 알아야 설령 모방을 한다 해도 그럴듯하게 모방할 수 있을 테고, 번역을 해도 제대로 할 수 있는 것 아니겠어요.

영국 시인들의 주장처럼 시를 구어체로 써야 하는 것이 옳다면—고등학교 국어 시간이건, 대학 전공 시간이건—시 교육 시간에 어느 시인의 어떤 작품이 구어체 시 작품이라고 가르쳐야 하는 것 아닐까요. 영문학을 비롯한 외국 문학 시간도 마찬가지이고요.

실례로 이름만 대면 알 수 있는 어느 유명한 시인은 구어체 시를 말할 때 구어의 한자 표기가 口語인 것처럼, 구어체 시란 곧 입말로 이루어진 것이라고 주장하는 것도 본 적이 있는데, 영국 시인들이 말하는 구어체 시의 한자 표기는 진정 口語일까요? 만약 그렇지 않다면—구어체 시와 구어(口語)는 아무런 연관성도 없다면—우리는 잘못된 지식을 진실처럼 믿고 있다는 얘기가 되지요.

영어사전을 찾다 보면 한자로 구어(口語)라고 표시된 단어들을 쉽게 찾아볼 수 있는데, 영국 시인들은 진정 그런 낱말들로 시를 써야 한다고 주장한 것이었을까요? 만약 그렇다면 시어(詩語)라고 표시된 단어들은 무엇이란 말인가요.

시는 시어로 써야 마땅한 것인데 무엇 때문에 구어(口語)로 써야 한다는 걸까요? 상식적으로 생각해볼 때 이상하지 않나요?

영어에서 구어(colloquial)란 본래 뜻은 [교육을 받은 사람이 평소에 쓰는 말]로 우리나라의 표준어와 비슷한 뜻인데, 시를 표준어로 써야 할 특별한 이유가 있을 수 있는 걸까요?

그럴 리 없겠지요. 태생적으로 서로 떨어져서는 존립조차 불가한 시와 운율의 독특한 관계에 의거해, 시는 반드시 운율적으로 형상화되어야 하기 때문에 규정된 장르 고유의 서식이 존재하는 것이지, 결코 그 어떤 제약이 있을 수 없는 것 아니겠어요.

장르 고유의 서식이 존재하는 이유는, 진정 시인의 경지에 도달한 시인의 시가 기본적으로 갖추어야 할 요소가 필요하기 때문이지요. 시인의 시는 분명 습작 단계도 탈피하지 못한 작문 수준의 기법과는 다르니까요.

영국 시인들이 시를 구어체로 써야 한다고 했던 이유도 같은 맥락이라고 사료되지요. 시는 반드시 운율적으로 형상화를 해야 한다고 규정된 서식의 장르이기 때문에, 형상화되어 내재된 운율이 구체적으로 증명되어야 한다는 뜻에서 구어체(具語體)로 써야 한다고 했던 것 같으니까요. 즉, 영국 시인들이 말하는 구어체 시의 한자 표기어는, 구어(colloquial)를 말할 때의 구(口) 자가 아니라 갖출 구(具) 자로, 드러나지 않게 내재되는 운율의 정체가 구체적으로 갖추어진 문장이 되어야 한다는 뜻이지요. 그러므로 구어체 시를 말할 때의 한자 표기는 具語體(구어체)가 되어야 하는 것이고요.

문장 속에 언외(言外)의 의미로 내재되는 존재인 운율이라는 정체는 반드시 시를 창작하는 시인들 개개인이—문장 속에 내재되도록—인위적으로 창조해야 하는 성질이기 때문에 증명 수 없다면 추상적으로 흐르기 십상이지요. 눈에 보이거나 만질 수 있는 성질이 아니므로 규정된 서식을 명확히 모르면 그 정체를 착각하기도 쉽고요.

운율의 정체는 심리적 동요 같은 감각적·관념적 형체를—그 모양이 나타나도록—형상화했을 때 드러나는 형태이기 때문에 시인이 구체적으로 형상화하지 않으면 증명하기 어려울 수도 있지요. 증명할 수 없다면 내재란 뜻에 어긋나는 거고요. 내재에 어긋난다는 것은, 곧 시라는 장르 고유의 서식에 부합되지 않는 문장이라는 뜻이므로 진정 시인의 경지에 도달한 시인의 시라 할 수 없는 거죠. 시인의 시임을 증명할 증거가 없으니까요. 이런 연유로 해서 시인의 시는, 시인의 시임이 증명될 수 있게—운율이라는 증거를 구체적으로 알 수 있게—구어체(具語體)로 써야 한다는 거지요.

시라는 예술 문학은 단순히 새로운 문장을 창작하는 것이 아니라 시라는 신체(문장)를 이용해 그 속에 내재되는 운율을 창조해야 하는 것이지요. 그렇기 때문에 운율의 정체를 구체적으로 모르면 창조하기 힘들지요. 다시 말하면 운율의 정체를 정확히 알아야 시라는 신체 속에 운율이 내재되도록 형상화할 수 있다는 거죠. 그러므로 추상적인 시는 존재할 수조차 없는 것이지요.

시라는 장르 자체가 태생적으로 작문 속에 내재되는 운율을 창조하는 기법이기 때문에 이상님처럼 아라비아 숫자를 쓸 수도 있고, 구어(口語)건, 시어(詩語)건, 문어(文語)적 낱말이건 관계없이, 오로지 자신이 창조하고자 하는 운율을 구체적인 나타내는 데 절대 필요한 낱말들을 사용할 수밖에 없지요. 즉, 형상화하고자 하는 운율 중심의 서식인 운문이 될 수밖에 없기 때문에 고도로 고양된 기교를 가미했을 때는 그 정체를 파악하기 힘든 작품이 되기도 하지요. 그러므로 시라는 장르는 규정된 서식이나 운율의 정체 같은 예비지식을 기본적으로 숙지하고 있어야 하지요. 기본 소양으로 필요한 예비지식을 잘 알고 있어야 운문(시)을 창조할 수 있는 거니까요.

미당 선생의 〈자화상〉 본문과 제가 리메이크한 작품을 비교해보시면 아시겠지만, 반드시 운율적으로 형상화해야 하는 시 문장은 일반적 방식의 창작품과는 다르지요.

미당 선생의 〈자화상〉 3연 첫 행의 /스물세 해 동안 나를 키워준 것은 팔할이 바람이었다./를 예로 들면, 이 행의 '바람'이 부는 바람을 뜻하는 거라면 운율적으로 형상화된 문장이 아니라 wish(바라다)적 성격의 바람이면 운율적 형태가 된다는 거죠.

앞에 제가 리메이크한 〈자화상〉 리메이크 1의 본문 내용에서 /스물세 해 동안 나를 키워준 것은 팔할이 바람이었다./를 그대로를 슬린 것은 23년 사는 동안 시인이 되겠다는 바람(wish 또는 hope)을 품고, 그 꿈을 이루고자 각고의 노력을 경주한 결과를 형상화했다고 여겨져서이지요. 즉, wind(바람)가 키운 것이 아니라 꿈꾸는 wish(바람=바라는 것)을 이루기 위해 부단히 노력한 결과가, 오늘의 나(미당)를 있게(키운 것) 한 거란 뜻일 때 형상화한 문장이 된다는 말이지요.

영국 시를 해석할 경우 wind(바람)라는 단어가 쓰였다고 무조건 우리가 익히 아는 뜻인 '바람'으로 번역하는 사람은 대부분 시를 왜곡하게 될 것입니다.

우리나라에서도 널리 알려진 포(E. A. Poe)의 시 〈Annabel Lee〉 3연의 1행으로 설명하면 /A wind blew out of cloud by night/인데, 여기서

wind는 바람의 의미로 쓰인 것이 아니라는 말이지요.

시중에 나와 있는 번역본을 보면 /밤에 구름에서 빠져나온 바람/이라는 식으로 번역되어 있는데, 바람이라는 것이 진정 구름에서 빠져나오는 것이란 말입니까?

만약 외국의 유명한 시인이 표현한 개성 강한 독특한 시의 문장이라서— 감히 우리가 따를 수 없는 정신적 차원으로 여겨—단순히 언어(言語)의 의미의 통일성에 맞게 번역한 것이라면, 언외(言外)의 의미로 존재하는 운율의 정체와 상관없는 번역이므로 결국은 진실이 사장된 왜곡일 뿐이지요.

시는 누구나 쓸 수 있지만 기본 지식 없이는 진정 시인의 경지에 도달하기 힘들지요. 특히 요즘은 등단 경로도 다양해 시인 수만 명 시대라며 출판되는 시집이 넘쳐나는 반면 장르 고유의 특성에 부합되게 창조된 시집은 찾아볼 수 없는데, 그 이유는 굳이 설명하지 않아도 알겠지요?

시인이라면 최소한 시인의 작품으로 부끄럽지 않은 시집을 출판해야 되는 것 아니겠어요? 만약 시인의 경지에 도달한 시인의 작품과 시인의 시라 하기에 미흡한 수준을 명확히 규명하는 교육이 되고 있었다면, 미당 선생의 〈자화상〉처럼 장르적 특성도 충족시키지 못한 작품들이 시인의 시로 출판 되는 일은 없었겠지요.

시인의 시임을 증명할 증거라는 것이 입증할 수도 없는 개인적 주장에 의해 변질되거나 궤변 따위에 농락되어서는 안 되는 것이기에 구체적인 학문적 증거로 증명을 해야 하는 것이다. 그런데 작문과는 그 서식이 달라야 하는 학문적 이유마저도 모르는 작금의 대한민국의 실태는 가장 중요한 운율의 정체마저도 명확히 규명하지 못해, 습작 단계도 탈피하지 못한 작문 수준의 작품들이 교육용 교재에 시로 등재되어도 그 잘못을 증명할 수 없는 추상적 궤변이 마치 진리적 진실처럼 풍토화되어버려, 이젠 함정화된 추상적 궤변의 논리에 스스로 농락당하면서도 농락당하는 줄 모르는 것 같습니다. 시는 문학이고 문학이란 글의 학문이란 뜻인 사전적 의미마저도 무색하게요.

2. 이육사

　시를 구어체로 써야 한다는 주장은 운율이 구체적으도 갖추어진 몸체 (문장)가 되어야 한다는 일종의 주문 같은 것이지요. 구어체로 시를 써야 한다는 주문이 필요한 이유는 시라는 문장 속에 드러나지 않게 내재되는 운율이라는 정체 때문이고요.

　현대시에서 말하는 운율이라는 정체는 저절로 내재되는 것이 아니라 시인들 개개인이 인위적으로 형상화를 해 내재시켜야 존재하는 성질이거든요.

　태생적으로 서로 떨어져서는 존립조차 불가한 시와 운율의 독특한 관계상 시는 반드시 운율적으로 형상화되어야만 하는 장르이그, 운율이라는 정체는 저절로 생겨나는 소산(所産)처럼 드러나지 않게 발산되는 정신적 종류라서 시인들 개개인이 인위적으로 내재시켜야만 존재하는 성질이기 때문에 드러나지 않는 운율의 정체를 보다 정확히 알 수 있도록 구체적인 언어의 문장(몸체)이 되어야 한다는 뜻에서 구어체(具語體)로 써야 한다는 것이지요.

　시인들 개개인이 인위적으로 창조해야 하는 운율의 정체는, 함축(속에 지니어 드러나지 않음)적 · 내포(한 개념이 포함하고 있는 성질이 전체가 되는 속성)적 형태로 내재되는 존재라서, 기본적으로 숙지하고 있어야 할 예비지식이 부족하면—예를 들면 미당 선생의 〈자화상〉을 함축적 · 내포적 문장으로 보듯—함유적 · 외연적 형태의 문장과 혼동할 수도 있거든요.

운율이라는 정체 자체가 '드러나지 않는 한 개념으로 문장 속에 내재되는 존재'이기 때문에 구체적인 형태로 형상화하지 않으면 '드러나지 않는 한 개념으로 존재'하는 그 정체를 증명하기 어려울 수도 있으니까요. 하여 '드러나지 않게 문장 속에 내재되는 한 개념인 운율이라는 존재'가 구체적으로 드러나게 완성되어야 한다는 뜻으로, 시는 구어체(具語體: 구체적인 언어의 몸체)로 써야 한다고 주문하는 거란 말이지요.

추상적 문장이라 함은 언어적 의미에서 공통되는 속성을 뽑아내 판단하는 함유적 · 외연적 문장 형태이지만, 구어체(具語體) 시는 언외(言外)의 의미로 존재하는 운율의 정체가 구체적으로 형상화된 함축적 · 내포적 시 문장을 지칭하는 것이니 분명히 다르지요.

현재 대한민국 교육에서는 운율이 무슨 음악적 리듬이나 되는 것처럼—강, 약, 강, 약 혹은 약, 강, 약, 강을 지니고 있다는 식으로—문맥을 형성한 단어 속에 포함되어 있는 존재로 취급하지요. 헌데 문제는 운율이 강, 약이나 약, 강으로 내재되어 있다고 하는 사람들마저도 어떤 작품이 운율 시 문장인지, 무운 시 문장인지는 증명하지 못한다는 사실이지요.

언어 속에 존재하는 운율을 안(느낀)다며 강, 약을 구분하는 사람들이 정작 분명히 구별해야 할 운율 시 문장과 무운 시 문장은 분류하지 못한다는 것은 말이 안 되는 것 아니겠어요?

쉽게 예를 든다면 정지용 선생의 작품 〈향수〉에 내재된 운율이 강, 약이나 약, 강의 형태라는 것을 정확히 증명할 수 있다면 〈향수〉가 바로 운율 시라는 얘기가 되는 건데, 정작 〈향수〉가 운율 시인지 무운 시인지는 증명을 못한다는 말을 믿을 수 있는 거냐는 말이죠.

단순히 느끼기는 하는데 증명하지 못한다는 것은, 우리 집에 금송아지가 있지만 보여줄 수는 없다는 얘기나 다름없는 성격 아닌가요? 즉, 운율이 내재되어 있음은 분명히 아는(느끼는)데 구체적으로 증명할 수 없을 뿐만 아니라, 운율의 정체로 규명되는 운율 시 문장인지 무운 시 문장인지도 모른다는 것은 정확히 알지도 못하면서 아는 척—혹은 느끼는 척—기만하는 주장일 수도 있는 것 아닙니까?

앞에서 설명했다시피 시는 함축적 · 내포적 문장 속에 형상화된 운율이 내재되어 있어야 한다고 규정된 서식의 장르라서, 반드시 내재라는 뜻에 부합되어야 하는 제약성 때문에 형상화된 운율의 정체가 증명되어야 하는 문장인데요.

운율 시와 무운 시를 구분하지 못하던 때는 저 역시도 의욕만 갖고 시를 썼지요. 단순히 시라는 형식의 문장만 구성하면 되는 줄 알고, 그저 시처럼 여겨지는 소산들을 문장으로 완성하는 데 급급했거든요.

시는 본질적으로 예비지식이 필요하다는 진실을 몰랐으니까요.

구어체 시가 어떤 형태인지, 습작 단계도 탈피하지 못한 작품과 습작 수준을 탈피한 시인의 작품은 무엇이 어떻게 다른지도 모른 채, 그저 시인이라는 사람들이 발표한 작품은 다 시인의 시로 하자가 없는 것인 줄로만 아는 등, 장르적 특성 같은 필수적인 기본지식에 관심을 갖기보다는 막연히 시 같은 문장을 만들어보고자 노력만 했었지요.

영국 시인들은 수백 년 전부터 시는 구어체로 써야 한다고 했다는 가르침을 기억하면서도 무엇 때문에 구어체로 써야 한다는 것인지는 명확히 몰랐지요.

우리보다 천 년 이상 앞선 역사와 전통을 자랑하는 영국의 시인들이 수백 년 전부터 그런 주장을 했고, 그 주장이 수백 년간 존속되어 오고 있다면 반드시 그에 합당한 이유가 있었을 텐데 미처 거기까지는 생각을 못했지요. 선생님들이 가르쳐주지도 않았고요.

그러다 보니 어리석게도 구어체 시라는 것이 그저 교수님들의 설명처럼 구어(口語) 형식으로 쓴 문장이라고 여기며, 선배님들이 많이 읽고 써보아야 한다기에 오로지 읽고 쓰려고만 했었지요. 가끔 의혹이나 의구심이 생겨도 개인적으로 깨닫는 결과보다는 박사님들이나 전문가 신분의 사람들 말씀에 더 신뢰의 무게가 실려 감히 반론은 꿈도 꾸지 못했었지요.

쉽게 말하면 학교교육을 통해 의심 없이 습득한 기존의 지식에서 탈피하기가 힘들었지요. 교육으로 익숙해져 있는 소양은 반박할 지식이 명확해지기 전까지는 이탈을 허용하지 않기 때문에요.

가르치는 위치에 있는 사람들의 사회적 신분이나 감투는 은연중에 존중을 강요하기도 했었기에 과감히 떨쳐버릴 수 없었지요.

옳지 않은 행위를 하면서도 옳지 않은 것임을 인지하지 못해 잘못을 저지를 수도 있는 것처럼—백년지대계라는 교육을 통해 배워—옳다고 믿는 지식은 삶을 실행하는 사고(思考)의 근원적 기준이 되기도 해, 행여 오류의 지식이라 해도 오류임을 명확히 깨닫지 못하면—오류의 지식을—진리적 지식처럼 부여 않고 있게 하더군요. 즉, 현대시의 운율과 음률(리듬)이 동일한 것이라 배운 지식이—거짓임에도—옳다고 배웠기에 강하게 신뢰하고 있었다는 거죠.

선진국에서 배우고 왔다는 유학 학벌이나 사회적으로 인정받는 화려한 약력 그리고 배경이 추가된 다양한 신분 등 이름만으로도 출중한 외형적 인지도의 표피는 깨달음의 두께보다도 강해서 쉽사리 저항을 못하게 하는 힘도 지니고 있거든요. 특히 대한민국 사회는 학벌을 높이 사는 정서라서, 본토 유학 학벌이나 명성 같은 외적 인지도의 강도가 대단히 단단한 편이지요.

현재 번역 출판된 영시집들의 약력 란을 보면 유학 다녀온 학벌의 소유자들이 많은데, 번역된 내용은 대부분 무슨 의미인지 구체적으로 파악하기가 어렵지요. 시는 단순히 느끼는 것이라는 주장이 맞는 것처럼요.

만약 현재 출판된 번역 시집들이 틀리지 않은 것들이라면, 작금의 문단 흐름처럼 시는 추상적으로 써야 한다는 주장이 훨씬 더 설득력이 있을 겁니다.

우리 글로 된 우리나라 시인의 시도 구체성을 제대로 파악하지 못해 왜곡하듯, 영시도—추상적·상징적 문장이 아니라—운율적으로 형상화해야 한다는 규정된 서식에 입각해 완성한 문장인데, 시에서 가장 중요한 요소인 운율을 외면하는 대한민국 형 번역을 고집해, 마치 시는 추상적·상징적 문장인 것처럼 변질되어버린 거라면 매우 심각한 문제 아니겠습니까.

모든 장르에는 장르별 고유의 특성이 있지요. 시를 예로 들 경우 장르 고유의 특성 중 제일은 다른 장르에는 존재할 수 없는 운율이지요. 잘 아시다시피 운율적으로 형상화해야 한다고 하는 장르는 오직 시라는 문장밖에 없으니까요.

시와 흡사한 형태인 시조나 노랫말을 창작할 때—시를 창작할 때처럼—운율적으로 형상화해야 한다고 하나요?

그렇지 않지요. 운율이라는 정체는 오직 시라는 문장에만 내재되도록 시인들이 인위적으로 형상화를 해야 하는 존재이니까요.

운율(韻律)의 한자 표기는, '운치 운(韻)'에 '법 율(律)' 자고, 음률의 음은 '소리 음(音)'이지요. 즉, 운율을 말할 때 운(韻)의 뜻은 곧 운치를 의미한다는 거죠. 그렇다면 운치가 어떤 뜻인지를 명확히 알아야겠지요.

운치(韻致)의 사전적 의미는 [고아한 품위가 있는 기상]이지요. 즉, '운치 운(韻)' 자와 '법 율(律)' 자가 합쳐진 운율(韻律)이라는 한자의 뜻은 [고아한 품위가 있는 기상의 법]이란 뜻이 되지요.

고아한 품위가 있는 기상이란, 조국의 독립이나 독재치하에서 민주주의를 쟁취하기 위해 투쟁하는 이들의 용기나 신념 같은 성질로, 인간들이 이성적으로 판단하는 이상적 요소들이라 할 수 있지요.

쉽게 말하면 일제 강점기 때 이육사님이나 김구 선생님 같은 분들처럼 외세의 침략에 저항하기 위해 목숨 걸고 매진한 기개나 선동하는 행동들이 곧 고아한 품위가 있는 기상이라는 뜻이지요. 즉, 韻(운치= '고아한 품위가 있는 기상')이란 인간적인 정서로 판단하는 이성적 결정체이지 결코 음률(리듬)적인 것이 아니란 말이지요. 그러므로 소리 音 자를 쓰는 음률(리듬)과 운율(韻律)은 동일한 것이 될 수 없다는 거죠. 만약 동일한 것이라면 한자 표기도 같았을 것 아니겠습니까.

주권을 강탈당한 국가의 국민을 예로 들 경우 고아한 품위가 있는 기상이라 할 수 있는 것들은 주권을 회복하기 위해 항거하거나 선동하는 행위가 으뜸일 수밖에 없겠지요. 강탈당한 주권을 회복해야 한다는 사실은 거국적 대의인 동시에 절대적인 당면과제이니까요. 즉, 조국의 광복을 위해 목숨 바쳐 투쟁한 독립투사들을 영원히 찬양하며 위대한 인물로 칭송하는 것처럼, 애국을 위한 용기나 헌신적인 사랑 같은 것들이 바로 문학적으로나 학문적으로나 그 가치를 높이 사는 '고아한 품위가 있는 기상'이란 말이지요. 그러므로 현대시에서 말하는 운율(韻律)이란 '고아한 품위가 있는 기상' 같은 정신적 종류를, (법) 律(서식: 함축적·내포적 문장 속에 형상화된 운율이 내재 되어야 한다는)—에 부합되게 완성해야 한다는 뜻에서, 운율(韻律)을 한자로 표기할 때도 운치 운(韻) 자에 법 율(律) 자를 쓰는 게 아니겠냐는 거죠.

'고아한 품위가 있는 기상' 중 으뜸은 영혼을 감복시키는 감동적 사례나 우러르게 만드는 감읍적 소산의 종류라서, 운율의 한자 표기가 운치 운(韻) 자에 법 율(律)을 쓰는 거라면, 구어체로 시를 써야 한다는 영시의 운율과 같은 뜻이지요.

수백 년 전부터 시는 구어체로 써야 한다고 주장한 영국 시에 형상화된 운율의 정체를 파악해보면, 영시에 내재된 운율의 정체 역시 한자 표기 韻律(운율)의 정의처럼 '고아한 품위가 있는 기상의 종류'들이지요.

시 속에 내재된 운율의 정체는—고아한 품위가 있는 기상의 법이든, 음률(리듬)적인 것이든—전 세계적으로 똑같아야겠지요. 그렇다면 우리나라 시인들의 작품에 내재된 운율의 정체도 다른 나라처럼 구체적인 증거로 증명이 되어야 하겠지요.

운율의 정체가 증명되어야 한다는 뜻은 대단히 중요한 의미로 심사숙고해보아야 할 필요가 있지요. 왜냐하면 현재 대한민국 교육에서는 시를 추상적이라고 가르치기도 하는데, 추상적 시라고 가르치는 교육부터 잘못되었다는 얘기가 되는 거니까요. 또한 시는 단순히 느끼는 거라며 운율과 음률(리듬)을 동일시하는 지식 역시 오류라는 사실이 분명해지는 거지요.

추상적인 시니 전통적 운율이니 하는 대한민국의 현재의 지식은, 분명한 증거를 제시해 구체적으로 증명하는 방식이 아니잖아요. 쉽게 말하면 시는 구체적으로 입증할 수 없는 형태이기 때문에 단순히 느껴야 하는 추상적 문장이라고 가르치니 배우는 처지의 사람들은 막연히—본래 추상인 것으로 인식해—추상적인 문장인줄 알 수밖에 없는 것이지요. 즉, 운율이란 음률(리듬)적인 것이고 시는 추상적인 것이라고 간단히 치부해버리니까, 운율의 정체를 입증할 필요조차 없는 안일한 교육 방식이 되어버리는 거죠. 그러나 운율의 정체가 증명되어야 하는 것이라면 얘기가 달라지지요. 가르치는 사람들이 운율의 정체를 구체적으로 증명해 추상적이지 않다는 것을 입증해야 하니까요.

시를 창작한다는 뜻이 단순히 현재 포괄적으로 시라고 지칭하는 작문만을 창작하는 거라면 추상적인 문장까지도 해당될 수 있을지 모르겠지만, 창작된 문장 속에 형상화되어 내재되는 운율을 창조하는 것이 시라면, 반드시 내재된 운율의 정체가 증명되어야 진정 시임이 입증되는 거란 말이지요. 그렇다면 가르치는 사람들이 먼저 운율의 정체를 입증해, 어떤 문장이 운율 시 문장인지 무운 시 문장인지, 또는 구어체 시 형태인지를 증명할 수 있어야 하겠지요.

앞에서 서식에 대해 말했듯 시인의 시는 분명—세계적으로 공통되게—문장 속에 내재되는 운율의 정체가 구체적으로 증명되어야 한다는 서식에 부합되는 형태이지요. 그 증거는 기본적으로 서식에 준한 주제나 성질 같은 학문적 요점들을 가르친다는 것이지요. 단지 문제는 운율의 정체를 정확히 모를 경우에는 운율적 요점들을 가르치는 것이 아니라 작문의 요점들을 가르쳐도 운율의 정체를 정확히 인지하고 있지 않으면 그 잘못을 잘 모른다는 거죠.

예를 들면 이상님의 시 〈오감도 1〉 같은 경우처럼 함축적·내포적 문장 속에 운율이 내재된 훌륭한 시 문장까지도, 내재된 운율과는 거리가 먼 작문 형 창작품으로만 취급해 함유적·외연적 내용만 가르쳐도—운율의 정체를 숙지하고 있지 않으면—그 잘못을 잘 모른다는 거죠. 그러다 보니 장르 고유의 서식 상 존재할 수도 없는 추상적인 시로 왜곡되기도 하고요.

시는 반드시 운율적으로 형상화해야 된다는 규정된 서식 상 내재된 운율의 정체를 파악했을 때 드러나는 주제와 성격, 내재율, 율격, 운율적 갈래 같은 것들이 실질적·학문적 요소들인데, 대한민국의 교육은 시의 전부라 해도 과언이 아닐 만큼 중요한 요소인 운율은 등한시한 채 작문적 의미만 가르치고 있어, 운율적으로 형상화된 실질적 주제는 사장되고 있다는 문제점을 지적하는 거죠.

왜 영국 시인들은 수백 년 전부터 시는 구어체로 써야 된다고 했겠습니까? 시와 운율의 독특한 관계나 장르 고유 서식 상, 구어체(具語體)로 써야 가장 이상적인 문장이 된다는 이유에서 구어체로 써야 한다고 했던 것이거든요. 다시 말하면 진리적 진실을 탐구하는 자세라는 거죠. 헌데 우리의 교육은 어떤가요? 시는 구어체로 써야 한다고 가르치면서도 왜 구어체로 써야 된다는 건지 그 이유에 대해서는 등한시하지요. 달리 표현하면 진리적 진실이 무엇인지 규명하고자 하는 교육 형태라 하기에 부족한 것 아니냐는 거죠.

시는 여타 장르와 다르게 운율적으로 형상화되어야 한다는 기본적인 틀을 전제로 하는 독특한 서식의 문장이라서, 명성 같은 외형적 인지도와 상관없이 장르 고유의 서식을 충족시킨 문장인지 아닌지 확인할 수 있게 되어 있을 뿐만 아니라, 제가 앞에 이상님의 시 〈오감도 1〉이나 미당 선생의 〈자화상〉에 대해 설명해놓은 것처럼, 운율에 불필요한 낱말들까지 다 드러나게 되어 있지요.

영시도 마찬가지고요. 그러므로 이미지즘 시를 대표한다고 배운 E. 파운드의 〈In a station of the metro(지하철 정거장에서)〉 같은 시나, 드라마틱 모놀로그의 전형이라고 배운 T. S. 엘리엇의 〈The love song of J. alfred prufrock〉 같은 시들이 바로—영국 시인들이 말하는—구어체 시인데도 우리나라에서는 이미지즘 시이니 드라마틱 모놀로그니 하며 왜곡하고 있다는 사실도 쉽게 알 수 있지요. 운율의 정체가 구체적으로 규명되어 있고, 장르 고유의 서식 같은 것들 역시 학업을 통해 구체적으로 가르치고 있었다면, 왜곡될 수 없는 오류들이라 사료되는데요.

현재의 가르침처럼 만약 운율의 정체가 정말 음률(리듬)적인 것이라면 운율적 형상화란 곧 음률(리듬)적 형상화란 뜻이 되고, 음률(리듬)적 형상화란 음률(리듬)이 구체적인 形(형상)을 취한 像(모양)을 그리는 것이 된다는 뜻인데, 시에 내재된 운율을 강, 약이나 약, 강 형태라 말하는 전문가들이라면 음률(리듬)이 구체적인 形(형상)을 취한 像(모양)이라도 제시할 수 있어야, 운율적으로 형상화되었다는 사실을 증명하는 것 아닌가요. 즉, 낱말(시어) 속에 들어 있다는 음률(리듬)로—음수율이면 음수율. 음보율이면 음보율 같은—그 형체나 모양을 구체적으로 제시해야 진실을 증명하는 것 아니냐는 거죠. 그래야만 내재의 뜻에 부합되는 거니까요.

앞에서도 누차 설명했다시피 내재란 뜻은 형상화된 운율이 증명되어야 한다는 생리적 지침 같은 것이지요. 그런 운율의 정체가 어찌 추상적이거나 옛날에나 따졌지 지금은 따지지 않는 존재일 수 있겠습니까? 서로 떨어져서는 존립조차 불가한 시와 운율의 관계상, 시는 함축적·내포적 문장 속에 형상화된 운율이 내재되어 있어야 된다고 규정된 서식은, 세월이 아무리 많이 흘러도 변하지 않을 진리적 진실인데요.

인간의 신체와 영혼처럼 시와 운율은 한 몸이기 때문에 운율적으로 형상화되어야 한다는 정의는 반드시 지켜야 할 제약적 철칙이지요. 그렇기 때문에 번역을 하건, 창작을 하건, 가르치건, 비평을 하건 간에 장르적 특성인 이 원칙을 전제로 해야 하는 것이지요. 그러므로 운율의 정체는 명확히 숙지해야 하는 기본 지식이 되는 거고요.

시인이 인위적으로 형상화해야 하는 운율의 정체는 언외(言外)의 의미로 존재하는데, 예비지식이 부족해 일반적 형태의 문장을 번역하듯 언어(言語)적 의미 위주로 번역을 한다면 어찌 되겠습니까?

당연히 왜곡될 것 아니겠습니까. 그러므로 모든 시 번역은 운율적으로 형상화되어야 한다는 장르 고유의 서식에 입각해 문장 전체의 통일적 운율을 파악한 다음, 시인이 전달하고자 하는 진정한 의미를 훼손하지 않는 범위 내에서 번역을 해야 마땅하지요. 그렇게 번역한다 해도 약간의 괴리가 있을 수 있는데, 번역은 제2의 창조라고 하는 잘못된 대한민국 식 기준을 세워놓고, 잘못된 줄도 모르는 그 방식에 빠져, 시인이 인위적으로 형상화한 운율의 정체는 외면한 채—일반 문장처럼—번역하는 결과가 영시뿐만 아니라 우리나라 시 전체를 왜곡시키는 방향으로 진행된 것이라면 심각한 오류 아니겠습니까.

만약 내가 누군가에게 속고 있다는 사실을 알게 되면 기분 좋을 리 없을 겁니다. 더구나 백년지대계라는 교육 속에서 우롱당하고 있다거나 지식의 오류에 기만당하고 있다면 더더욱 비참하게 여겨질 수도 있을 거고요. 하여 진실이 무엇인지 구체적으로 증명하는 학문적 차원의 입증은 대단히 중한 일이지요.

미당 선생의 〈자화상〉이나 이상님의 〈오감도 1〉의 예에서 알 수 있듯, 만약 학자나 비평가, 시인들끼리도 작품성이나 수준을 정확히 증명하지 못하는 상태라면 실로 걱정스러운 사태 아니겠습니까. 교육은 백년지대계라 할 정도로 매우 중요하게 여기는 항목인데요.

운율 시와 무운 시를 구별하지 못한다거나, 학문적 소양이 부족하다는 것이 전문가가 아닌 이들에게는 그다지 중요하지 않을 수도 있고, 습작 수준과 시인의 시의 변별성을 판단할 줄 모른다고 시인이 못 되는 것도 아닌 대한민국의 현실이라 해도, 최소한 진실이 사장되어버리거나 잘못된 지식이 진리적 지식처럼 교육되는 오류는 반드시 바로 잡아야 하지 않겠습니까.

신춘문예처럼 권위를 인정하는 등단 심사평을 보아도 운율의 정체를 증명하는 근거 같은 것은 없지요. 심사한 이들의 평을 보면 그저 개인적 생각만을 피력하는 식이라, 단지 심사위원들 기호에 맞는 작품을 선택하는 것은 아닐까 하는 의문이 들 정도니까요.

등단 시라면 최소한 장르적 특성에는 부합되어야 하는 것 아니겠어요. 장르적 특성에 부합되는지 아닌지를 규명하려면 기본적으로 운율의 정체를 명확히 알아야 하는데 우리의 현실은 어떤가요. 잘못된 오류의 지식이 진리적 진실처럼 풍토화되어 그런지, 시의 전부라 해도 과언이 아닐 만큼 중요한 운율을 외면하고 있지요.

운율을 외면하다 보니 운율에 불필요한 군더더기 낱말들이 덕지덕지 끼어 있는 문장이 등단 작품으로 선정되는가 하면, 운율적으로 형상화되지도 못한 문장들이 감히 시인의 시라고 출판되고 있는 실정이지요.

요즘 등단한 시들을 보면 상상 밖으로 무운 시류의 작품들이 많더군요. 시는 운율이 가장 중요한 요소인데 운율 없는(비어 있는) 문장을 등단작으로 선정한다는 거죠.

추측하건대 무운 시류인 줄 모르고 선정했을 겁니다. 그렇지 않고서야 어찌 운율적으로 형상화되지도 않은 문장을 등단작으로 선정한 심사평에 운율(리듬)이 토속적이니 전통적 형태이니 하는 가히 희극적 내용을 당당히 게재할 수 있겠습니까.

전통적인 운율을 따랐다느니 토속적인 리듬이 어쩌니 하는 식으로 심사평을 쓴 이에게, 전통적이거나 토속속인 리듬이 어떤 형태인지 구체적으로 제시해보라면, 정말 제시할 수 있어 그런 심사평을 쓴 걸까요? 만약 제시하지 못한다면 내재의 뜻에 어긋나는 거잖아요. 내재의 뜻에 부합되지 않는다는 것은 곧 우리 집에 금송아지가 있지만 보여줄 수는 없다는 논리나 같은 것으로, 결국은 대한민국 사람 전체를 기만하는 것일 수도 있고요.

인간의 두뇌는 교육에 의해 사고가 체계화되기도 하고, 배움에 의해 축적 된 지식을 바탕으로 논리를 펴는 편이지요. 그러므로 진실의 방향을 잡기 위해서는 때로는 가던 길을 버려야 할 때가 도래하기도 하는데, 오랜 신뢰 속에 형성된 지식의 진실을 바로 잡는다는 것은 결코 쉽지 않지요. 잘못된 지식이 풍토화되어 있어도 잘못되어 있음을 깨달을 때까지는 오류인지조차 알 수 없는 것이니까요.

인간의 두뇌는 진실로 인지하는 지식에 세뇌되기도 하기 때문에 잘못된 지식마저도 진리적 지식으로 신뢰할 수밖에 없는 상태에서 진실로 습득하게 되면, 오류의 지식을 진실로 신뢰하는 만큼의 스스로의 믿음에 갇혀버릴 수도 있는 것이지요. 그러므로 반드시 진실을 규명하는 창의적 교육이 되어야 하는 것이랍니다.

앞에서도 거론했다시피 시는 함축적 · 내포적 문장 속에 내재되는 운율 중심으로 완성해야 한다는 서식의—제약적—문장이라서 함유적 형태의 외연적 문맥 속에 포함된 내용을 전달하는 일반 문장과는 다른 구조를 가지고 있지요. 그러므로 영시를 번역한다거나 한국 시를 영문으로 번역할 경우에도, 먼저 함축적 문장인지 아닌지를 반드시 구별해야 하지요. 함축적 · 내포적 문장과 함유적 · 외연적 문장도 구별하지 못하면 정상적인 번역이 안 될 테니까요.

말

-이육사

흐트러진 갈기

후줄근한 눈

밤송이 같은 털

오! 먼 길에 지친 말

채쩍에 지친 말이여

수굿한 목통

축 처-진 꼬리

서리에 번쩍이는 네 굽

오! 구름을 헤치려는 말

새해에 소리칠 흰 말이여!

이 시에 함축적·내포적으로 내재된 의미(언외[言外]의 의미, 즉 운율적 요소)는 주권을 빼앗긴 상황이 지속될수록 은연중 바뀌고 변화되기도 하는 의식 속에서도 굳건한 꿈이요, 바람이요, 희망인 한 개념인 '독립(해방)'이지요. 즉 독립(해방)을 갈구해 온 시인의 간절한 염원을 형상화한 시란 말이지요.

시 문장이 언뜻 보기엔 동물인 말(horse)의 외형이나 태도에 비유해 묘사한 문장인 것 같지만, 이 시에서 형상화된 말은 말(horse)과는 관계가 없지요. 말(horse)은 단지 그 형태에 비유해 내재되는 운율을 은유적으로 형상화하기 위해 인용한 매개물일 뿐이니까요.

이 책을 읽다 보면 김영랑님 편이나 김수영님 편에서 확인하실 수 있겠지만, 김영랑님의 〈모란이 피기까지는〉은 모란에 관한 시가 아니고, 김수영님의 〈눈〉도 하늘에서 내리는 눈과는 하등 관련이 없는 것처럼, 이 시에서도 말(horse)은 시인이 독자들에게 말(전달)하고 싶은 의미(또는 의도)를 인위적으로 형상화하는 데 필요해 시인이 매개물로 선택한 것뿐이지요.

시는 운율적으로 형상화해야 한다고 규정된 서식의 제약적 장르이고, 그 제약성을 증명하는 증거인 내재된 운율의 정체를 파악해볼 때, 이러한 기법은 이육사님이나 김수영님, 김영랑님, 이상님 등등 구어체(具語體) 시를 창작한 분들에게서 공통적으로 볼 수 있지요.

영시에서도 이와 같은 기법을 여러 편에서 확인할 수 있는데, 비교적 쉬운 구어체 시 문장으로 예를 들어본다면, 랜도(W. S. Landor)의 〈Well I Remember How you Smiled(나는 잊지 않고 있다)〉나, 블레이크(W. Blake)의 〈The Sick Rose(병든 장미)〉 같은 작품들인데 문제는 번역이지요.

앞에서도 여러 번 밝혔다시피 시는 언어(言語)적 의미 중심으로 문장의 통일성을 구축하는 일반적 형태의 문장이 아니라, 시인이 인위적으로 형상화를 해야 운율이 내재되는 언외(言外)의 의미 중심 문장이기 때문에 언어(言語)의 의미 중심으로 번역을 하면 왜곡될 수밖에 없는데도—운율의 정체를 명확히 모르다 보니—언어(言語)적 의미 위주로 번역을 해, 시에서 가장 중요한 요소인 운율이 사라지는 잘못을 저지르고 있지요.

예로 든 랜도와 블레이크 시의 제목들을 시인이 의도적으로 형상화한 운율의 통일성에 부합되도록 번역해보면, 랜도의 〈나는 잊지 않고 있다〉는

〈당신의 은총(은혜) 잘 기억하고 있는 나는〉이 되어야 하고, 블레이크의 〈병든 장미〉는 〈그리워(동경)하기에 떠올라 있는〉으로 해야 한다는 거죠.

그 이유까지 설명한다면 운율의 통일성 상 랜도의 〈나는 잊지 않고 있다〉에서 you는 2인칭이 아니라 3인칭이고, smile에는 '미소' 뿐만 아니라 '은혜', '은총'이란 뜻도 있거든요. 즉, 지상의 누군가를 지칭하는 인칭대명사가 아니라, 신 같은 존재를 뜻하는 정신(섭리)적 내용이란 말이지요. 좀 더 알기 쉽게 설명하면 누군가를 잊지 않고 있는 내용이 아니라, 지상의 주민으로 부여받은—시인의 역량 같은 것—은총에 따라 타고난 기질을 잘 발휘하고 있다는 것을 형상화한 내용이란 말이지요.

블레이크의 〈병든 장미〉 같은 경우는 너무 단순하게 번역한 것이 아닌가 생각되지요. 이 작품에 내재된 운율의 통일성을 파악해도았을 때 rose는 장미가 아니라 rise(떠오르다)의 과거인 rose이거든요. sick에는 앓음 외에도 '동경하여', '그리워하여'란 뜻도 있고요. 즉, 자신도 모르게 저절로 떠올라 있는 정신적 사안을 형상화한 본문 내용이어서 〈병든 장미〉라고 한 번역은 운율의 통일성에 전혀 부합되지 않는다는 거죠.

예를 들어 제시했듯 시인의 시로 부끄럽지 않은 작품들은—영국 시이건, 한국 시이건—함축적·내포적 문장 속에 형상화된 운율이 내재되어 있어야 한다는 장르 고유의 서식을 충족시키고 있다는 공통점이 드러나지요. 이러한 공통점은 곧, 시는—어느 나라든—운율적으로 형상화해야 한다는 규정된 서식에 입각해 완성한다는 사실이 증명되는 거지요. 그런데 대한민국의 실정은 어떤 가요. 내재되는 운율의 정체를 증명하는 교육 방식인가요?

아닐 겁니다. 운율의 정체도 규명하지 못하는데 어찌 증명할 수 있겠습니까? 아마 규정된 서식에 따라야 한다는 논리마저도 생소할 겁니다. 아니, 거부 반응을 일으킬 겁니다. 이제껏 오류의 지식을 진실로 믿으며 그 정체를 증명하려 하지 않았으니까요. 또한 시는 함축적·내포적 문장 속에 형상화된 운율이 내재되어 있어야 한다고 하면서도, 시인의 시는 이 서식이 반드시 지켜져야 하는 규정된 특성이라는 사실도 처음 들어볼 겁니다. 대한민국의 시 교육 행태 자체가 습작 단계도 탈피하지 못한 작문과 진정 시인의 경지에 도달한 시인의 시와의 변별성 같은 것도 규명하지 못하는 방식이니까요.

앞에서 제시했다시피 미당 선생의 〈자화상〉 같은 작품이 어찌 감히 교육용 교재에 시인의 시로 등재될 수 있겠습니까?

곡해를 없애기 위해 말씀드리면 미당 선생의 〈자화상〉을 주로 인용하는 것은, 단지 설명하기 용이하기 때문이지 결코 개인적 감정이 있어서는 아니라는 점을 밝히며, 진정 시인의 경지에 도달한 시인의 시는 시라는 문장속에서 시인의 시임을 증명할 증거로 시인의 시임을 입증해야 하는데, 제가 학창 시절부터 지금까지 본 교육용 교재에 실린 시라는 작품들을 규정된 서식에 견주어 생각해보면, 시인의 시라 하기 어려운 작품들도 많거든요. 예를 들면 무운 시 형태의 문장들도 많은데, 운율이 존재하지 않는 무운 시 형태의 문장들까지 등재해놓고는 전통적 운율이니, 민속적 운율을 따랐다느니 하고 있거든요. 운율은 반드시 인위적으로 형상화를 해야 하는 존재라서 음률(리듬)과 그 어떤 연관성조차도 있을 수 없고, 운율적으로 형상화 되지 않은 문장은 시인의 시라 할 수 없는 건데 말이지요.

시인들 개개인이 인위적으로 형상화를 해야 존재하는 운율의 정체는 규정 된 서식에 입각해 완성했을 때 언외(言外)의 의미로 드러나는 형식이므로 규정된 서식에 입각해 완성된 〈말〉에서 확인해보시지요.

〈말〉에서 이육사님이 의도적으로 독자들에게 전하고 싶은 의미는, 제목 그대로 시인이 하고 싶은 말(word보다는 say에 가깝다고 여겨짐)이지요. 하지만 하고 싶은 말이 있어도 대놓고 전할 수 없는 일제 강점기의 상황이라, 시인은 동음이의어인 말(horse)을 은유적 전달 수단으로 매개물화하는 문학적 역량을 발휘한 것이지요. 다시 설명한다면 이육사님은 말이라는 낱말이 가진 다양성을 포괄적으로 활용해, 시인이 전달하고 싶은 속내의 의식을 살포하고자 한 것이라 사료된다는 거지요.

국가의 독립이나 애국적 견지의 시를 가장 많이 쓴 대표적 시인 중 한 분이신 이육사님이 강점기 치하의 국민들에게 전달하고 싶은 말(뜻)이야 헤아리기 힘들 정도로 많았겠지만, 가슴에 쌓이는 울분을 드러나게 표출하거나 국민적 단결이 필요하다는 선동적 문구 같은 거국적 의지를 직접적인 방법으로 알릴 수 있는 현실이 아니었기에 시라는 문학 장르를 표현의 수단으로 삼아 전달을 꾀한 거란 말이지요.

말
이 시의 제목인 〈말〉의 의미는 우리가 일상적으로 쓰는 언어를 뜻하지요.
/흐트러진 갈기/
강한 의지를 품고 있던 말이 시간이 가면서 흐트러지고 바뀐다는 뜻으로, 강한 투지로 독립을 외치던 말이나 은밀히 대동단결을 주장하는 등의 희망적 말투가 시나브로 투지를 상실하고, 희망의 빛이 퇴색되어 간다는 뜻이지요.

/후줄근한 눈/

사기충천했던 의기 같은 것 역시 시간이 지체되거나 소기의 성과를 올리지 못하다 보면 조금씩 변해 체념의 단계에 이를 수 있지요. 즉, 뚜렷한 목표의식을 갖고 정진하던 의기나 의식 역시 식어가고 있다는 얘기겠죠.

/밤송이 같은 털/

곧추 세웠던 투쟁의 기세도,

/오! 먼 길에 지친 말/

너무 오래 지속되면 시나브로 지치지요.

/채찍에 지친 말이여/

포괄적 의미의 채찍이라 사료되지요. 지배자들의 채찍뿐만 아니라 세월의 채찍, 조급한 마음의 채찍 등등. 하여 어떤 식으로든 힘이 부쳐 겨워한다는 거죠.

/수굿한 목통/

의지와 상관없이 약해지므로 알게 모르게 굽고 있다는 거겠죠.

/축 처-진 꼬리/

차츰 꼬랑지 내리려 하기도 하지만,

/서리에 번쩍이는 네 굽/

강압에 반발하는 용틀임은.

/오! 구름을 헤치려는 말/

끝끝내 강렬해 승천하고자 하는 기세라.

/새해에 소리칠 흰 말이여/

새로운 해(독립된 날)에 환호할 백의민족의 함성 또는 울림을 품고 있다는 거죠.

시와 운율의 독특한 관계상 시인의 시는 이렇게 구체적인 운율적 의미가 규명되어야 장르적 특성에 어긋나지 않는 것이지요. 시는 본질적으로 함축적·내포적 문맥 속에 형상화된 운율이 내재되어 있어야 한다는 규정된 서식의 제약적 문장이니까요.

추상적 견지를 이입하는 작금의 비평 방식이 어찌 보면 수준 높은 예술적 논리인 것처럼 여겨질 수도 있겠지만, 운율의 정체를 명확히 알게 되면 마치 시의 본질을 호도하고 있는 고백 같지요.

아마추어들처럼 작문을 창작하는 측면에서만 볼 경우어 시는 추상적인 것처럼 착각할 수도 있을 겁니다. 하지만 운율을 창조하기 위해 창작을 해야 하는 것이라는 진실을 깨닫게 되면 달라지지요. 그저 시 같은 문장을 창작하면 되는 작문과는 차원이 다른 시는 관념이나 감각적 느낌 같은 것들을 구체적으로 형상화해야 하는 기법이니까요.

거시적인 느낌이나 관념 같은 것들을 글이라는 도구를 이용해 그 모양이 분명히 드러나도록 형상화한 문장과 개인적인 감정이나 느낌 같은 것들을 단지 느끼는 그대로 표현만 한 문장은 분명히 다를 수밖에 없는 것 아니겠어요. 예를 들면 미당 선생의 〈자화상〉은 규정된 서식과 상관없이 개인적 감성을 표현하는 형태의 문장이고, 제가 리메이크한 〈자화상 2〉는 규정된 서식에 입각해 거시적 관념을 형상화한 문장이기 때문에 분명히 다르다는 거죠.

시라는 문장 속에 보이지 않는 한 개념으로 내재되는 운율의 정체는 시의 전부라 해도 과언이 아닐 만큼 중요하지요. 그 이유는 시 문장 전체가 운율적으로 형상화된 그 한 개념의 통일적 형태이니까요. 그러므로 운율을 파악한 결과에서 드러나는 주제나 성격 같은 학문적 요소들도 운율을 외면한 채 비구체적으로(또는 추상적으로) 유추했을 때 드러난 학문적 요점들과 다르지요. 이상님의 〈오감도 1〉의 예문이나 김영랑님의 시 〈모란이 피기까지는〉 편에서 보다 정확히 확인할 수 있답니다.

운율의 정체를 모름으로 해서 주제나 성격 같은 문학적 · 학문적 요점들까지 달라지는 결과를 생각해볼 때, 추상적 시(운율의 정체를 파악하지 못했을 때)라는 가르침은 결국 부족한 문학적 소양을 스스로 드러내는 꼴 아니겠습니까. 다시 말하면 스스로의 무지를 만천하에 공개하는 자살 행위 같은 짓이란 말이지요.

서로 떨어져서는 존립조차 불가한 시와 운율의 독특한 관계상 시와 운율은 한 몸 같은 관계라서, 시는 반드시 운율적으로 형상화해야 한다고 규정된 서식의 제약적 장르이기 때문에 반드시 운율적으로 형상화되어 있음이 증명 되어야 하는 것이거든요.

한번 생각해 보세요. 시가 좀 어렵다고, 난해하다고 아무것도 증명할 수 없는 추상적 시, 상징적 시라고 치부해버리는 행위가 진정 옳은 교육 방법일까요?

추상적(抽象的)인 시라고 규정하는 교육 자체가 구체적(具體的)으로 증명할 수 있는 게 없다는 뜻이나 다름없으니 제일 먼저 '체계가 선지식'이라는 뜻인 학문의 정의를 호도하는 행위잖아요.

글이라는 도구를 사용하는 시는 장르 고유의 서식 상 추상적이라는 논리가 적용될 수 없는 학문이지요. 추상적인 시라는 판단은 단순히 문장을 형성하고 있는 언어(言語)적 의미에서 공통되는 속성을 뽑아내 결정하는 방식이기 때문에 틀린 거지요. 운율의 정체는 언어적 의미에서 드러나는 존재가 아니라 언외(言外)의 의미로 내재되는 정체이니까요. 즉, 운율의 정체는 언어적 의미의 공통적 속성에서 뽑아 내 결정하거나 유추할 수 있는 존재가 아니라 언외의 의미로 형상화된 정체이기 때문에 언어적 의미의 공통되는 속성을 뽑아 내 결정하는 방식으로는 운율의 정체를 제대로 알 수 없다는 거지요.

한마디로 표현하면 오류지요. 오류투성이임에도 불구하고 잘못된 교육 방식으로 인해 오류마저도 증명할 수 없다 보니, 오류의 지식들이 마치 진리적 지식처럼 학문화되고, 결국은 학문적으로 토착화된 오류의 지식을 진실처럼 추구하는 궤변적 논리나 이론에 지배되고 있는 거죠.

오랜 세월 영시를 연구해본 결과 운율적으로 형상화되어야 한다고 규정된 장르의 고유 서식은 변함이 없는데도—영국 시인들이 수백 년 전부터 시는 구어체(具語體)로 써야 한다는 주장이 지금도 변함없는 것처럼, 인간의 보편적 이성은 진리적 성향을 추구하는 편이라—현대시 역사 백 년이라는 우리나라에서는 아직도 운율적으로 형상화된 문장과 그렇지 않은 문장을 명확히 구별하지 못하는 실정이지요. 그러다 보니 미당 선생의 〈자화상〉처럼 습작 단계도 탈피하지 못한 수준의 작품들이 감히 교육용 교재에 시로 등재되어도 아무 탈이 없는 것일 테고요. 만약 운율적으로 형상화된 문장과 그렇지 못한 문장을 정확히 식별할 수 있는 교육이 이루어지고 있었다면 절대 그럴 리 없었을 거라 사료되는데요.

추상적 시라고 하는 단순한 주장은 시에 내재된 내용을 제대로 파악할 수 없다는 뜻과 다르지 않은 것이지요. 즉, 시인이 독자들에게 무엇을 전달하고 싶어 하는지도 정확히 모른다는 것 아니냐는 거죠. 그것은 곧 내재된 내용을 보다 구체적으로 드러낼 수 있어야 한다는 뜻인 구어체(具語體) 시와 상반되는 얘기고요.

진정 시인의 경지에 도달한 시인의 시는—구어체 시임을 알 수 있는 예비지식만 숙지하고 있다면—시인이 독자들에게 전하고 싶은 의도 같은 것들을 정확하게 제시할 수 있지요.

학문이란 체계가 선지식이라는 뜻이므로 구체적이고 정확할수록 학문적 논리에 부합되는 것 아니겠습니까. 그렇다면 추상적이라는 주장과 구체적이라 주장 중 어느 것이 진리적 진실인지는 설명하지 않아도 알 수 있겠지요.

시를 구어체로 써야 한다고 하는 구체적인 이유는 현대시에서 말하는 운율적 요소라는 것이 명확하게 드러나지 않는 정신적 에너지의 소산적 발로 같은 현상이라서 인간적 감각으로 감지하거나 자각할 수 있는 모양이 되도록 형상화를 해야 한다는 뜻이지요.

시인들이 작업하는 형상화란 뜻은 자각하거나 감지하는 운율적 실체들이 구체적인 형을 취한 모양으로 드러나도록 해야 한다는 것이기에 때문에 모양이 정해지지 않은 정신적 소산이나 감각적 발현 같은 것들을 모양화해야 한다는 정의가 곧 구어체로 써야 한다는 논리라 사료되거든요. 하여 시는 구어체(具語體: 시와 운율의 독특한 관계상 시는 규정된 서식 상 반드시 운율적으로 형상화해야 하는 것이므로 곧 운율이 구체적으로 드러나는 언어의 몸체가 되도록)로 써야 한다는 것이지요. 즉, 구어체(口語體) 시란 정의는 시라는 장르 고유의 서식에 부합되게 운율적으로 형상화한 시 문장을 지칭하는 거란 말이지요.

참고로 영문학 강의하시는 분들은 이미지즘 시라는 것을 가르치기도 하는데, 제가 연구해본 결과 지금까지 영국 시에서 이미지즘 시란 단 한 편도 찾을 수 없더군요. 참 애석한 말이지만 영시를 잘못 번역하는 오류에 의해 파생된 국적 불명의 종류로, 대단히 큰 불상사라 아니할 수 없답니다.

이미지즘 시인의 대표 격이라는 E. 파운드의 〈지하철 정거장에서〉나, e. e(우리가 배운 바대로라면 대문자로 쓰는 것이 정석이지만, 이상님이 문법을 파과한 시를 썼듯 커밍스도 극구 소문자를 고집한 시인이라네요.) 커밍스(cummings)의 〈The red wheelbarrow〉도 연구해본 결과 구어체 시였거든요.

우리나라에—얼마 전까지만 해도—이미지즘 시라는 장르가 없었던 것처럼 영시도 마찬가지인 거죠.

이미지즘 시가 없음을 증명하기 위해 또한 무엇을 잘못 번역해 가르친다고 하는 것인지 이해할 수 있도록 몇 편의 영시 문맥을 통해 설경해보겠습니다.

The Rainbow comes and goes

And lovely is the Rose,

The Moon doth with delight

워즈워스의 〈Ode(Intimations of immortality~)〉 2연 첫머리에 나오는

세 행인데, 이 문장을 번역하는 데는 우리가 배운 영어 문법 체계와 달라야 한답니다.

제가 갖고 있는 대학 참고서 형식의 교재에 번역되어 있는데 내용 그대로 올려놓고, 저의 해석을 따로 올릴 테니 비교 분석해보세요.

무지개가 나타났다 사라진다,

그리고 장미는 사랑스럽다.

달은 기쁨으로

이것은 대학 과정의 참고서에서 옮긴 번역 내용입니다. 이 문장에서 제가 지적하고자 하는 것은 분명히 교정되어야 할 잘못을 지적하려는 것이니 그 점에 유의해서 보아주세요.

우리가 교육받은 일반적 해석 방식으로 번역해볼 때 예로 제시한 번역은 그다지 틀린 것 같지 않지요. 그러나 이 문장은 시이므로 틀렸다는 거죠.

앞에서 누차 밝혔다시피 시는 운율적으로 형상화해야 하는 장르라서, 반드시 운율적으로 형상화된 장르 고유의 특성에 입각해 번역해야 하는데, 일반적인 문장을 번역하듯 번역해 잘못된 것이지요.

시인이 인위적으로 형상화한 운율을 중심으로 번역해보겠습니다.

무지개가 떴다가 져도,

사랑스러움은 떠올라 있어,

환희와 함께 멍하니 바라보며,

제 번역 내용에는 '장미'니 '달'이니 하는 것이 없어 앞의 번역과 상당히 다르다는 것을 알 수 있는 동시에 교육받은 문법체계와 맞지 않는다는 것을 간파했을 겁니다.

앞에서 예로 든 기존의 번역처럼 정관사 the가 붙은 Rose는 분명히 장미로 번역되어야 한다고 배운 지식이 고정된 틀이나 진리처럼 고체화되어 있는 것이 우리네 영어 상식이니까요. 또한 the Moon도 마찬가지라 여길 텐데, 제 번역에 달이라는 단어는 존재하지도 않으니 당연히 제 번역이 잘못이라고 할 것입니다. 그러나 영시를 연구하며 영어사전을 수시로 찾다 보니 사전에 정답이 나와 있더군요.

요즘 나온 개정판이라는 어느 영어사전은 변질되어선지 아예 실리지도 않았던데, 예전에 나온 사전에는 분명히 정관사 the에 대해 이렇게 실려 있지요.

[낱낱의 사람(물건)을 가르쳐서 앞에서 언급되지 않았지만, 절 · 구 · 낱말에 의하여 그것으로 알 수 있는 것을 나타냄]

예를 들면 이런 것이지요.

I'm going to go to the school.

나는 학교에 공부하러 간다.

I'm going to go to school.

나는 학교에 간다.

the가 붙은 것은 공부를 하기 위한 목적으로 학교에 간다는 것이고, 후자는 볼일이 있어서 갈 수도 있고, 운동하러 갈 수도 있는 것으로 꼭 공부가 목적이 아니라는 거죠.

쉽게 설명하면 학교의 설립 목적이 무엇인가를 생각하면 간단하지요. 학교라는 건물을 설립하는 공공의 목적은 공부를 가르치기 위한 곳이고, the 는 그것을 지칭하는 것이기에 앞에 설명이나 언급이 없어도 the가 붙으면 반드시 공부하러 가는 뜻이 된다는 말이지요.

school 앞에 the가 붙으므로 달라지는 번역은 어렵지 않게 이해되리라 여겨지지요. 그러나 워즈워스의 시에 실린 the Rose나 the Moon을 해석한 것을 이해하기는 쉽지 않을 겁니다. 아직 운율의 정체를 명확히 알고 있지 못하니까요.

잘 보시면 아시겠지만 예로 든 번역시의 해석처럼, 정관사 the가 붙은 단어를 일찍이 학교에서 배운 그대로 '장미'라는 명사로 해석한 문장은, 시가 장르적 특성으로 요구하는 함축적 · 내포적 문장이 아니지요. 단순히 눈에 보이는 현상(상태)을 서술적으로 묘사하는 일반적 문장 형태이니까요. 그러므로 시의 문장으로는 적합하지 않지요. 앞에서도 밝혔다시피 이러한 기법은 운율이 내재되도록 형상화하는 함축적 · 내포적 작법이 아니니까요.

워즈워스는 분명 시는 구어체로 써야 한다고 주장한 시인들 중에서도 대표적인 인물인데, 번역된 시 문장은 구어체 시 형태가 아니라는 말이지요. 또한 번역된 문장 내용이 진정 시인의 경지에 도달한 시인의 시라 할만한 수준도 아니고요.

운율적으로 형상화되어야 한다는 장르 고유의 서식에 입각해 완성한 시 문장을 번역하는데, 번역하는 사람이 장르 고유의 서식 자체를 완전히 무시한 채 번역한다면 어찌 되겠습니까. 당연히 왜곡되겠지요. 그렇다면 왜곡을 막기 위해서라도 장르 고유의 서식이 있으면, 그 서식을 규명해 교육하고 증명하는 방식이 진리적 진실을 추구하는 학문적 자세 아니겠습니까.

장르 고유의 특성에 입각해 학문적 중요 요점들을 파악해야 하는지를 증명하기 위해 이상님의 〈오감도 1〉을 예로 들어 비교해보지요.

주제 : 암울한 현실에 대한 지식인의 절망과 공포의 자의식.

성격 : 주지적, 심리적, 초현실주의적, 관념적, 상징적.

편의상 인터넷에서 발췌했는데, 추상적 시라는 문장에서 이러한 요점들을 어찌 파악할 수 있는 건지 이해도 안 되지만—추측해본다면 작가 이상의 여러 면면들을 전제로 유추한 것이 아닐까 함—규정된 서식에 입각해 형상화 된 운율의 통일성을 중심으로 내재된 정체를 파악해보면 학문적 요점들이 완전히 달라진다는 거죠.

주제 : 주권의 부재에 대한 탄식.

성격 : 풍자시류.

제시된 예문을 비교해보시면 아시겠지만 주제부터 너무 다른데, 어느 것이 진실인지 증명할 수 있어야 보다 정확한 것이 되겠지요.

전자는 어찌 증명할 수 있는지 모르겠지만 제가 제시한 후자는 분명히 이해할 수 있게 증명할 수 있거든요.

오감도에 형상화된 운율을 파악하려면 먼저 오감도(烏瞰圖)의 한자부터 잘 이해를 해야 하지요.

현재 우리나라 교육에서는 烏 자를 '까마귀 오'로만 고집하는데, 이 시에서는 '탄식할 오'로 형상화된 것이거든요. 瞰 자는 '굽어볼 감' 자고요. 그러므로 오감도란 뜻은 '탄식을 굽어본다는' 구체적인 뜻이지요. 또한 이 시에 등장하는 아해라는 한자 역시 兒孩(아해)가 아니지요. 형상화된 운율의 통일성에 입각해 판단해볼 때 아해의 한자 표기는 '굶주릴 아(餓)' 자에 '종해(奚)'가 적격이지요.

이 책을 읽다 보면 이상님의 편에서 확인할 수 있겠지만 이해를 돕기 위해 중요 요점만 조금 설명해본다면, '13(충청북도, 충청남도, 전라남도, 전라북도, 경상남도, 경상북도, 경기도, 강원도와 이북 5도를 합쳐 조선의 13도 사람 전부를 지칭하는 것)인의 굶주린 종들이 (역사의) 도로를 질주한다'는 뜻이라는 거죠. 그리고 주권을 빼앗긴 국가의 국민이라 모두가 무서워한다는 거고요.

이렇게 구체적인 내용이 밝혀지는데도 추상적인 시라 하겠습니까?

문학이건 학문이건 진실을 규명하는 교육이 되어야 제대로 된 토양이 형성되고 문단의 틀도 확고해지는 것 아니겠습니까. 특히 장르적 특성에 부합되게 운율적으로 형상화해야 하는 시는, 낱말 하나하나의 의미로 문맥이 형성되기도 하기 때문에 낱말 하나만 달라져도 상당히 다른 구조로 바뀔수 있는 것이거든요. 그러므로 문학적·학문적 고양을 위해서나 지적·정서적 깊이를 함양하기 위해서라도 무엇이 진실인지 심도 있게 연구 분석해 진리적 방향을 탐구하는 교육이 되어야 발전을 기대할 수 있는 것이라 사료되지요.

〈Ode(intimations of immortality from~)〉에서 Rose는 장미를 말하는 명사가 아니라 rise의 과거형이기 때문에 '떠올라 있어'란 뜻으로 해석되어야 형상화된 운율의 통일성에 부합되지요. 그 변화를 보면 rise, rose, risen인데, 대문자로 쓴 의도는 정확히 알 수 없지요. 추측해본다면 e. e. 커밍스처럼 의도적으로 썼을 수도 있을 테고, 우리나라에서 출판된 영시집이라 우리식 기준을 적용해 달라진 것인지, 아니면 본래 시인이 그렇게 쓴 것을 그대로 옮긴 것인지 정확히 파악할 수가 없네요.

제시한 〈Ode(intimations of immortality from~)〉의 이해를 돕기 위해 쉬운 예를 추가해본다면, 멋진 영화를 본 후 감동적인 여운에 넋을 잃은 듯 스크린을 보고 있는 것처럼 무지개(형상화된 것으로, 멋진 시상 같은 것)가 떴다가 져도 사랑스러움이 남아 환희에 차도록 하므로 결국은 그 환희에 취해 멍하니 바라보고 있다는 정신적 내용이라는 말이지요.

사전을 찾아보면 알겠지만 moon은 타동사로 '멍하니 바라보다'라는 뜻을 갖고 있지요. 그러므로 the를 정관사로만 취급해서는 영시를 제대로 해석하기 어렵다는 말이지요.

영어사전에 실린 the에 대한 여러 내용 중 한 부분을 옮겨놓은 이유는 영시를 번역할 때 the를 정관사로만 취급하다가는 오류를 범하기 쉬우므로 먼저 문장의 통일성을 파악한 후 통일성에 일치하게 번역해야 보다 정확히 할 수 있다는 것을 주지시키고자 함이지요.

다른 영시에 나오는 단어 rose 중 키츠(J. Keats)의 시 〈La Belle Dame

Sans Merci〉 3연 3행에 나오는 한 행을 예로 더 들어보겠습니다.

And on thy cheek a fading rose

Fast withereth too.

너의 양 볼에 빛 잃은 장미

빨리도 시들어 간다.

정관사 the가 없어도 rose를 장미로 번역했는데, 시를 제대로 연구하지 않은 결과가 아닐까 싶네요.

fading의 뜻은 '전파의 강도가 시간적으로 변동하는 현상'이고, rose는 장미가 아니라 rise의 과거형이므로 문맥적 의미의 통일성에 맞게 번역을 하면, 전류의 흐름에 따라 변동하는 현상과 같이 얼굴에 홍조를 띠었다가 역시 빠르게 회복하는(시드는) 모습을 형상화한 것으로 보아야 하지요.

그대의 볼은 전파의 변동 현상처럼 떠올랐다

빨리 가라앉지(시들지) 필요 이상으로.

* too: 너무, 역시, 필요 이상으로.

이 작품의 통일적 운율을 파악해보면, 기사 작위를 승계받기 위해 육체적 갈증(욕념)을 다스려야 하는 젊은 미망인이 격통에 젖은 채 정조를 지켜야 한다고 요구하는 사회적 체제에 순응하고자 하는 상황을 형상화한 것이라 하면 이해가 쉬울 겁니다.

예로 제시한 시의 문맥에서 보아서 알 수 있듯 시는 운율적으로 형상화되어야 한다고 규정된 서식의 장르이기 때문에 깊은 연구 분석도 없이 익히 알고 있는 단어의 뜻 위주로 쉽게 번역을 한다면 번역 시집은 크게 왜곡될 수밖에 없는 거지요. 또한 현재 시중 서점에 진열된 영시집들 같은 번역 행위가 앞으로도 지속된다면, 제대로 번역된 영시집은 구경하기도 요원해질 것이고요.

운율의 정체를 명확히 몰라 장르적 특성까지 외면한—잘못된—번역 영시집들이 대세를 이루어 온 결과는 알게 모르게 한국 문단에 지대한 영향을 끼쳤을 테고, 앞으로도 그럴진대 이젠 진실이 무엇인지 규명하는 자세로 신중이 재고해보아야 할 때가 되지 않았나 싶지요.

일부 사람들에게는 은연중 선진 문화에 대한 막연한 경외심 같은 것도 있을 수 있고, 학자나 시인, 비평가 같은 전문가들에게는 책임감이라는 것도 있는 것이므로 전문가들은 학문적 차원에서 규명한 진리적 진실로 바른 길을 제시할 의무도 있는 거라 사료되거든요.

생각해보세요. 번역이 잘못 되었다 해도 잘못 번역된 줄을 모르면—잘못된 자료를 가지고 그것이 옳은 것인 양 주장을 해도—항거나 반박하기 어려운 거잖아요.

예를 들어 영문학 박사나 영국에서 오랫동안 영문학을 공부하고 온 경력의 소유자들이 영시 예문까지 제시하며 영시는 이러이러하다고 주장한다면, 영시에 정통하지 못한 사람이 어찌 반론을 제시할 수 있겠습니까. 반론마저 제시하지 못한다면 결국은 잘못된 번역인 줄도 모른 채 받아들여야 하는 건데요.

앞에 예로 든 시들처럼 rose를 장미로 잘못 번역하는 영문학자가 영국 문학사까지 들먹이며 자신이 옳다고 강력한 주장을 펴면, 정확히 모르는 사람들은 인정할 수밖에 없을 것 아니냐는 거죠.

시는 단어 하나만 달리 번역해도 내용이 크게 달라질 수 있을 만큼 세밀하지요. 그러므로 rose를 장미라는 명사로 번역하느냐 아니면 운율의 통일성에 입각해 rise(떠오르다)의 과거형으로 번역하느냐의 차이는 대단히 크지요. 작은 오류에 의해 문장 전체의 운율적 의미가 완전히 달라질 수 있는 것이니까요. 그렇기 때문에 진실을 정확히 규명하는 방식의 교육이 필요한 것이지요.

시라는 문장의 진실을 규명할 수 있는 근거인 규정된 서식을 명확히 숙지하고 있으면, 이 작품에 내재된 운율의 통일성상 장미라는 명사로 쓰이지 않았다는 사실을 어렵지 않게 알 수 있거든요.

예를 든 키츠의 〈La Bella Dame Sans Merci('매정한 아가씨'라 번역됨)〉의 경우, 미망인에 관한 시라서—개인적으로는—제목의 번역부터 문제가 있다고 여겨지는데, 1연 1행을 예로 들어보지요.

O what can ail thee, knight-at-arms.

무슨 근심 있기에, 갑옷의 기사여!

이렇게 번역된 내용이 운율적인 문장일까요?

이 시에서 knight는 공작, 백작 따위의 신분을 나타내는 단어라서, 갑옷의 기사라는 번역은 전혀 어울리지 않지요.

보시면 아시겠지만 갑옷이라는 단어는 쓰이지도 않았는데 어디서 나왔는지 알 길도 없고요. 그러나 번역은 제2의 창조라고 하는 대한민국 식 번역 논리에 의해 만들어진 번역자의 언어가 아닐까 추측은 할 수 있는데, 형상화된 운율과는 아무런 상관도 없는 이런 번역으로 날조를 해서는 안 된다는 거죠. 이러한 번역은 의역이 아니라 개조거든요.

운율적으로 형상화된 시 문장이면 당연히 본문에 형상화된 운율의 정체를 파악해 본문에 형상화된 운율의 통일성에 맞게 번역해야 본문에 형상화된 운율의 정체가 변질되거나 왜곡되지 않을 테니까요.

영어 단어 arm을 사전에서 찾아보면 팔이나 무기 외에도 힘, 권력의 뜻을 갖고 있지요. 그러므로 운율적 해석은 이렇게 되지요.

/오 나이트 작위에 속한 권력(힘)이 그대를 괴롭히는 무엇(어떤 것)이기에/

만약 what이 의문사로 쓰인 것이 아니라면 의미는 비슷하나 내용은 조금 달라지요.

/오 나이트 작위에 속한 권력(힘)이 그대를 괴롭히는 아름다움이기에/

what: 무엇, 어떤 것, 아름다운.

키츠의 성향을 생각해 개인적인 견해를 밝힌다면, 전자보다 후자가 좀 더 키츠다운 기법이라 사료되지요. 키츠의 시를 보면 종종 빈정거리거나 역설적 표현 속에 나타나는 그만의 해학적 기질이 보이거든요.

각설하고 결론을 말하자면 영시 번역은 제2의 창조가 되어서는 안 된다는 거죠. 본문에 충실한 번역이 되어야 규정된 서식에 입각해 시인이 인위적으로 형상화한 운율을 파악할 수 있을 테니까요.

이 시의 전체 내용을 간략히 소개하면 12연 48행의 연애 형식의 문장 속에서—정조를 지키지 못하는 경우 (나이트) 작위의 신분을 상속받을 수 없는 당시(1800년대 초)의 사회적 법 때문에—젊은 미망인이 육체적 고통을 감내하며 남편의 신분(나이트 작위)을 승계하고자 인내하는 모습을 통해 그 당시의 사회적 질서 같은 것을 시인 특유의 빈정거림까지 곁들여 형상화한 내용이지요.

참고로 말씀드리면 이 책 마지막에 이 시의 본문 내용 전체를 번역할 예정이지요.

3. 김영랑

내 마음 아실 이

- 김영랑

내 마음 아실 이
내 혼자 마음 날같이 아실 이
그래도 어데나 계실 것이면

내 마음에 때때로 어리우는 티끌과
속임 없는 눈물의 간곡한 방울방울
푸른 밤 고이 맺는 이슬 같은 보람을
보밴 듯 감추었다 내어드리지

아! 그립다
내 혼자 마음 날같이 아실 이
꿈에나 아득히 보이는가

향 맑은 옥돌에 불이 달아

사랑은 타기도 하오련만

불빛이 연긴 듯 희미론 마음은

사랑도 모르리 내 혼자 마음은.

'내 마음 나처럼 알아줄 임을 염원하며 읊은 시' 라는 주해가 붙어 있는데, 제가 보기엔 그런 내용이 아니지요.

쉽게 생각하면 혼자 애태우는 마음 전하고 싶은 사랑의 정서를 표현한 것 같은 내용으로 보이지만, 내재된 운율의 통일성을 파악해보면 산문 형태의 문장처럼 가시적으로 드러나는 언어적 의미의 내용과는 많이 다르지요. 내재된 의미는 사랑을 매개물로 해 거짓된—진실을 외면하는—세태를 질타하는 내용이니까요.

김영랑님처럼 진정 시인의 경지에 도달한 시인이 장르 고유의 서식으로 규정된 특성에 입각해 작품을 완성해도, 비평하는 이들이나 가르치는 이들 그리고 시를 읽는 독자들이 시인이 의도적으로 형상화해 내재시킨 운율적 진의를 파악하지 못하면 시인의 고양된 역량이나 고상한 정신세계와 상관없이 작품은 왜곡될 수도 있지요.

시라는 장르에서 가장 중요한 요소인 운율의 정체도 증명하지 못하는 이들이 단지 운율의 정체도 증명하지 못하는 사람들끼리 형성한 사회적 신분을 획득했다고 증명할 수도 없는 토속적 운율이라느니, 전통적인 방식을 따랐다느니 하며 명확하게 입증할 수도 없는 궤변을 합리화하려 할 수도 있고, 단순히 언어(言語)적 의미에서 뽑아 낼 수 있는 공통적 속성을 종합해 추상적으로 판단하는 그릇된 평가를 진실처럼 주장하기도 하니까요.

예를 제시하면 미당 선생의 〈자화상〉을 시인의 시라 하는 것이나, 김영랑 님의 〈내 마음 아실 이〉를 사랑의 시로 판단하는 것처럼 말이지요.

〈내 마음 아실 이〉는 명색이 인텔리라고 폼 잡는 부류들뿐만 아니라 시인과 레벨이 같다는 문인 층 사람들마저 장르 고유의 특성도 모르는 듯 잘못 평가하는 무지가 못마땅해 직설적으로 하기 힘든 말들을 형상화한 구어체 시이거든요.

진정 시인의 경지에 도달한 시인의 시로 부끄럽지 않은 작품을 창조하는 사람이 볼 때, 습작 단계도 탈피하지 못한 수준의 사람들이 습작 단계도 탈피하지 못한 수준의 작품을 시라 하는 체제에 부합되는 전문가 직함을 획득했다고 진정 시인의 경지에 도달한 시인의 시를 제대로 평가할 수 있을까요? 참으로 의문스럽지요.

운율의 정체도 모르고 왜 서식을 존중해야 하는지도 모르는 이들이 규정된 서식에 입각해 형상화한 운율의 정체를 정확히 알 수 있겠느냐는 거죠.

일반적으로 시라 하는 작문과 진정 시인의 경지에 도달한 시인의 시가 분명히 차별적인데도 포괄적으로 시라는 이름에 한데 묶여 있어 시인의 시와 습작 단계도 탈피하지 못한 작문의 변별성을 정확히 고르면 왜곡될 여지가 농후한 것이 바로 시라는 장르인데요.

시는 반드시 운율적으로 형상화해야 하는 규정된 서식의 장르이기 때문에 운율의 정체를 파악해보아야 모든 것이 나타나는 법이지요. 그러므로 시라는 문장에서 모든 것이 증명이 되지요. 예를 들어 김영랑님의 시를 읽어보면 시에 대해 정말 정통했던 분으로, 시 문학에 대한 깊은 이해와 시상

(운율) 포착의 감각이 당대의 그 누구보다 탁월했지요. 특히 운율의 정체를 어느 정도 깨닫고 있었던 것이 아닐까 사료되기도 하고요. 그렇지 않다면 현대시의 태동기라 할 수 있는 그 시절에 그렇게 많은 구어체(具語體) 시를 쓸 수 없었을 테니까요.

시라는 장르의 고유 특성을 등한시하는 현재의 대한민국 교육이나 문단 흐름처럼 작품의 진실은 외면한 채 추상적 의미만 파악하는 수준에 머문다면, 이 시 역시 흔히 보는 사랑가 정도로 여기고 말 겁니다. 이 말은 곧 장르적 특성에 입각해 분석해볼 때 〈내 마음 아실 이〉는 진정 시인의 경지에 도달한 시인의 시로 손색이 없는 구어체(具語體) 시인데도, 진실을 규명할 줄 모르는 왜곡된 교육 풍토에 의해 폄훼되고 있다는 뜻이지요.

김영랑님이 이 시를 쓰게 된 동기는 아마도 시인의 고상한 위상이나 자존심을 상하게 하는 해설 또는 왜곡된 비평 글 같은 것을 접하게 된 데에서 시상이 포착되었으리라 여겨진답니다.

운율의 통일성에서 드러나는 내용을 근거로 추측해본다면, 시인은 심혈을 기울여 〈모란이 피기까지는〉 같은 애국적 견지의 시를 발표했는데—현재 알려진 학문적 주제나 성격처럼—가당치도 않은 내용으로 왜곡하며 평가 절하하는 행위에서 비롯되었을 거라는 거죠.

시인의 시라 하기에도 부끄러운 작품이 교육용 교재에 등재되는 작금의 세태나 별반 다르지 않았을 것 같은 당시의 추세를 추측해보면, 진실이 무엇인지 정확히 아는 시인의 심기—말은 못하고—는 참으로 불편했을 것이라 예견되지요. 시라는 장르의 태동기이니만큼—시의 구체성이나 내포성 등을 적나라하게 일일이 주지시킬 수 없는 현실이라 여기거나, 시인 자신도 구체적인 증거로 증명하기는 어려운 상태였다면—개탄스러워도 어쩔 수 없이 참으며 창작하는 수밖에 없었을 테니까요. 그렇다고 자신이 쓴 작품을 세세히 설명한다는 자체도 시인의 신분으로 진부한 짓 같아 스스로의 위안거리로 삼는 마음에서, 또는 언젠가 누군가는 알 수도 있지 않을까 하는 희망적인 생각에서 이 작품을 창작한 것 같거든요.

지금 당장은 제대로 평가받지 못한다 해도 문학이 발전 흐세의 누군가는 이해할 수도 있으리라 여긴 것이지요. 언젠가 시에 정통한 후배가 나타나 자신이 쓴 시에 의도적으로 내재시킨 의식이나 의지 같은 것을 명확히 파악한다면 새롭게 조명될 수도 있고, 시로서의 작품성이나 문학적 · 학술적 가치 같은 것들도 제대로 평가받을 수 있을 테니까요.

1연

/내 마음 아실 이/

내가 쓴 시의 내용이나 시에 담긴 마음을 파악할 사람으로, 시 문장 속에 내재된 주제나 성격 등 장르적 특성에 입각해 정확히 파악해야 할 문학적 학문적 가치나 독창적 작품을 창작하는 시인의 마음을 아실 이라는 뜻이지요.

/내 혼자 마음 날같이 아실 이/

나의 시정이나 시샘, 추구하는 정서, 시인의 삶을 사는 나란 사람까지 아실이이죠.

나라의 독립을 생각하는 마음이나 구어체 시를 창작해 발표해도 제대로 몰라주는 서운한 감정 같은 것들을 정확히 파악할 수 있기를 바라는 희망의 외침이지요.

/그래도 어데나 계실 것이면/

이 시를 쓰게 된 본래 의도와 상반되는 것 같지만 몰라서 그렇지 어딘가에는 계시지 않겠느냐 하는 희망적 뉘앙스이지요.

2연

/내 마음에 때때로 어리우는 티끌과/

내 마음에 종종 뜻대로 다 못해 아쉬운 것들이 비치는(어리는) 잔재들처럼 타인들이 시인의 시를 잘못 평가하는 행태에서 느끼는 소소한 감정에서부터 시인 스스로 미비하다고 느끼는 여러 가지 것들을 형상화한 문맥이지요. 쉽게 말해 뜻은 있으나 행동하지 못하는 마음이나, 환경 같은 것을 핑계 삼아 편안하게 안주한 개인의 나약한 성향 같은 것을 거스르게 될 때 생성되는 것들이라 여겨지는데, 결국은 스스로 판단하는 결정의 결과물들로 인한 감정적 불민함을 뜻하는 것이겠지요.

/속임 없는 눈물의 간곡한 방울방울/

거짓 없는 눈물(진실)로 간곡한(간절하고 곡진한) 방울방울(점점이, 점점이 정도일 듯)

/푸른 밤 고이 맺는 이슬 같은 보람을/

색의 의미로 안전한 밤을 뜻하는 것으로, 평화로운 밤에 곱게 생성되는 감성적 결과물들로 인한 은혜로움 같은 것을 뜻하는 것 아닐까 싶네요. 시인의 자질을 부여받은 은총 같은 것을 형상화한 것 같거든요.

/보밴 듯 감추었다 내어드리지/

가치가 뛰어난 보배처럼 함축적으로 내재되게 숨겨두었다 전해드리지요
(알려주지요, 깨우쳐드리지요)

시는 함축적·내포적 문장 속에 내재된 운율을 형상화하는 장르라서 내
재된 운율의 정체가 증명되어야 하는 방식이지요. 그러므로 운율의 정체를
파악할 수 있는 사람만이 그 운율의 정체(보배)를 찾을 수 있지요.

다른 방향에서 보면 결코 당신들이 파악하는 수준이 전부가 아니라는 자
위적인 면도 담겨 있네요.

3연

/아! 그립다/

아! 진실이 그립다 아니겠습니까. 또한 알아주는 이 있었으면 하는 바람
이겠지요.

기왕이면 동가홍상(同價紅裳)이라고 시인도 그런 마음이 꽤나 들었던 것
같네요.

/내 혼자 마음 날같이 아실 이/

1연과 똑같이 반복되는 의미이기도 하지만 발전적 깊이의 문맥으로 볼
때, 앞 행의 그립다는 뜻이 진실에 대한 그리움이라면 진실을 갈구하는 내
마음을 나 자신처럼 아실 이로, 결론은 시라는 장르의 특성이나 운율의 정
체 같은 핵심 요소에 대해 시인 자신처럼 알아야 한다는 의미지요.

시인은 장르 고유의 서식에 입각해 운율이 내재되도록 형상화를 했는데
도, 작금의 대한민국 문단처럼 형상화된 운율의 정체와는 상관도 없는 애
기들로 왜곡만 하고 있다면 정말 답답하고 환장할 노릇이라 은연중 내 마

음 아실 이 어디 없을까 희망해볼 수 있겠지요.

그래도 시인으로 인정받으며 시집도 출판할 수 있었던 김영랑님은, 시인의 삶을 살 수 있어 다행이었지 않나 싶지요. 만약 〈내 마음 아실 이〉처럼 장르 고유의 서식에 입각해 완성한 구어체 시를 출판사에 보내도 서식이나 운율의 정체 같은 것을 파악할 줄 몰라 출판마저 거절당했다면 시인의 길은 고사하고 진정 시인의 경지에 도달한 시인의 시와 습작 단계도 탈피하지 못한 수준의 변별성이나, 운율과 음률(리듬)을 동일시하는 따위의 오류의 지식 같은 것들을 규명해, 진실이 무엇인지 증명하거나 알리는 데 노력을 경주해야 했을 테니까요.

/꿈에나 아득히 보이는가/

아는 이 없는 듯해 요원하게 생각도 하지만 희망은 놓지 않으려는 자세이지요.

같은 문인으로 문학을 논하고, 예술성을 지향하며, 작품성을 평가하는 등 지식인으로 행동하는 주위 사람은 몰라도, 더 나아가 설령 동시대의 모든 사람들이 모를지언정 언젠가 먼 후손들은 알지 않겠느냐는 기대감의 표현이겠지요.

4연

/향 맑은 옥돌에 불이 달아/

깨끗한 마음이 달구는 진실한 정의 뜨거움에 빠지라는 것이겠지요. 쉽게 말하면 인간의 이성은 기본적으로 이상적인 것을 흠모하는 성향이라, 거짓 없는 진실은 저절로 감지해 추구한다는 뜻이라 여겨지네요.

진실은 희망 중에도 아주 귀중한 것이지요. 하지만 구슬도 꿰어야 보배라고, 어떤 진실은 결코 행하기 쉽지 않은 경우도 있지요. 특히 독재치하나 주권을 잃은 망국의 국민을 예로 든다면, 옳음을 실현하기 위한 의기는 간절해도 행동으로 옮기기는 쉽지 않을 뿐만 아니라, 발전성이나 성과가 없음으로 해서 생기는 조바심 같은 것은 시간이 지날수록 많아지는 법인데, 그러한 의식적 사고를 시인의 감상적 정서로 형상화한 것이 아닐까 하네요.

/사랑은 타기도 하오련만/

'문학을 사랑한다면 잘못을 규명해 시정하고자 할만도 하건만'으로, 진리를 사랑하는 진실에 목말라 의욕이 탈법(불붙기)도 하련만이겠지요. 다시 말하면 시라는 장르의 특성에 입각해 형상화되어 내재된 운율적 의미를 제대로 파악하려는 노력을 뜻하는 것으로, 진정 문학을 사랑하는 문학가라면 문학적 진실을 구체적으로 증명해보고자 하는 의욕 같은 것이 타올라야 하는 것 아니냐는 거겠죠.

/불빛에 연긴 듯 희미론 마음은/

진실을 추구하려하기보다는 그저 빛만 쫓으려는 태도를 힐책하는 것이겠지요.

/사랑도 모르리 내 혼자 마음은/

진실을 규명하지 않는 한 사랑도 모를 수밖에 없지요. 장르적 특성에 입각해 운율적으로 형상화하는 시인의 진실을 아는 사람은 규정된 서식이나 운율의 정체 같은 핵심 요소를 명확히 아는 이들뿐일 테니까요.

언외(言外)의 의미로 내포된 운율의 정체는 외면하고, 언어(言語)적 문맥에서 뽑아내는 공통의 속성만 종합해 판단하는 비평이나 해설로 인해 장르적 특성까지도 왜곡되는 잘못된 행태가 잘못인 줄도 모르는 세태이니, 진정 시인의 경지에 도달한 시인의 진실을 어느 누가 제대로 알겠습니까.

운율의 정체나 구체성도 제대로 파악하지 못하는 자들이 함부로 주절거리는 평에 심사가 뒤틀려도 일일이 대응할 수 없는—작문가가 아닌 진정 시인의 경지에 도달한—시인의 고뇌에 대해 신중히 생각해보는 계기가 되었으면 하는 바람이네요.

시인들이 심혈을 기울여 쓰는 작품을 평가 절하하는 것도 참기 힘들지만, 애국심 같은 거시적 의미를 내포시킨 작품들의 진정한 저의를 전혀 모르는 무지가 실로 안타까우니까요.

광복 60여년이 넘도록 정리하지 못한 매국적 행위자들의 인명부가 발간되는 등 최근 들어 잘못된 역사의 오류를 바로 잡고자 하는 노력이 공개적으로 진행되는데, 만약 해방 후 교단에서도 일부 사악한 매국적 행위자들이나 그 후손들이 매국적 치부를 감추고자 의도적으로 애국적 성향의 작품을 왜곡하는 방향으로 문단의 풍토를 조성했다면—충분히 가능한 추측이라 사료됨—대한민국의 문단은 아직도 쪽바리들 치하에서 벗어나지 못했다는 얘기가 되지요.

예를 들어 주권을 핵심 주제로 한 이상님의 〈오감도 1〉이나, 김영랑님의 〈모란이 피기까지는〉 같은 애국적 견지의 시를 한번 곰곰이 생각해보세요. 또한 교과서에 등재된 수많은 시들 중에 일제 치하에서 벗어나야 한다거나 강제로 빼앗긴 주권을 회복해야 한다는 내용의 시들이 있는가를.

이육사님의 〈청포도〉나 이상화 선생의 〈빼앗긴 들에도 봄은 오는가〉 등, 일제 치하에서 시를 쓴 분들의 작품이 여럿 있는데, 그중 독립이나 해방을

위해 노력해야 한다는 선동적 작품이나 저항 정신을 주제로 반일(反日) 적
국민 정서를 일깨우려는 의도로 쓴 훌륭한 작품이라고 가르치는 시가 있는
가요?

앞에서 밝혔듯 김영랑님의 〈모란이 피기까지는〉에서 파악되는 운율적 주
제는 '조국의 독립(해방)을 갈구함'인데, 현재 운율의 정체를 외면한 채 드
러난 주제는 '소망의 성취에 대한 기다림'으로 완전히 다르지요. 즉, 매국
노들을 정리하지 못한 결과 교육 성향까지도 그 지배하에 놓여 진리적 진
실이 사장되는 풍토로 변질되었을 수도 있다는 거죠.

〈모란이 피기까지는〉에 형상화된 운율적 의미들을 설명하기 전에, 형상
화 된 운율의 정체를 파악했을 때 드러나는 주제가 '조국의 독립을 갈구함'
이라는 제 판단과, '소망의 성취에 대한 기다림'이라는 것 중 어느 것이 진
리적 진실일 것 같은지 비교 판단해보시라고 먼저 〈모란이 피기까지는〉의
시집에 첨부된 시집의 해설 내용을 일부 옮겨놓겠습니다.

*   *   *

이 시는 비교적 단순한 서술로 마무리되고 있다. 딴 작품들은 전통적인
민요의 시 형태로 몇 개의 연으로 나누고 좀 더 반복적인 리듬을 형성해 나
가지만 이 작품은 단연(單聯)으로 끝난다. 그리고 '모란이 진다', '슬프다',
'기다린다'라는 매우 단순한 서술 외에는 별다른 것이 없다.

- 중 략 -

이 시가 특히 일반 독자에게 쉽게 공감되는 요건은 낙화에 대한 슬픔이
다. 누구나 그렇듯이 인간은 자연의 변화 속에서 자신의 운명을 상징적으

로 암시받게 된다. 그래서 모란이 진다는 것은 누구에게나 쉽게 슬픔을 감염시키고 대번에 시적 상상의 공감대를 형성하게 되는 것이다. 여기서 작자는 슬픔의 밀도를 강조하여 독자를 처절히 오열 속에 끌어들이려 하고 있다. 그것이 강조되어 모란이 졌다는 사실만으로도 작자는 일 년 삼백 예순 날을 울음으로 보내야 하는 통곡의 제삿날이 되고 있는 것이다.

－ 중 략 －

이 시가 무력하고 침체된 넋두리의 위험을 너무도 많이 지니고 있으면서도 그와 같은 실수에서 벗어날 수 있었던 것은 첫째로 모란 자체에 있다. 그 꽃이 주는 이미지 자체가 너무도 화려할 뿐만 아니라 그처럼 화려한 꽃이 져버린 데 대하여 그토록 서러워한다는 영랑의 삶의 세계가 사치와 오만과 구미주의적 독선에 가득 차 있기 때문이다.

삼백 예순 날 하냥 섭섭해 울 수밖에 없다는 슬픔 자체는 슬픔의 과장으로서 무기력이요, 좌절이요, 절망이지만, 사실은 이 같은 슬픔에서 그 같은 무기력이나 좌절감을 받아들일 사람은 아무도 없다. 왜냐하면 그것은 죽은 자식에 대한 통곡도 아니고 배고프고 억울한 자의 흐느낌도 아니요, 그 같은 현실로부터는 절대적으로 해방된 천국의 자유세계에서만 누릴 수 있는 슬픔이기 때문이다.

역사적 삶의 현장에서는 참으로 울어야 할 일도 많은데 그 같은 울음은 한 방울도 없이, 단 하나 꽃 중에서도 가장 화려하고 가장 풍요와 부귀를 상징하는 모란 때문에 일 년 내내 울 수 있다는 것처럼 사치한 울음이 어디 있을까?

이 시가 결코 구질구질한 넋두리가 되지 않는 이유는 이 같은 구미주의적 오만과 사치의 발상법에 있는 것이다.

– 중 략 –

셋째로 그 같은 좌절과 무기력의 넋두리가 되지 않은 이유는 그가 삼백 예순날만 울 뿐이지 삼백예순다섯 날을 몽땅 울고 있는 것이 아니라는 점이다. 다시 말해서 모란이 다시 피기까지는 삼백 예순 날 하냥 울기만 한다는 서술은 꽃피는 '기다림'이 있는 이상 결코 절대적 절망이 될 수 없다. 일년 365일 중 5일이라는 기간을 분명하게 모란이 다시 피는 날로 못박아놓고 있는 이상 이 시인에게는 절대적 절망이 허용될 수 없는 것이다. 따라서 삼백 예순 날 하냥 섭섭해 운다는 것은 그 다음 다시 모란이 피는 닷새 동안이 얼마나 벅찬 환희가 될 것인가를 역설적으로 반증하기 위한 섭섭함이요, 울음에 지나지 않는다. 다시 말해서 이 시는 외형적으로 모란이 진다는 것과 그 슬픔을 말하는 것 같지만 그와 반대로 모란이 핀다는 것과 그것이 얼마나 큰 기쁨인지를 표현하기 위한 역설적 표현일 뿐이다.

1930년대에서 해방의 날까지 우리는 문학사적으로 순수문학 시대에 접어든다. 김영랑과 박용철, 정지용 등은 모두 프로 문학파가 붕괴되던 시기에 순수문학의 화려한 나무집을 숲속에 지은 사람들이다. 그들은 역사의 폭풍을 피하기 위하여 일제의 총칼이 간섭하지 않는 숲속으로 도피한 것이다. 거기서 그들은 민중의 슬픔 대신 예술지상주의, 탐미주의를 논하고 예술의 순수성을 주장하며 그 이론을 정립해 나갔다.

*   *   *

운율을 등한시한 논리나 이론, 해설, 주해 따위들은 운율을 구체적으로 파악했을 때 드러나는 내용과 많이 다르지요. 앞에 제시한 이상님의 시 〈오감도 1)의 학문적 중요 요점처럼 말이지요. 즉, 시는 시와 운율의 독특한 관계상 운율 중심의 문장이 될 수밖에 없는 생리라서 반드시 운율의 정체에 의해 모든 것이 결정 날 수밖에 없는 장르이지요. 헌데 어찌 운율의 정체도 파악하지 못한 학문적 요점들을—주제나 성격 등등—신뢰할 수 있겠습니까. 다시 말하면 시는 근본적으로 운율의 정체가 증명되어야 하는 장르적 특성을 충족시켜야 하기 때문에 추상적이라는 등의 거짓말로 속일 수 있는 장르가 아니란 말이지요.

운율의 정체를 배우지 못한 상태에선 행여 속을 수도 있겠지만, 운율의 정체나 장르적 특성 같은 예비지식을 구체적으로 숙지하게 되면 누구나 운율의 정체를 증명할 수 있는데 장르가 시인데 왜 속겠습니까.

예로 든 〈모란이 피기까지는〉의 해설을 보면, 운율적 중요 포인트는 무시한 채 오로지 모란이 피고 지는 데에 초점을 맞추어 쓴 시라며, 언어적 의미 중심의 함유적·외연적 개연성 위주로 설명하고 있지요.

시가 마치 언어적 의미 중심으로 완성되는 문장처럼 말이지요. 앞에서 여러 번 설명했다시피 분명 언어적 의미의 문장이 아니지요. 그러므로 언어적 의미의 통일성을 중심으로 설명하는 행위는 시와 운율의 밀접한 관계상 시는 함축적·내포적 문장이어야 한다는 시의 본질도 모른다는 고백이나 다름없지요. 즉, 함유적·외연적 개연성을 중심으로 제시한 설명은, 곧 함축적·내포적 문장과 함유적·외연적 문장을 구분하지 못한다는 실토나 마찬가지란 말이지요.

함유적·외연적 문장과 함축적·내포적 문장의 변별성조차 모르는 사람들이 단지 문학박사니, 시인이니, 비평가니 하는 전문가적 신분을 획득했다고 진실을 규명할 수도 없는 잘못된 풍토를 조성한 그들만의 토양에서 수학한 불량한 전문성에 입각해 가르치는 지식은 시의 장르적 특성마저도 제대로 모르는 오류적 설명이기 때문에 결국 야기되는 것은 병폐의 연속일 뿐이지요.

진실을 외면함으로 해서 야기되는 병폐를 간단히 꼽아보면 추상적인 시니 이미지즘 시니 하는 것들이지요. 추상적인 시니, 이미지즘 시니 하는 종류는 시와 운율의 독특한 관계상이나 규정된 서식 상 존재할 수도 없는 형태들 인데 운율의 정체를 몰라 왜곡하는 것이거든요. 그러다 보니 장르적 특성을 충족시킨 구어체 시들까지도 반대적 성향인 추상적 시라는 가르침으로 해서 파생되는 여파는, 시나브로 태생적 핵심 존재인 운율의 정체 자체까지 부정하는 단계에 돌입한 것 같지요. 내재의 뜻만 정확히 알아도 잘못임을 분명히 알 수 있는데요.

시라는 작품에서 반드시 알아야 할 핵심 요소인 운율의 정체나 고유의 특성 같은 중요 요점 자체를 무시한 해설을 읽고, 시에 대한 이해나 지식을 터득하려는 이들이 무엇을 배우겠습니까. 자신의 계발을 추진하는 후배들이나 독자들, 시인을 꿈꾸는 문학 지망생 등등 문학적 소양을 필요로 하는 이들에게 끼치는 것은 악영향일 수밖에 없을 겁니다.

운율과 음률(리듬)은 아무런 연관성조차도 있을 수 없는데, 그 사실을 모르는 사람들에게 운율과 음률(리듬)은 동일한 것이라고 가르치면 그대로 믿을 수밖에 없는 거잖아요.

구체적으로 예를 든다면, 교사들이 장르적 특성에 입각해 운율적으로 형상화한 〈모란이 피기까지는〉을—형상화된 운율의 정체가 마치 음률(리듬)

적인 것처럼—민요적이니, 토속적 리듬이니 하는 식으로 가르치면, 그 실체를 정확히 인식하지 못하면서도 막연히 그런 거구나 하고 치부할 수밖에 없는 거지요. 진실인지 거짓인지 증명할 방법이 없으니까요.

진리적 진실인지 아닌지 구체적으로 증명하는 토대를 구축하기보다는 사회적 직위나 명성 같은 대외적 신분 중심 체계의 풍토가 조성되었을 때 배우는 입장의 사람들은 소위 전문가라는 이들의 가르침을 신뢰할 수밖에 없는 것 아니겠습니까. 저 역시 운율의 정체를 구체적으로 모를 땐 교육적 가르침을 신뢰할 뿐이었거든요.

등단 작품의 작품성을 비롯해 진정 시인의 반열에 도달한 시인의 작품임을 증명할 수 없는 교육 방식이라면, 시 문장이 갖추어야 할 장르적 특성이나 근본적 생리가 와해되는 기이한 논리가 난무해도—작금의 대한민국 실정처럼—무엇이 잘못된 것인지조차 모르는 것이거든요. 그러다 보면 논리의 허와 실도 규명하지 못하는 저변이 확대되어 주류보다 아류가 환영받는 미개한 풍토가 시대의 조류처럼 형성되어도 아류와 분명히 차별적인 주류의 진정성 같은 진리적 진실을 구체적으로 제시하지 못해 결국은 아류가 주류로 둔갑한 그 오류가 진실의 탈을 쓰는 잘못된 환경에 지배되어도 잘못된 사실마저도 인식하지 못하는 미개한 풍토가 조성될 수도 있는 것 아니겠습니까.

일례로 미당 선생의 〈자화상〉처럼 수준 미달의 작품을 교육용 교재에 시로 등재시켜 감히 시인의 시라고 가르쳐도 그 잘못을 모르고 있잖아요. 즉, 잘못된 지식인 줄도 모른 채 잘못된 지식의 테두리 속에서 획득한 신분으로 전문가 행세를 하는 이들이 자신들의 소양에 맞추어 조성한 잘못된 지식의 울타리를 기준으로 작품성을 결정하는 결과 내에서만 우수한 작품일 수밖에 없는 평으로 수준을 둔갑시켜놓아도, 일반인들은 무엇이 진실인지 구체적으로 규명할 수 없는 교육 방식 상 그저 그런가 보다 하며 속을 수밖에 없다는 거죠.

문학에 관련된 일반적 지식은 학문적 요소인 동시에 일반적 소양이기도 한 것이어서 문학에 관심 있는 사람들이나 교양을 소중히 하는 사람들이라면 기본적으로 숙지하고 있어야 할 예비지식인데요.

운율의 정체 같은 기본 소양도 제대로 배우지 못하는 교육이라면 어폐가 있는 거 아닌가요?

이상님의 시 〈오감도 1〉이 대한민국 현대시 100년 역사를 대표할만한 구어체 시라 해도 추상적 · 상징적 시라고 가르치는 궤변이 궤변인지조차 증명 할 수 없기에 오랜 세월 추상적 시의 대표적 작품처럼 매도되고 있는 거라면 대단히 큰 문제가 아니냐는 거죠.

거듭 강조하지만 소설이나 에세이처럼 일반적 형식의 문장은 언어적 의미 위주로 문장의 통일성을 구축하는 형태인 반면, 시는 운율의 통일성을 중심으로 형상화해야 하는 함축적 · 내포적 서식이 그 본질이라, 시를 창작한다는 일은 먼저 시상(운율)을 포착해야 형상화할 수 있는 장르이지요. 쉽게 말하면 기법부터 다르다는 뜻이지요.

어떤 시를 읽다 보면 시의 문맥이 너무 어렵게 되어 있어 쉽게 이해하기가 어려운데—이상님의 〈오감도 1〉 같은 경우—그 원인은 바로 시인이 인위적으로 형상화해야 하는 운율의 정체 때문이지요.

시인들은 포착한 시상(운율)을 함축적 · 내포적 문장 속에 내재되는 특성에 입각해 독창적으로 창조해야 하기 때문에 문학적 기교를 고도로 발휘할 수밖에 없거든요. 그렇지 못하면 독창성이나 창의성을 의심받게 될 수도 있으니까요.

내재되는 운율의 정체는 시인의 시임을 증명하는 증거이기 때문에 반드시 확인되어야 하는 존재이고요.

운율의 정체가 내재되어 있음을 구체적으로 증명하지 못하면 운율적으로 형상화된 상태인지 아닌지 입증하지 못하는 것이니까요. 따라서 습작 단계도 탈피하지 못한 작문과는 수준이 다른 시인의 시는 시라는 문장 속에서 시인의 시임을 증명할—운율의 정체를—증거로, 시인의 시임을 입증해야 시인의 시로 부끄럽지 않은 것이지요.

시인이라는 사람이 자신의 작품이 운율 시인지 무운 시인지도 모르고, 장르적 특성은 충족되어 있는 문장인지 아닌지, 나아가서는 습작 단계는 탈피한 수준인지 아닌지도 명확히 몰라 시인의 시로 하자가 있는 것인지 없는 것 인지도 모른다면, 명색이 시인이라는 신분의 사람이 자신의 작품이 시인의 시라 하기에 부끄러운 작품인 줄도 모른 채 시집으로 엮어 발표할 수도 있는 것 아니겠습니까.

좋은 예는 이미 앞에 제시했으니 다시 거론하지 않아도 아실 겁니다.

모란이 피기까지는

-김 영랑

모란이 피기까지는

나는 아직 나의 봄을 기다리고 있을 테요

모란이 뚝뚝 떨어져 버린 날

나는 비로소 봄을 여읜 설움에 잠길 테요

5월 어느 날, 그 하루 무덥던 날

떨어져 누운 꽃잎마저 시들어 버리고는

천지에 모란은 자취도 없어지고

뻗쳐오르던 내 보람 서운케 무너졌느니

모란이 지고 말면 그뿐, 내 한 해는 다 가고 말아

삼백 예순 날 하냥 섭섭해 우옵내다

모란이 피기까지는

나는 아직 기다리고 있을 테요, 찬란한 슬픔의 봄을

　　저는 앞에 제시한 해설과 다르게 이 시에 등장하는 모란은 은유적 매개체에 불과하다고 단언하지요. 시라는 장르의 특성을 명확히 모르면 일반적 문장처럼 모란이 피고 지는 자연적 현상에 비유해 쓴 문장이라 생각할 수도 있겠지만, 고작 모란이 피고 지는 자연적 현상에 비유된 작품으로 파악하는 것은 운율의 정체도 제대로 모른다는 스스로의 무지를 드러내는 행위인 동시에, 시인이라는 특별한 사람들에 지적 위상이나 고양된 문학적 역량 같은 것들을 모독하는 행위에 지나지 않는다고 여기지요.

이 시의 문맥 속에 모란은 은유적 매개물로 형상화된 운율의 통일성을 구현하는 데 핵심 역할을 하지요.

앞에 예로 제시한 해설은 시인이 인위적으로 형상화한 운율의 정체와는 상관없는 서술적 문장의 언어적 의미만 파악하는 데 그쳐, 형상화된 운율의 정체를 파악했을 때 드러나는 내재된 주제나 성격 같은 문학적 진의를 놓치고 있고요.

반드시 운율적으로 형상화해야 하는 시라는 장르 고유의 서식 상 내재된 운율적 주제가 진리적 진실인데요.

보셔서 아시겠지만 단순한 서술이라느니 그 외엔 별 것이 없다느니 하며 낙화의 슬픔에 견지를 두고 슬프다, 기다린다 정도로 해설을 하고 있으니 문제라는 거죠.

시의 핵심 요소인 운율적 형상화에 대한 언급 같은 것은 거의 없고, 꽃이 주는 이미지 자체가 어떠니 저떠니 하는 식으로 모란꽃과 연계해 표현된 비유적인 면에만 치우쳐 언어적 의미의 내용으로 격하시켜놓고는, 언어적 의미 중심으로 파악하는 일반적 문장의 속성에 맞게 삼백 예순 날 하냥 섭섭해 울 수밖에 없다는 슬픔 자체가 슬픔의 과장으로서 무기력이요, 좌절이요, 절망이라며, 죽은 자식에 대한 통곡도 아니고, 배고프고 억울한 자의 흐느낌도 아니라며 과장되었다는 평가를 내리지요.

시라는 장르가 마치 언어적 의미의 통일성을 위주로 완성하는 것처럼 말입니다.

〈모란이 피기까지는〉은 분명 언외의 의미인 주권이라는 주제를 규정된 서식에 입각해 운율적으로 형상화한 구어체(具語體) 시임에도 불구하고 예로 제시한 해설의 내용은 시라는 장르의 서식을 무시한 채 표면에 드러난 언어적 의미만 파악하고 있다는 거죠. 그 결과 내재된 운율의 정체는 전혀 알 수 없는 내용이고요.

삼백 예순 날 우는 슬픔 자체가 슬픔의 과장으로, 무기력과 좌절, 절망으로, 죽은 자식에 대한 통곡도 아니고, 배고프고 억울한 자의 흐느낌도 아니게 과장된 것이라는 판단과 과장이라는 이 모든 것을 아울러도 부족한—강제 침탈에 의한—주권의 상실 때문에 삼백 예순 날을 울 수밖에 없는 시대적 상황에 견주어 생각했을 때도 진정 과장된 내용이라 판단할 수 있을까요?

해설자가 말했듯 가장 화려한 모란에 제가 내포적 의미르 파악하고 있는 주권(독립, 해방의 의미를 포함)을 매개물로 이입해보겠습니다.

나라 잃은 국민에게 주권(독립이나 해방)은 꽃 중에 꽃인 모란꽃이라 해도 과언은 아닐 겁니다. 영혼까지 쪽바리들의 종으로 사는 매국노들을 제외한 애국적 견지의 국민들에게 주권은 가장 우선되는 선결 문제라 할 수 있으니까요.

모란이 주권을 의미하는 은유적 매개물로 보고 극명하고도 단순하게 재구성해보겠습니다.

모란(주권)이 피기까지는

모란(주권)이 피기까지는

나는 아직 나의 봄을 기다리고 있을 테요.

모란(주권)이 뚝뚝 떨어져 버린 날

나는 비로소 봄을 여읜 설움에 잠길 테요

5월 어느 날, 그 하루 무덥던 날

떨어져 누운 꽃잎마저 시들어 버리고는

천지에 모란(주권)은 자취도 없어지고

뻗쳐오르던 내 보람 서운케 무너졌느니

모란(주권)이 지고 말면 그뿐, 내 한 해는 다 가고 말아

삼백 예순 날 하냥 섭섭해 우옵내다

모란(주권)이 피기까지는

나는 아직 기다리고 있을 테요, 찬란한 슬픔의 봄을

운율의 정체를 파악했을 때와 파악하지 못한 예를 보셨듯이, 운율의 정체를 등한시할 경우 시는 예로 제시한 해설 내용처럼 왜곡될 수도 있기 때문에 시는 반드시 운율의 정체를 먼저 파악해야 하는 것이지요.

간략히 재구성한 내용만으로도 알 수 있듯, 이 시는 조국의 독립 쟁취나 주권 회복에 뜻을 두고 쓴 시임이 분명하지요. 그런 점들은 형상화된 문맥에 뚜렷이 나타나 있을 뿐만 아니라 김영랑님의 시 여러 편에서 발견된답니다.

두드러진 부분만 먼저 증명해본다면 /5월 어느 날 그 하루 무덥던 날/이라 했는데, 진정 우리나라 5월이 그리 무덥단 말인가요? 그리고 /떨어져 누운 꽃잎마저 시들어 버리고 천지에 모란은 자취도 없어지고/라고 하잖아요.

하늘과 땅 사이에(천지)에 모란이 자취도 없이 사라질 수 있는 건가요. 아니거든요. 지구가 멸망하지 않는 한 어디엔가는 남아 있을 수 있는 건데, 이렇게 표현한 이유는 이런 문맥들이 다 장르 고유의 특성에 입각해 시인이 인위적으로 창조하는 운율적 의미의 통일성 때문이거든요.

'천지에 모란은 자취도 없이 사라지고' 라는 의미는, 주권(국권)을 빼앗긴 날로 조선이라는 나라가 천지(지구상)에서 지워진 날이니까 아주 구체적이고 정확한 형상화지요.

조선이라는 나라가 없어짐으로 해서 조선인도 없어지고, 조선인의 주권 역시 세계 그 어디에도 존재하지 않는다는 것을 형상화한 내용이라면 이해가 빠르겠지요.

떨어진 꽃잎 역시 보다 직접적으로 분석해볼 때 가장 먼저 떠오르는 것은 쪽바리들의 강제적 점령기에 떨어져 누운 꽃잎들이 시`들어버렸다는 의미지요. 즉, 3.1만세운동 같은 거국적인 일에 참여했다가 희생된 구국의 의사들에 대한 표현이라는 거죠.

눈앞에서 벌어지는 당장의 피해나 물질적인 것들에 대한 손해에 대해선 상당히 민감한데 주권 같은 정신적 피해에 대해서는 거리낌 없이 감수하는 정말 한심하고 조잔한 자들이 있지요. 아니 물질을 더 소중히 여겨 감히 물질에 견줄 수 없는 주권 같은 소중한 정신적 재산을 팔아먹는—매국노 같은 놈들—파렴치한 놈들도 있는데, 이런 조잔하고 몰염치한 놈들은 그 능력이 아무리 뛰어나다 해도 절대 지도자적 위치에 오르게 해서는 안 되지요. 이런 쓰레기 잡배 같은 놈들은 양의 탈을 쓰고 늑대 짓을 할 놈들이라서, 신분이 아무리 높고 재산이 많아도 오직 자기 이익만을 구가하려 하기 때문에 심각한 사태를 초래할 수 있거든요. 그러므로 이런 자들은 반드시 경계해야 하지요.

정신적 피해보다 물질적 이익을 우선하는 자들은 이러한 내용의—천지(세상)에 모란(주권)은 자취도 없어지고 같은—문맥에서 아무런 감흥도 느끼지 못할 수도 있겠지만, 짐승이 아닌 인간적 이성의 소유자인 사람들은 목이 메고 가슴이 아파 눈물이 쏟아질 것 같은 심정이라는 것을 알 수 있을 겁니다. 헌데 현재 학교에서 배우는 학문적 요지는 어떤가요? 추측하건대 주권은 거론조차 없겠지요.

예로 든 3행을 연결해 재차 파악해보면 온 천지(세상)에 모란(주권)은 5월 그 하루 무덥던 날(주권을 빼앗기던 날) 자취도 없이 사라졌다는 뜻이지요. 즉, 주권이 말살된 그 하루라서 시인은 계절적—사계절이 뚜렷한 대한제국의—이치와 상관없이 오직 운율의 통일성만을 추구한 것이지요. 시라는 문장은 오직 운율을 나타내는 데 필요한 도구 같은 존재에 불과한 거니까요.

특히 /모란(주권)이 지고 말면 그 뿐 내 한 해는 다 가고 말아/ 이 행은 시인의 냉철한 이성과 분별력 그리고 세상의 이치에 달관한 자 같은 고뇌가 드러나지요.

세상사는 개인의 힘으로는 정말 어쩌지 못하는 경우도 있거든요. 위정자들의 잘못으로 인해 국권을 잃는 끔찍한 일처럼 의기와 집념, 독기 같은 것들을 다 동원해도 불가항력적일 수밖에 없는 경우도 있잖아요.

인터넷에 공개된 〈모란이 피기까지는〉에 대한 학문적 중요 요소들을 보면, 주제는 '소망의 성취에 대한 기다림'이고, 성격은 '탐기적, 낭만적'이라 하는데, 장르적 특성에 입각해 운율의 정체를 파악해본 제 견해도 밝혀보지요.

제가 파악한 내용을 보시면 장르적 특성에 입각해 운율을 파악했느냐 안했느냐의 차이가 얼마나 큰지 알 수 있을 겁니다.

주제 : 조국의 해방(독립)을 갈구함.

내재율 : 존재의 괴리감을 형상화함.

율격 : 의식의 생리적 발현을 거시적으로 고찰.

성격 : 염원시류.

운율적 갈래 : 운율 시.

앞에서 예로 제시한 해설과 장르 고유의 특성인 운율의 정체를 파악해 제시한 제 설명과는 많이 다른데, 어느 것이 문학적 작품성의 진실일까요? 둘 중 어느 것이 더 진리적 진실에 가까운 학문적 핵심 요소인지를 정확히 알아야 백년지대계라는 교육이 바로 설 수 있는 것이 아닐까 사료되는데요.

개인적인 견해이지만 예나 지금이나 시에 대한 이해 부족은 별반 다르지 않은 것 같지요. 다시 말하면 발전하지 못했다는 말이지요. 아니 좀 더 정확히 표현하면 후퇴했다는 결론이 맞을 겁니다. 최근에 출판된 시집에서는

1920, 30년 대 작품인 이상님의 〈오감도 1〉이나 오상순님의 〈방랑의 마음〉을 비롯해 이육사의 〈말〉 같은 훌륭한 구어체 시를 찾을 수 없으니까요.

천 년이 넘는 역사와 전통 속에 발전해 온 영국 문단의 시인들도 불과 수백 년 전부터 시는 구어체로 써야 한다고 했다는데, 현대시의 태동기나 다름없는 1920, 30년대에 우리나라 시인들은 이미 구어체 시를 창작하고 있었을 만큼 훌륭했지요. 비록 구어체 시를 쓰면서도 구어체 시인지는 정확히 몰랐을 수도 있었겠지만, 시를 어떤 방식으로 써야 하는 건지는 본능적으로 체득하고 있었던 것 같거든요. 추측컨대 몇몇 분들은 선천적으로 자질을 타고난 뛰어난 시인님들 아니었을까 사료되지요.

시인 수만 명 시대라는 요즘 시집을 보면 사랑의 표어처럼 서술하거나 묘사한 문장을 시인의 시라고 출판하는 이들이 많은데, 시인 수가 불과 수십 명 시대였던 1920, 30년대보다 오히려 수준이 떨어지지요.

문장 구성 능력만 어느 정도 능숙한 경지에 도달한 자들이라면 누구나 쓸 수 있는 서술적 묘사 형태의 문장과 운율적으로 형상화한 작품이 그들의 수준까지도 단적으로 증명하는 것이 바로 시의 특성이기도 해, 시라는 장르는 속이고 싶어도 속일 수 없는 독특한 형태이거든요. 즉, 시는 서식화되어 있는 장르이기 때문에 그 서식에 입각해 파악해보면 후퇴했다는 사실이 증명 되거든요.

정지용 선생의 〈향수〉 같은 문장으로 예를 들면, 형상화란 의미만이라도 정확히 숙지하고 있다면 운율적으로 형상화된 문장인지 서술적으로 묘사한 형식인지를 분명히 판단할 수 있다는 말이지요.

넓은 벌 동쪽 끝으로

옛이야기 지즐대는 실개천이 휘돌아 나가고

얼룩백이 황소가

해설피 금빛 게으른 울음을 우는 곳,

──그곳이 참하 꿈엔들 잊힐 리야,

질화로에 재가 식어지면

비인 밭에 밤바람 소리 말을 달리고,

엷은 조름에 겨운 늙으신 아버지가

짚베개를 돋아 고이시는 곳

_그곳이 참하 꿈엔들 잊힐 리야.

(정지용의 〈향수〉 1, 2연)

　서술적으로 묘사하는 형식의 글들의 성향은 어떤 형태에 대해 설명하는 방식이지요.

　예로 제시한 정지용 선생의 〈향수〉를 비롯해 /눈이 부시게 푸르른 날은/ 그리운 사람을 그리워하자./라는 미당 선생의 〈푸르른 날〉이 그런 형태이지요.

　예를 더 들면 /강나루 건너서 밀 밭길을/ 구름에 달 가듯이 가는 나그네/ 길은 외줄기 남도 삼백 리/ 라고 읊은 박목월 선생의 〈나그네〉 역시 마찬가지지요. 그러나 형상화한 문장은 분명히 다르지요.

　김영랑님의 〈모란이 피기까지는〉에서 모란─모란이라는 꽃 그 자체로 쓰인 것이 아니라─이 구체적 형태가 드러나도록 매개물화된 '주권'의 시어로 형상화된 것처럼 형체가 없는 정신적 요소들을 그 모양이 드러나도록 구체화하는 거니까요.

제시한 예문들을 파악해보시면 아시겠지만 이해를 돕기 위해 설명을 추가해본다면, 정지용 선생의 〈향수〉나 미당 선생의 〈자화상〉, 박목월 선생의 〈나그네〉 등 서술적으로 묘사한 문장은 언어(言語)의 의미의 통일성을 추구한 함유적·외연적 형태이고, 김영랑님의 〈모란이 피기까지는〉처럼 시라는 장르 고유의 특성에 부합되게 형상화된 문장은 언외(言外)의 의미로 내재되는 운율의 통일성을 중심으로 완성한 함축적·내포적 기법이라서 분명히 다르지요.

간단하게 요약해본다면 시는 반드시 지켜야 할 장르 고유의 서식이 분명히 정해진—함축적·내포적 문장 속에 형상화된 운율이 내재되어 있어야 함—독특한 형태이기 때문에 속일 수도, 기만할 수도 없지요. 그러므로 시라는 장르는 기본적으로 숙지해야 할 예비지식만 명확히 알고 있다면 누구나 작품성이나 수준 같은 것을 규명할 수 있는 문화인의 소양 같은 것이지요. 하여 교양인이라면 기본적으로 숙지하고 있어야 할 지성적 양식이라고도 할 수도 있을 겁니다.

시에 대한 요즘의 비평을 보면 당근과 채찍을 동행하기보다는 당근에만 집착하는 편리적 이론의 당위성만 논리화하는 정의가 굳어진 것 같지요. 채찍 없이는 발전도 기대하기 어려운 법인데 장르적 특성에 부합되는 작품인지 아닌지 규명도 하지 않은 채 선전용 문구를 피력하는 기교가 관점인 양 대부분 칭찬의 방향으로 동조하는 내용 일색이라는 거죠.

칭찬이 나쁘다는 얘기가 아니라 시라는 장르의 고유 특성상 반드시 충족시켜야 할 기본적인 요소가 있다면 제대로 충족시킨 문장인지 아닌지는 정확히 알고 칭찬하는 것이 순리 아니겠습니까?

시는 함축적·내포적 문장 속에 형상화된 운율이 내재되어 있어야 한다고 규정된 서식을 어길 경우, 시 같은 형태의 문장을 아무리 많이 창조해도 시—시인의 시—가 될 수 없기 때문에 하나의 법칙처럼 규정된 거라면 그 서식은 반드시 지켜져야 시가 될 수 있는 거니까요.

잘못된 교육에 의해 국민들의 정서나 소양이 왜곡되고, 군단이 퇴보하는 그 책임은 누가 지는 건가요. 신중히 생각해보면 대단히 큰 문제라 아니 할 수 없지요.

4. 조지훈

　소설(小說)을 허구라고 하는 정의는 진정 진리적 진실일까요? 국어사전에 등재된 소설의 정의는 [상상력과 사실(寫實)의 통일적 표현으로서 인생과 미(美)를 산문체로 나타낸 예술]이지요.

　국어사전에 정의된 상상력과 사실의 통일적 표현이라는 뜻이 허구란 의미 인 걸까요? 국어사전에 등재된 허구란 [사실이 없는 일을 사실처럼 얽어 조작함]이라 정의되어 있는데요. 사전에 등재된 두 가지 정의를 분석해볼 때 소설을 허구라 하는 것은 뚜렷한 문제가 있다고 여겨지지 않는가요?

　소설을 집필하는 소설가들은 소설을 허구라 하는 말에 동의하는 걸까요? 동의하니까 침묵하고 있겠지요.

　어느 유명한 문학상 심사위원으로 참석했던 이의 심사 후 소견이 실린 신문기사 내용을 읽은 적이 있는데 소설은 어차피 허구라고 단정 지어 말하더군요. 이처럼 소설을 허구로 규정해도 정말 하자가 없는 걸까요?

　포(E. A. Poe)의 소설론처럼(본문을 확인한 것이 아니기 때문에 번역에 오류가 있는지는 모르겠지만) 소설은 '사실적인 이야기와 상관없이 작가가 인공적으로 예술성을 중심으로 작품화하는 것' 이라서 사실성과 무관하게 허구적으로 과장하거나 예쁘고 아름답게 포장하여 작가가 추구하는 예술성을 표현하기만 하면 되는 형식인 걸까요?

실제 공상과학 소설 같은 경우는 허구적인 이야기를 사실적으로 만들기도 하지요. 또한 무협지의 황당무계한 지나친 과장은 허구라 하는 정의에 정확히 부합되는 것 같고요.

소설은 공상소설, 무협소설뿐만 아니라 연애소설 등 그 종류가 여럿 있는데, 소설이라는 예술 작품의 작품성을 규명하는 근거는 무엇일까요? 재미, 인기, 아니면 그저 전문가라는 이들이 결정하는 것일까요.

등단한 소설가와 등단하지 못한 아마추어들이 쓴 작품의 작품성을 독자들이 직접 규명할 수 있는 예비지식 같은 것은 없는 걸까요?

당연히 있어야겠지요. 학문적 차원에서 작품성이 규명되는 것이니까요. 즉, 소설은 허구적인 것이 아니라 국어사전의 정의처럼 '상상력과 사실의 통일적 표현의 결과물'이 되어야 하는 것이기 때문에 학문적 예비지식을 숙지하고 있는 사람들은 누구나 수준이나 작품성을 파악할 수 있는 것이지요.

문득 다른 생각이 나 잠시 샛길로 빠져보겠습니다. 어떤 이야기 도중 누군가 불쑥 그러더군요. 한때 자신도 시집과 소설책을 끼고 살던 문학소년(소녀)이었다고.

그 말의 뜻은 이해하지요. 우리나라에선 단순히 시나 소설이 좋아 읽고 습작을 하면 누구나 다 문학소녀(소년)이라 하니까요. 단순히 시나 소설이 좋아서 많이 읽으며 습작을 하는 행위가 문학도의 길일까요?

앞에서 누차 밝혔듯 문학이란 글의 학문이란 뜻인데요. 전 개인적으로 문학도라는 말은 문학을 하는 데 절대적으로—몰라서는 안 될—필요한 예비지식을 터득하기 위해 학문적 공부를 하는 사람들에게 사용해야 한다고 생각하지요.

예를 들어 시인을 꿈꾼다면 시에서 가장 중요한 요소인 운율의 정체나 장르 고유의 특성 같은 기본지식 정도는 완벽히 숙지하고 있어야 장르적 특성에 어긋나지 않는 작품인 아닌지 정확히 알 수 있는 거니까요. 이러한 이유 때문에라도 장르의 핵심 요소인 예비지식은 기본적으로 공부해야 하는 것이지요. 즉, 문학도라면 문학에 대한 지식을 배우는 과정이니까 반드시 숙지해야 할 필수적 소양인 예비지식을 공부하는 이들에게 적용되는 용어가 아니냐는 거죠.

작가라는 전문적 신분의 사람이 자신이 창작하고 있는 작품의 고유 특성도 정확히 모르면서 어찌 자신의 창작품이 장르적 특성에 부합되는 작품인지 아닌지 판단할 수 있겠습니까? 다시 말하면 시인 또는 소설가라는 신분을 획득한 사람이 시나 소설이라는 창작품을 출판할 때는 반드시 그 장르 고유의 특성을 충족시킨 작품을 발표해야 하는 거잖아요. 만약 그렇지 못하다면 대단히 창피한 일이니까요.

앞에서 시의 장르적 특성에 대해 여러 번 거론하며 그 중요성을 거듭 반복했듯, 장르적 특성 같은 핵심 요소는 기본 지식인 동시에 핵심적 사안이기 때문에 간과해서는 안 되는 거잖아요.

등단한 시인이나 소설가, 수필가라는 전문인들의 작품이라는 것이 그저 전문가의 작품처럼 여겨지는 시나 소설, 수필 형태의 문장만 완성하면 되는 것이 아니라 작품을 통해 전문성을 증명할 수 있어야 하기 때문에 장르적 특성 같은 기본 조건은 필히 충족시켜야 하는 것이지요. 그렇지 않으면 진정 훌륭한 작품성이나 가치보다 인기나 신분, 명성 같은 외적 요소에 지배되어 진리적 진정성마저도 그 효용을 잃을 수 있거든요. 즉, 문장력도 중요하지만 그보다 앞서 전문성이 입증되는 학문적 지식이 전제되어야 한다는 거죠. 시건 소설이건 한 방면에 오랫동안 습작 과정을 거친 이들이라면 대부분이 등단한 시인이나 소설가, 수필가들 문장력 못지않거든요.

시인이나 소설가 지망생들의 실력을 보면 문장력은 엇비슷한데 누구는 등단하고 어떤 이들은 평생 등단을 못하기도 하지요.

왜 그렇겠습니까? 운이 없어서요. 물론 "시는 추상적이다, 소설은 허구다."라고 하는 작금의 대한민국 풍토 같은 경우엔 운도 무시하지 못하지요. 구체적으로 증명하는 체계가 아니니까요.

문장력은 유명 작가와 버금가지만 본인의 창작품이 장르적 특성을 충족시킨 작품인지 아닌지는 판단하지 못한다 해도 등단 작가로 하자가 없는 걸까요?

단언컨대 자격미달이지요. 등단 작가라면 전문가적 위치이고, 전문가라면 전문가의 신분임을 증명할 수 있어야 하는데, 전문가라면 반드시 입증할 수 있어야 하는 핵심 주제도 모르는 이들에게 어찌 전문가라 할 수 있겠습니까.

만약 누군가가 학문적 관점에서 규명된 핵심 요소들에 대해 증명할 수 있는 구체적인 주제와, 장르적 특성에 부합되는 작품인지 아닌지도 모른 채 유추하는 추상적 주제 중 좀 더 신뢰할 수 있는 하나를 선택해보라 한다면 둘 중 어느 것을 더 진리적 진실에 가깝다 판단하시겠습니까?

상식적으로 후자보다 전자에 무게감이 더 실리는 것 아니겠습니까. 그렇다면 구체적으로 증명되는 방식을 추구해야 마땅하지요. 그것이 진리적 진실에 가깝다고 여기는 보편적 인식의 학문(체계가 선지식)적 뜻이니까요.

어떤 장르이건 장르 고유의 특성은 학문적 결정체이므로 결국은 전문적 소양의 범주이지요. 전문적 소양이란 그 영역에 관심이 많아 나름대로 깊은 소양을 쌓으면 누구나 전문가들 못지않은 실력을 갖출 수도 있는 거고요. 그러니까 작품성을 판단하는 것은 꼭 전문가들만이 결정할 수 있는 전문가들만의 전유물은 아니지요.

비록 전문가라는 사회적 신분은 획득하지 못했을망정 전문가라는 이들의 수준과 대등하게 공부하여—박사과정 이수자 같은 이들—전문가들 못지않게 작품의 진위를 판단할 수 있는 학문적 소양을 숙지하고 있는 실력자들이라면, 그들도 전문가 신분의 사람들에 버금가게 진단할 수도 있는 거잖아요. 그렇기 때문에 작품성이라는 것이 전문가들의 전유물만은 아닌 거지요. 그러므로 전문가라는 미끼를 밑천 삼아 그저 동료에게 동조하는 형식의 비평으로, 단순히 독자들만 현혹하는 따위의 행위를 한다면 그것은 자격이 의심스러운 거죠.

오랫동안 습작을 했지만 등단을 하지 못한 습작 단계의 작품과 등단 과정을 통과한 소설가의 작품을 구별할 수 있는 변별성이 문장력이 아니라면, 등단 작가는 최소한 독창적인 창작품을 통해 습작 단계와 분명히 다른 차원의 수준임을 스스로 증명해야 소설가로 부끄럽지 않은 경지에 도달했다는 것을 입증하는 것 아니겠습니까. 그렇다면 습작 단계와 다른 변별성으로 소설가의 경지를 증명할 수 있어야 하는 게 아니냐는 거죠.

시처럼 예를 들어본다면 소설이라는 장르가 함유적 이야기 중심의 내용이 전부라서 문장력에 의해 수준이 결정되는 거라면 허구라 해도 무방하지요. 그러나 함유적인 내용이 전부인 작품은 습작 단계 이전의 수준이지 결코 습작 단계를 탈피해 진정 소설가 경지에 도달한 이들까지 포함하기는 무리가 있다면 문제가 있는 것이 아니냐는 얘기지요. 왜냐하면 진정 소설가의 경지에 도달한 소설가들의 작품은 함유적 이야기 속에 함축적으로 내장된 구체적 형상을 진정한 문학적 가치로 형상화해 작품성을 증명하려 하기 때문에 습작 단계의 작품과는 차별될 수도 있는 거니까요.

소설가는 자서전을 쓰는 것이 아니라 예술적 가치가 있는 작품을 창작하는 사람이기 때문에 문학적 기교도 필요치 않은 자서전을 쓰듯 표면적 내용 중심의 함유적 이야기에서 표출되는 단순한 형태로 작품화하기보다는, 오랜 세월 고양된 문학적 가교를 총동원해 내면에 내장된 함축적 예술성을 문학적 가치로 창조하려 하는 성향이라, 소설이라는 작품의 예술성을 위해 의도적으로 부여하는 허구성이나 과장하는 행위는 예술적 창조를 위해 기본적으로 용인하는 거란 말이지요. 다시 말하면 일부러 멋지고 아름답게 포장하거나 혹은 일부러 무섭고 포악하게 꾸미는 과장이나 허구적인 면은 작가가 독자들에게 전달하고자 하는 미의 창작이나 표현을 위해 의도적으로 행해지는 인공적 저의란 말이지요.

예술이라는 사전적 뜻을 간단히 정의하면 [미의 창작 및 표현]이라는 뜻이니까요. 다시 설명하면 소설을 창조한다는 행위는 조금의 가감도 없이 있는 사실 그대로를 서술하는 내용이 아니라 아름답게 창조하거나 강렬하게 표현해야 하는 것이 소설이라는 장르의 예술성이란 뜻이지요. 그렇기 때문에 실제 이야기보다 과장되었다거나 포장되었다고 허구라 하는 것은 옳지 않다는 거지요.

쉽게 설명한다면 시나 소설처럼 문자를 도구로 창작하는 문학예술이란, 보이지 않는 내면적 주제의 형상을 구체적으로 형상화하는 일이라 할 수 있기 때문에 진정한 소설가가 되기 위해 먼저 해득해야 할 사안은 장르적 특성 같은 전문적 지식을 숙지해야 하는 거란 말이지요. 장르적 특성 같은 학문적 기본 지식을 명확히 알아야 모든 작품의 작품성을 제대로 파악할 수 있을 테니까요.

김유정님의 작품 〈동백꽃〉으로 예를 들 경우, 이 작품에서 작가가 창조하고자 한 실질적(내면적) 주제는 '민족의 대동단결(화합)'이라는 거죠.

먼저 이 소설의 제목을 〈동백꽃〉으로 정한 의도부터 유추해보면, 일제 강점기의 시대적 상황을 배경으로 지주와 마름 소작인의 토면적 갈등 국면 속에 귀결된 결론적 내용은 백의민족[白]이 하나 되는[同] 것이 꽃[花=최고]이라는 것을 형상화하려 했다고 사료되거든요.

이상님의 〈날개〉의 주제는 제목 그대로 '날개'이고요. 인간은 누구나 저마다의 날개를 필요로 하지요. 바람을 이루고자 하는 희망의 날개에서부터 어떤 짐이나 고통에서 해방되고자 하는 날개를 비롯해, 대로는 현실 도피적 날개를 원하기도 하지요. 또한 작가가 작품을 집필한 시대적 배경에 입각해 거시적 관점에서 보면 주권을 강탈당한 국민에게는 주권을 회복하기 위한 날개가 필요한 거고요. 즉, 소설은 허구라 할 수 없다는 거죠. 표면의 이야기는—화합이면 화합, 날개면 날개 같은—보이지 않는 내면의 형상을 주제로 그 진정성을 표출하기 위해 조직된 것뿐이니까요. 좀 더 극적이고 적나라하게 나타내기 위해 포장하고 과장해 비록 허구적일 수 있을지언정 그것은 단지 내면의 형상을 보다 더 실감나게 느낄 수 있도록 형상화하는 작가의 인공적 기교에 불과한 거니까요. 즉, 〈동백꽃〉이나 〈날개〉 역시 습작 단계의 수준에서 허구적인 측면을 중심으로 판단한다면 표면적 이야기에 국한된 내용에서 주제를 유추하는 데 그칠 것이고, 진정 소설가의 경지에 도달한 수준을 숙지하고 있는 이들이라면 내면적 형상을 구체적으로 형상화해야 한다는 학문적 진정성에 입각해 내장된 진실을 증명해 그 작품성을 결정할 거란 말이지요.

만약 일기를 밑천으로 소설을 쓴다고 할 경우—소설가건 습작 단계의 사람이건 학생이건 간에—저마다의 견지는 이미 써놓은 내용 그대로의 사실성만을 고집한다기보다는 나름대로 포장하거나 상상력을 동원한 예술적 작품성을 부여해보겠다는 의도가 숨어 있는 것 아니겠어요? 작품화한다는 것은 기본적으로 그런 논리이니까요.

작가분들은 잘 아시겠지만 창작이라는 작업을 하다 보면, 작가가 판단하기에 보다 예술적이라 여기는 감각적인 것들도 추가할 수 있을 것이며, 감성적 의도에서 생성되는 예술적 독창성 같은 것을 확보하기 위해 과대 포장도 하게 될 겁니다. 실제 경험이나 사실보다 좀 더 예술적인 내용을 고려하게 되니까요. 있는 그대로의 이야기를 사실적으로 표현만 하는 것이 아니라 예술성을 가미해 새롭게 창작해야 하는 작업이기 때문에 미(美)라는 궁극적 목적을 위한 예술성에 집착하는 것은 지극히 당연한 일이고요. 즉, 장르적 특성으로 허용하는 예술적 견지들이 소설이라는 예술 작품이 갖은 본질적 특성인데, 예술성을 위해 기본적으로 허용하는 견지—포장하고 과장하는 행위—까지도 허구라 하는 주장이 정확한 판단이냐는 말이지요.

아니지요. 소설 작품이란 태생적으로 그렇게 만들도록 허용된 것이니까요. 설령 사실을 바탕으로 소설이라는 예술 작품을 구성한다 해도, 사실이 어떠했었다는 것과는 상관없이 작가가 인공적으로 추구하는 예술성을 위해 작가 자신이 의도하는 작품을 창조하는 행위이거든요. 그러한 것이 소설이라는 장르이고 소설이라는 작품이 지닌 문학적 본질인데 어찌 소설을 허구로 정의할 수 있단 말인가요?

영국의 세계적 대문호인 워즈워스는 그의 시 〈Ode(intimations of immortality~)〉에서 'The thought of our past years in me doth breed(생각이란 우리들의 지나간 세월 속에 나를 육성함이다)' 라고 했지요.

전 개인적으로 소설이라는 창작품은 상상력만으로 작업할 수 있는 것이 아니라고 생각하지요. 상상력이라는 것은 일반적으로 직접적 · 간접적 체험의 결과를 영양분으로 해서 피는 꽃 같은 것이라서 알게 모르게 축적된 경험 속에 구축된 열량만큼의 역량이 발휘되었을 때 다양한 색깔로 열매가 되는 생리라 여기니까요.

소설을 허구라 하는 것이 옳지 않다는 견해를 예로 든 것은, 시를 추상적이라 하는 것도 소설을 허구라고 하는 행위와 흡사하지 않나 해서지요. 시가 진정 추상적인 문장이라면, 시가 아니라 추상론에 불과한 것이지 어찌 시라고 한단 말인가요.

시의 형식만 빌려다 시처럼 썼다고 모두가 다 시인의 시라고 하지 않듯이, 통칭 시라고 하는 포괄적 지칭 속에서도 등단한 시인의 시와 습작 단계도 탈피하지 못한 작문의 변별성이 존재하기 때문에 우린 분명 등단한 시인의 시와 시인의 시라 할 수 없는 수준의 작문을 구분하지요. 이렇게 시라는 장르 속에서도 작품성을 전제로 시인의 수준을 규명할 수 있는 것이 문학의 학문적 속성인데, 장르적 특성과 배치되는 성향인 추상적 문장을 어찌 시라 할 수 있겠습니까.

앞에서도 밝혔듯이 시는 시가 지닌 고유의 서식에 맞아야 하는 것이고, 산문은 산문만의 특성에 따라야 하는 것이지 형식은 그다지 중요한 것이 아니거든요.

시를 왜 운문이라 했겠습니까? 운율의 정체가 시의 전부라 해도 과언이 아닐 만큼 중요한 존재이기 때문에 시를 운문이라 불러도 하자가 없었던 것이거든요.

산문의 경우는 언어적 의미의 통일적 주제의 전달이 핵심 요소이기에 직설적 언어로 자유롭게 표현하는 표면적 문장 구성을 추구하는 형태지요. 그러므로 보다 멋진 외형을 위해 미사여구로 포장을 하건, 수식을 위한 군더더기들이 실세처럼 화려하게 치장되어도 무방하지만, 시는 오직 운율의 정체가 드러나도록 형상화하는 데 필요한 낱말들로만 문장이 조직되어야 하기에 많이 다르지요.

시라는 문장이 어려운 것은 운율에 불필요한 군더더기 낱말들을—가능한 한—철저히 배제한 채 운율의 통일성을 추구하는 제약적 문맥이라서, 반드시 숙지하고 있어야 할 예비지식이 부족한 이들에게는 조금 난해할 수도 있는 거라 사료되지요.

시가 조금 어렵고 난해하다고 김영랑님이나 이상 시인처럼 강점기라는 암울한 시대의 조국을 염두에 두고 창조한 시 문장 속에 진지한 고뇌를—제대로 파악은 못할지언정—왜곡하지는 말아야 하는 것 아니겠습니까. 궁극적으로 볼 때 시는 지성인들이면 기본적으로 양지해야 하는 교양인들의 소양에 불과한 문학이니까요.

낙화

-조지훈

꽃이 지기로서니

바람을 탓하랴

주렴 밖 성긴 별이

하나 둘 스러지고

귀촉도 울음 뒤에

먼 산이 다가서다

촛불을 꺼야 하리

꽃이 지는데

꽃 지는 그림자

뜰에 어리어

하이얀 미닫이가

우련 붉어라

묻혀서 사는 이의

고운 마음을

아는 이 있을까

저허 하노니

꽃이 지는 아침은

울고 싶어라

─꽃이 때가 되어 바람에 지고, 날이 밝아오자 낙화는 불타오르는 빛을
내어 너무나 아름답고 아쉽다는 기존의 부연 설명을 그대로 옮겼답니다.

이 작품을 꽃이 지는 내용으로 파악하는 것은 언어적 의미만 파악하는
꼴이라 시가 아니라 작문으로 취급하는 행위지요.

시라는 문장에 쓰인 낱말들은 운율을 형상화하는 데 필요해 선택된 시어
가 되어야 하며, 단순히 사물의 상태나 어떤 현상 같은 것들을 서술하거나
묘사하는 형식으로 쓰는 것이 아니지요. 그렇듯 이 작품에서의 꽃 역시 사
랑에 관련된 시적 매개물로 보아야 하는 것이지 결코 직설적으로 묘사한
지칭어로 판단해서는 곤란하지요. 그러므로 /꽃이 지기로서니/는 '사랑이
지기로서니'가 되고, 바람은 wind가 아니고 wish적 성격으로, '바램(사전
적 정의는 바람)을 탓하랴'가 되지요.

구체적으로 정리하면 '사랑이 떠나기로서니(이별하기 싫은 나의) 바람
(바 램)을 탓하랴'가 되어, 본인은 헤어지기 싫은데 상대가 떠나버린 것 같
은 일방적인 이별의 심사를 운율적으로 형상화해야 한다는 장르적 특성에
입각해 형상화한 것이라 사료되지요.

귀촉도는 돌아와 닿는 힘(느낌)의 정도나 미련처럼 남아 있는 추억의 깊

이 같은 것으로 보면 될 것 같고, 그 외는 이별이라는 상황을 생각하면 쉽게 이해될 것입니다.

꽃(사랑)이 짐으로 해서 마음(영혼)에 타는 불도 꺼야만 하는 스스로의 참담한 다짐임을 알 수 있으니까요.

사랑했던 임은 떠났어도 사랑했던 마음은 놓지 못한 채 미련에 묻혀 있는 이의 마음에 깃드는 쓸쓸함, 외로움 따위가 영상처럼 그려지지요.

'저 허 하노니'

제 스스로 울기를 허락하노니, 사랑 지는 아침은 울고 싶어라.

사랑이라 느끼고 표현하며 행복해했던 모든 것들을 지워 나가야 하는 그 마음 어찌 울고 싶지 않겠습니까. 더구나 헤어지기 싫은 븐인의 의사는 반영되지 못한 채 헤어지고 난 후의 소산을 형상화한 시라 여겨져 더더욱 애달프게 하는 내용이거든요.

이별을 주제로 쓴 요즘 시집들을 보면 대부분 함유적으로 표현한 작품들이더군요. 함축적·내포적 작법이어야 한다는 장르의 특성도 무시한 채 주로 서술적으로 묘사한 형태라 사랑의 표어인지 타령인지 모를 언어(言語)적 의미의 작품들이 인기를 누리기도 하는데, 그러한 형식의 문장과 규정된 서식에 입각해 운율 중심으로 형상화한 이 시의 기법 같은 것을 비교 분석해볼 만하다 여겨지네요.

알다시피 시는 주로 매개물을 이용해 다양한 형상화를 하지요. 그 이유는 독창성도 염두에 두어야 하고, 창의성도 간과할 수 없는 동시에 기본적으로 지켜야 할 장르적 특성을 충족시켜야 하기 때문이지요.

개인적인 식견으로 판단해볼 때 동서양을 막론하고 인간들의 지적 성향은 대동소이하기에 일반적인 작법으로—독창적인 창작품을—규정된 서식에 어긋나지 않게 형상화한다는 일은 매우 어려운 일이라 여겨지지요. 모든 사람들이 일상적으로 쓰는 시의 작법은 천 년이 넘는 시의 역사가 진행되는 동안 헤아릴 수 없을 만큼 많은 선배들이 시인의 경지에 도달하기 전의 습작 기간 동안 내내 기본적으로 시도해본 기법일 테니까요.

시라는 작품을 개인적으로 정의해본다면, '자아의 원천적 발원을 근원적 시각에서 형상화하여 정신적 발현을 추진하는 형태의 문장'이라고 정의할 수 있을 겁니다.

시는 개성이나 철학 등 다양한 요소들이 들어 있어야 한다고 주장하는 이들도 있는데 그러한 것들은 본질적 요소가 아니라 시인의 식견에서 비롯되는 기본적 양식이지요.

시를 왜 문학의 꽃이라 하겠습니까? 시가 문학의 꽃일 수 있는 것은 인성적 생리를 구축하는 이성적 논리 속에서 내면의 이상향적 방향을 구체적으로 드러내는 대의적 방식이기 때문일 겁니다.

다양하게 발현되는 인간의 영적 소산들을 근원적 시각에서 인위적으로 형상화해야 하는 것이 시라는 문장이기에, 지상의 주민으로 발아하는 섭리적 진실이나 대의 같은 정신적 여러 자아들을 글이라는 도구를 이용해 그 모양이 드러나도록 형상화하는 행위가 시를 쓰는 작업이라 할 수 있으니까요.

시는 글이라는 도구를 통해 의미나 뜻을 구체적으로 전달할 수 있는 형태라서 그림처럼 그려 표현하는 방법과는 아주 다르지요. 그러므로 습작 단계도 탈피하지 못한 아마추어 수준의 작문이 아니라 진정 시인의 경지에 도달한 시인의 시는 시상처럼 느껴지는 감각적인 느낌이나 심중의 어떤 관념 같은 것들을 그림을 그리듯 표현만 하는 방식이 아니라 반드시 형상화해야 한다는 거죠.

영적 소산은 그 형상(形)이 갖추어지도록—모양을 취하게—형상화를 해야 그 성질이 구체적인 존재로 드러나기 때문에 구어체(具語體: 언어라는 도구로 운율이 구체적으로 갖추어지도록 만든 문장)로 써야 제격이라는 주장이 곧 시는 구어체로 써야 한다는 논리이니까요.

시는 개인감정을 표현하는 문장이 아니라 나의 이야기인 동시에 만인이 공감하는 대승적 차원의 작품일수록 훌륭한 것이지요. 그 이유는 운율의 정체 때문이고요. 운율이라는 정체 자체가 섭리적 작용처럼 생성되는 정신적 소산 같은 것들을 인위적으로 형상화하는 방식이기 때문에 만인이 동의할 수 있는 근원적 동질감을 구체적으로 획득해야 브다 더 이상적이거든요.

영시를 예로 드는 어떤 이들은 번역된 영시 문장에서 드러나는 추상성이나 상징성을 비롯해 비논리성까지도 시의 한 부분이라고 주장하는데, 영시에 내재된 운율의 정체를 제대로 연구 분석해보면 그렇지 말하지 못할 것입니다. 워즈워스처럼 구어체로 시를 써야 한다고 주장한 정통 시인들의 시는 분명 규정된 서식에 따라 운율이 내재되도록 형상화했다는 사실이 구체적으로 증명되니까요.

시중에 나와 있는 기존의 영시 번역집들 중 제대로 번역된 영시집은 단한 권도 볼 수 없었다면 믿기 어렵겠지만 실제 제 경험이랍니다. 앞에 일부예를 든 것처럼 함축적·내포적 문장 속에 내재되어 있는 운율의 정체는 등한시한 채 일반 문장 해석하듯 번역한 것이 대부분이니 왜곡될 수밖에 없지요.

영시를 연구해보면 영국 시인들이 운율적으로 형상화하는 방법도 알게 되는데, 영국 시인들 역시 포착한 시상(운율)에 필요한 낱말들을 중심으로 문장화하는 방식이지요. 그러한 작법은 김영랑님이나 김수영님 같은 분들과 똑같지요. 즉, 영국의 정통 시인들이 우리나라 정통 시인들의 작법과 동일하게 형상화한다는 사실은 곧 운율의 정체는 세계적으로 동일하다는 것을 반증한다 할 수 있을 겁니다.

우리 시에서 '길'이라는 의미가 다양한 형태로 형상화되어 사용되듯, 영시에서도 way 같은 단어가 형상화된 용도는 무척 넓게 활용된다는 거죠.

너무 잘 아는 child, wind, blow, rose 같은 쉬운 단어들이 우리가 익히 아는 일반적인 의미와 전혀 다르게 쓰인 경우도 허다하고요.

'The child is father of the Man' /

워즈워스 시의 한 행으로 /어린이는 어른의 아버지/라고 번역된 시인데, 이 시를 오랜 시간 연구해보니, 여기서 child는 어린이가 아니라 '소산(낳을 산, 바 소)'이라는 명사로 쓰인 거란 말이지요. 그러므로 내재된 운율의 통일성상 우리가 이미 잘 알고 있는 아이로 해석하면 시 내용은 물론 운율의 정체까지 왜곡될 수밖에 없다는 거지요.

이 시에 나오는 father(아버지) 역시 창조주(하나님) 아버지라는 의미이지요. 그러므로 운율적 통일성에 입각해 번역하면 /인간은 아버지(하나님)의 소산/이라는 의미가 되지요. 근원적 시각에서 보면 인간들 역시 나무나 짐승, 동물 등 지상에 존재하는 생물의 하나로, 창조주(하나님)에 의해 생겨나는(소산) 지상의 주민일 뿐이니까요.

여러 편의 영시를 연구해보니 영시에 쓰인 child란 단어는 대부분 소산의 의미였다고 했듯 시는 운율적으로 형상화를 해야 하는 문장이기 때문에 시라는 문장에 쓰인 단어는 우리가 익히 아는 단어의 뜻과 다르게 활용되는 편인데—번역 시집을 보시면 아시겠지만—대부분 일반적인 용도로 해석되어 있어 내재된 운율의 정체와는 거리가 멀게 번역되어 있지요.

시는 함축적·내포적 문장 속에 형상화된 운율이 내재되어 있어야 한다는 장르적 특성을 충족시켜야만 하는 아주 독특한 문장이라서, 자기 나라 글로 된 자기 나라 시인들의 시마저도 기본적으로 숙지하고 있어야 할 예비지식이 없으면 어려울 수밖에 없는 성향이지요.

우리 글로 된 우리나라 시도 왜곡되는 실정인데 남에 나라 글로 된 남에 나라 시야 오죽하겠습니까.

이상님의 시 〈오감도〉처럼 우리나라 시도—너무 난해해—내용 파악이 힘들면 추상적이니 상징적이니 하는 식으로 왜곡하지요.

시를 왜곡하게 되는 원인을 나름 생각해보니 답은 의외로 쉽게 나오더군요. 〈오감도〉를 예로 들어 설명하면 〈오감도(烏瞰圖)〉의 '烏(오)' 자를 까마귀 '오'라고 하는데, '烏' 자의 한자 '훈'이 오직 까마귀만 있는 것이 아닌데도, 우리나라에선 익히 알고 있는 까마귀에만 집착함으로 해서 문제가 있는 거죠.

영시를 보면 rose, child 같은 단어들이 우리가 익히 아는 뜻이 아니라 다른 의미로 쓰이고 있다 했지요. 그렇듯 〈오감도(烏瞰圖)〉에서도 '오(烏)' 자는 까마귀 '오' 자로 쓰인 것이 아니라 '탄식한 오'로 쓰인 거란 말이지요. 즉, 우리가 쓰는 낱말들은 꼭 한 가지 의미로만 쓰이는 게 아니라는 거죠. 영어 단어들이 명사로 쓰이는 단어의 뜻과 자동사나 타동사로 전환되는 의미가 다른 것처럼 말입니다.

사전에 다 나와 있는 것이니 사전을 찾아 분명히 확인해보시기 바랍니다. 이렇듯 시는 일상적인 통용의 의미 그대로 단순한 문장을 구성하는 것이 아니라 어렵지요! 쉽게 말하면 일반적인 의미 그대로 표현하는 형식은 작가를 꿈꾸는 이들뿐만 아니라 일반 사람들까지 모두 사용하는 작법이라서 앞서 산 선배 누군가에 의해 이미 사용했을 가능성이 농후한 것이거든요. 그 것은 결국 모방의 굴레를 탈피하지 못하는 것이고요.

국화 옆에서

- 서정주

한 송이 국화꽃을 피우기 위하여

봄부터 소쩍새는

그렇게 울었나 보다.

한 송이 국화꽃을 피우기 위하여

천둥은 먹구름 속에서

또 그렇게 울었나 보다.

그립고 아쉬움에 가슴 조이던

머언 먼 젊음의 뒤안길에서

인제는 돌아와 거울 앞에 선

내 누님 같이 생긴 꽃이여.

노오란 네 꽃잎이 피려고

간밤엔 무서리가 저리 내리고

내게는 잠도 오지 않았나 보다.

　　대한민국 사람 대다수가 알고 있을법한 작품 〈국화 옆에서〉이지요. 제목
이 〈국화 옆에서〉인 것처럼 이 작품은 국화가 피고 지는 자연적 현상에 비

유해 쓴 것일까요? 만약 그렇다면 이 작품은 함축적·내포적 문장 속에 형상화된 운율이 내재되어 있어야 한다는 서식에 부합되는 문장일까요, 아닐까요?

국어시간에도 윤회적 시라고 배웠고 주해도 그렇게 달려 있는데, 누가 보아도 시 같은 형식임은 분명하지만 이 문장이 진정─시인의 시로 부끄럽지 않은─시라면 당연히 운율적으로 형상화된 문장이어야 하는 것이기 때문에 물어보는 거랍니다.

〈국화 옆에서〉를 국화의 자연적 현상에 비유해 쓴 시로 판단하며 윤회설을 이입하는 행위 자체에 문제가 있다고 사료되니까요. 다시 말하면 윤회 어쩌고 하는 해설은 단순히 언어적 의미에서 유추하는 내용일 뿐이지 운율적으로 형상화된 함축적·내포적 문장이 아니라는 얘기거든요.

앞에서 누누이 설명했듯 작문과는 작법부터 다른 시는 언어(言語)의 의미 중심으로 완성하는 문장이 아니라 언외(言外)의 의미 중심 문장이지요. 즉, 역발상적으로 보면 언어적 의미의 문장으로 설명하는 해설자의 해설은 곧 〈국화 옆에서〉가 시인의 경지에 도달한 시인의 시로는 미흡하다는 것을 증명하고 있는 거지요. 운율의 정체와 거리가 먼 함유적·외연적 문장이라 설명하고 있으니까요.

시를 구어체(具語體)로 써야 한다는 주장이 타당한 이유를 간단히 제시해본다면 이런 거지요.

자신의 희생을 무릅쓰고 남의 어려움을 돕거나 불의에 항거하는 정의감을 비롯해, 숭고한 애국적 행위 또는 고귀한 기사도 정신 같은 것들이 은연중에 감동을 선사하는 것처럼 운치(韻致: 고상한 품위가 있는 기상)적인 정신적 형상(形象: 감각으로 포착한 것이나 심중의 관념 같은 것)을 독창적으로 문장화하는 인위적 노력에 의해—그 모양이—구체적으로 드러나게 완성한 문장이 시라는 장르 고유의 특성에 어긋나지 않는 작품임을 입증하는 가장 완벽한 방식이기에 구어체로 써야 한다는 거죠.

근원적 시각에서 판단해보았을 때 사랑이나 불의에 대항하는 정의감 같은 것들은 구체적인 모양이 드러나기 전까지는 관념적 형터지요. 관념적이기 때문에 말이 아닌 행동으로 증명이 되었을 때 감동을 받고요. 즉, 단지 느끼고 신뢰하는 비실체적 형상이 실체적인 모양으로 드러나야 구체성이 확보되는 것이므로 비실체적인 관념을 구체적으로 형상화해 그 모양을 나타내라는 의도가 바로 구어체로 써야 한다는 논리란 말이지요. 정신적인 작용들은 구체적인 모양이 드러나도록 형상화되어야 그 생김을 알 수 있는 거니까요.

저절로 생겨나는 감미로운 어떤 생김을 단순히 설명하는 것과 감미로운 생김이 구체적으로 드러나게 모양화하는 것은 분명히 다르기에 여타 장르와 다른 시는—서술적으로 묘사하는 형식이 아니라—형상화를 해야 한다는 거죠. 감동적 동요를 수반하여 감성을 자극하는 정신적 소산의 것들이 바로 운율의 골격을 이루는 요소들이니까요.

예를 들면 눈에 보이지는 않으나 분명 그 존재를 뚜렷이 인식하기에 그 가치를 높이 평가하는 주권이라는 정신적 산물을 꽃 중의 꽃인 모란이라는 매개물로 형상화한 김영랑님의 〈모란이 피기까지는〉처럼 시인이 인위적으로 형상화하고자 하는 운율적 주제의 모양이 구체적으로 드러나게 완성해야 한다는 뜻으로 시는 구어체로 써야 한다는 거죠.

운율의 형체 자체가 함축(속에 지니어 드러나지 않음)적인 정체이지요. 그 정체는 분명 있지만 실체는 보이지 않는 주권처럼 말이지요.

주권을 예로 든다면 주권(고아한 품위가 있는 기상의 종류)이라는 운율적 주제가 문장 전체의 한 개념(내포)으로 내재되게 형상화를 해, 내재된 그 형상이 구체적인 증거로 증명되는 문장일 때 시인의 시로 가장 이상적이라는 뜻에서 시는 구어체(具語體)로 써야 한다고 하는 거란 말이지요.

추상적 정체인 사랑이라는 만고불변의 주제로 시를 쓴다 해도 마찬가지지요. 추상적 정체인 그 오묘하고 애틋하며 미묘하기도 한 관념적·감각적 형상들을 그대로 설명하거나 표현하는 데 그치지 말고, 감미로우면 감미로운 그 정체 하나하나의 형상들이 구체적인 모양이 되도록 형상화해야 한다는 거죠.

인간은 누구나 사춘기를 겪을 때쯤이면 운명의 짝에 대해 생각도 해보고 그를 만나기를 희망해보았을 것입니다.

저 역시도 그랬거든요. 하지만 숙명처럼 겪는 체험 속에 달라지는 식견이나 시나브로 묻혀버리는 속세의 때 같은 것들에 의한 변화도 외면할 수 없어, 결국은 시시때때로 결정하는 선택이나 인연도 운명처럼 여기게 되지요. 운명적 조건이 이것만은 아니겠지만 이러한 과정을 거치며 장년에 이르도록 살아보니 우리 스스로 선택하는 상대가 바로 운명의 짝이 되는 논리라는 판단이고요.

현재 출판된 사랑의 시들을 보면 사랑을 매개물로 해서 쓴 시보다는 사랑 자체를 표현하는 사랑 타령의 글들이 대다수인데, 운율적으로 형상화하지 못하고 단순히 표현하는 성향의 문장으로 완성되어 아쉽지요. 형상과 형상화의 사전적 정의만 정확히 숙지하고 있어도 표현하는 데 그치는 기법의 문제점을 파악할 수 있을 것이라 사료되는데요.

창조물로의 사람은 상대적 성(性)이 있고, 상대적 성에 이끌리는 사랑이라는 관계로 역사가 이어지는 삶을 꾸리지요. 또한 인간은 누구나가 사랑이라는 굴레에 묶여 살아가야 하기에 사랑은 세계적인 문학가들뿐만 아니라 모든 사람들의 공통분모처럼 널리 애호되는 선호적 개념이자 주지의 요체인 동시에, 예술적 기호를 충족시키기는 매물이라서, 화려하게 포장도 되고, 아름답게 과장도 하는가 하면, 꾸미기까지 할 정도로 비중을 차지하고 있지요. 다시 말하면 사람들은 사랑을 마치 인생의 토양처럼 디딘 채 살아가고 있는 것이라 해도 과언이 아니지요. 즉, 상대적 성에게 이끌리도록 창조하신 창조주의 의도는 인간의 본능을 사랑과 함께하도록 예약해둔 것 같지요.

사랑 속에서 역사가 존속되도록 예약된 것 아니냐는 논리처럼 이미 진행되거나 펼쳐지는 시시때때의 상황을 표현하는 작업이 진정 창조적 행위라 할 수 있는 걸까요?

미당 선생의 〈자화상〉 내용 중 /대추 꽃이 한 주 서 있을 뿐이었다/ 또는 /달이 찬 어매는 풋살구가 꼭 한 개만 먹고 싶다 하였으나/처럼 언제든 변할 수 있는 상황이나 변화되는 단계에 따라 달라지는 것들을 단순히 묘사하거나 서술적으로 표현하는 내용이 진정 창조적 행위냐는 거죠.

시인의 시라는 예술적 작품이 그저 인간적 느낌 같은 것들을 각기 다른 개개인의 관념 위주로 표현만 하면 되는 방식이라면, 함축적·내포적 문장 속에 형상화된 운율이 내재되어 있어야 한다는 서식 자체가 존재하지 않아야 하는 것 아니겠습니까. 함축적·내포적 문장이어야 할 이유가 없으니까요.

시인의 시인지, 시인의 시라 하기에 부끄러운 수준인지 증명할 증거도 필요 없이, 그저 전문가들이나 독자들에게 인정받느냐 못 받느냐에 의해 시인이라는 신분이 결정되는 거라면, 운율과는 아무런 상관성도 없다는 뜻이 되는데 어찌 시는 운율적으로 형상화해야 되어야 한다고 했던 것이며, 수백 년 전부터 시는 구어체(具語體)로 써야 한다고 주장한 영국 시인들의 작품은 왜 서식에 부합되는 기법에 따라 운율적으로 형상화하는 걸까요?

시의 요건을 갖추지 못한 작문 글과 시라는 장르 고유의 특성에 부합되도록 쓴 시 문장은 분명히 차이가 드러나지요. 헌데 현재 출판되는 우리나라 시집 속 작품들을 보면 어떤 것들은 사랑의 표어집인가 싶기도 하고, 일부는 시 형식만 빌려다 쓴 작문집 같기도 해 실로 안타깝지요.

시인의 시라 하기에도 창피스러운 수준의 작문 글들이 감히 시집으로 출판된다는 것은 편집장 등의 소위 전문가 수준이라는 사람들마저도 작문과 시의 변별성을 모른다는 선언이나 다름없는 얘기가 아니겠어요? 다시 말하면 아류와 주류도 증명하지 못한다는 뜻이 되지요.

시인의 시와 습작 단계의 작문 수준도 구분하지 못하는 이들이야 아류와 주류의 차이점을 간과해도 무방한지 모르겠지만, 정통 과정을 거쳐 등단한 주류는 달라야 하는 것 아니겠습니까. 만약 똑같다면 아류와 주류가 다를 게 뭐 있겠습니까. 단순히 시 형식에 맞게 문장을 만드는 습작 행위를 반복할지언정 시라고 우길 수 있는 문장만 생산하면 시인이라는 체면을 유지할 수 있을 텐데요.

누차 강조하지만 시는 학문이기 때문에 학문적 지식을 전제로 진실을 규명하는 방식이 진리를 추구하는 자세가 아니겠습니까?

시라는 장르로 예를 들면 시를 많이 읽고 쓰는 것도 중요하지만 그보다 먼저 정확히 알아야 될 것은, 장르적 특성을 비롯해 '함축'이니 '내포'니 '형상화니' 하는 등등의 학문적 용어들을 정확히 숙지함과 동시에, 함축적·내포적 문장이란 어떤 문장인지 규명할 수 있는 구체적인 지식을 바탕으로 증명할 수 있어야 하는 게 아니냐는 거죠.

함축적·내포적 문장이 어떤 형태의 문장인지 정확히 파악할 줄 모르는 사람이 어찌 함축적·내포적 문장을 쓸 수 있을 것이며, 나아가서는 비평이나 심사 같은 중요한 임무를 제대로 수행할 수 있겠습니까. 그뿐만이 아니지요. 교사란 직업인들처럼 전문지식을 가르쳐야 하는 위치도 있기 때문에 진리적 진실을 입증할 수 있는 예비지식은 기본적으로 숙지해야 하는 것이지요.

인간들 지식의 내면을 들여다보면 결국 학문적으로 체계화된 지식을 중심축으로 해, 인간적 이성을 근본으로 하는 이상적 틀을 구축하는 형태라 할 수 있지요. 학업의 과정 역시 기본적인 지식을 먼저 숙지해야 심화적인 단계로 진입할 수 있게 되어 있고요.

5. 김 수 영

풀

-김수영

풀이 눕는다

비를 몰아오는 동풍에 나부끼며

풀은 눕고 드디어 울었다

날이 흐려서 더 울다가 다시 누웠다

풀이 눕는다

바람보다도 더 빨리 눕는다

바람보다 더 빨리 울고

바람보다 먼저 일어난다

날이 흐르고 풀이 눕는다

발목까지

발밑까지 눕는다

바람보다 늦게 누워도
바람보다 먼저 일어나고
바람보다 늦게 울어도
바람보다 먼저 웃는다
날이 흐리고 풀뿌리가 눕는다

　많은 이들이 김수영님의 시는 난해하다고 하지요. 시에 대해 정확히 모를 때—예비지식이 반드시 필요한 줄도 모르던 시절—는 저 역시 가르치는 위치의 전문가들의 가르침에 동의했었지요. 운율의 정체를 명확히 파악할 수 없었으니까요. 하지만 장르 고유의 특성에 입각해 운율의 정체를 파악할 줄 알고부터는 김수영님이야말로—현대시 백 년 역사상 몇 분 안 되는—진정 시인의 경지에 도달한 시인이라는 사실을 깨닫게 되었지요. 그러므로 김수영님의 시에 대한 진실도 정확히 알게 되었고요.

　결론부터 말하자면 〈풀〉은 영국 시인들이 수백 년 전부터 시는 구어체로 써야 한다고 하던 그 구어체 시 문장이지요. 또한 〈눈〉, 〈절망〉, 〈공자의 생활난〉 등등 김수영님의 대표작이라 할 만한 작품들은 어렵고 난해한 시가 아니라 장르적 특성을 충족시킨 훌륭한 구어체 시라는 거죠.

　이 시에서 '풀'은 그 어떤 강한 힘에도 굴복이나 좌절을 모르고 일어서는 '의지'의 매개물로 은유화된 것이지요. 그러므로 시어 '풀'은 곧 '의지'의 함축적·내포적 매개물로 보아야 하지요. 그렇게 볼 때의 단적인 구체성을 피력해보겠습니다.

풀(의지)

/풀이(의지가) 눕는다(약해진다)/

비를(눈물 같은 비애의 종류를) 몰아오는 동풍(5.16 군사쿠데타 같은 사회적 현상이 몰아닥치는 불가항력적인 힘에 의한 것이거나, 개인적 능력 부재로 인해 절망하는 따위)에 나부끼며(마음이 요동치게 하는 것, 반발하는 것 등)

/풀은(의지가) 눕고(저항할 힘을 잃고, 약해지고) 드디어 울었다(한탄이나 절망한다 등)/

날(날씨를 말하는 일기일 수도 있고, 스스로 마음에 세우고 있는 의지의 날일 수도 있지요)이 흐려서(마음에 세우고 있던 날이라면 무뎌져서일 테고, 날씨라 해도 암울한 세상을 말하는 은유적 표현이겠지요.) 더 울다가 다시 누웠다(개인의 나약한 힘으로는 넘을 수 없는 벽을 한탄하다, 다시 절망한다).

/풀이(의지가) 눕는다(약해진다)/

/바람(바램)보다도 더 빨리 눕는다/

갖고 있는 의지가 희망적 바람(바램)보다도 더 빨리 약혜진다. 그러므로

/바람(바램)보다 더 빨리 울고/

/바람(바램)보다 먼저 일어난다./

의지를 되찾았을 때 용기도 생기며 다시 바람(바램)을 동반하는 것이라 볼 수 있지요.

/날이 흐리고 풀이 눕는다/

앞에서 설명한 문맥이지요.

/발목까지/

더 이상 어찌 해볼 도리마저 희박하다는 뜻으로, 절망의 단계로 깊어지는 심리적 작용을 형상화한 것처럼 보이네요.

/발밑까지 눕는다/

완전히 좌절해 거의 포기한 투지요.

/바람보다 늦게 누워도/

어쩌면 시인은 관망하는 바람(바램)의 견지로 추스르고 있는 바람을 말하는지도 모르겠네요. 가능성을 염두에 두고 좌절이나 포기하고 싶지 않은 신념으로, 의지를 돋우어 살피는 집념의 의기 같은 의식은 바람(바램)을 포기해도 어느 순간 다시 희망의 불씨로 점화되어 불타는 성향이라, 결코 인간의 의지에 의해 점화되거나 포기할 수 있는 성질이 아니라는 점을 주지시키기 위해 '바람보다 늦게 누워도' 라고 한 것 같네요.

/바람보다 먼저 일어나고/

매개물화된 낱말의 의미를 생각해보면 따로 설명이 필요치 않은 문맥이지요.

/바람보다 늦게 울어도/

/바람보다 먼저 웃는다/

인간의 바람(바램)은 여러 종류라서 수시로 바뀌기도 하는데, 사회적 현상에 의해 생성되는 강제적 선택의 바람(바램)이라면 바람보다 늦게 우는 울음은 피눈물일 수 있지만, 바람보다 먼저 웃는 웃음은 쓴웃음이나 허탈

한 웃음일 수도 있겠죠.

  이 부분은 기교에 치중한 문맥으로 볼 수도 있겠고, 시인이 의도적으로 내포성의 강도를 인간적으로 의도한 듯도 하네요.

  독재자들과 독재에 항거하는 민초들을 연계해 생각해보면 이해가 빠르지 않을까 싶기도 하네요.

  /날이 흐리고 풀뿌리가 눕는다/

  한마로 좌절의 끝자락이지요.

  풀을 정의(正意)나 기(氣)의 매개물로 볼 수도 있겠는데. 가장 어울리는 의미는 의지가 아닐까 싶어 의지로 했네요.

  제가 이 시를 독재자들과 독재에 항거하는 민초들에 관한 시로 연계시켜 보라는 연유는, 김수영님 시에서 느끼는 남다른 점 때문이랍니다.

  우선 다른 시 하나를 살펴보지요.

눈

눈은 살아 있다
떨어진 눈은 살아 있다
마당 위에 떨어진 눈은 살아 있다

기침을 하자
젊은 시인이여 기침을 하자
눈 위에 대고 기침을 하자

눈더러 보라고 마음 놓고

기침을 하자

눈은 살아 있다

죽음을 잊어버린 영혼과 육체를 위하여

눈은 새벽이 지나도록 살아 있다

기침을 하자

젊은 시인이여 기침을 하자

눈을 바라보며

밤새도록 고인 가슴의 가래라도

마음껏 뱉자

* '초기 김수영의 대표작. 〈문학예술〉(1957)에 발표. 깨끗한 눈과 저속한 현실을 오버랩시킴' 이라는 간략한 설명이 붙어 있네요.

깨끗한 눈이라 함은 하늘에서 내리는 눈을 말하는 것일까요? 아니면 인간의 맑고 순수한 눈을 말하는 것일까요?

눈은 사람의 눈도 있고 하늘에서 오는 눈도 있지요. 또한 열매의 씨눈도 있고 새싹들의 움도 눈으로 표현되기도 하는데, 이 시에서의 눈은 어떠한 눈일까요! 저는 감시자의 눈이라고 판단하고 있는데요.

이 시가 1957년 〈문학예술〉에 발표되었다는 사실을 알기 전까지 저는 유신 시대와 연관 지어 해석을 하고 있었지요. 그 후 발표 연도를 알고는 일제치하에서 왜놈들 앞잡이 노릇을 했던 눈이거나 아니면 이승만 독재 정권과 관련된 시라고 여기게 되었지요.

왜놈 치하에서 왜놈들 개 역할을 하며 많은 지사들을 감시하던 왜놈 똘만 이들이 해방 정부의 요직을 차지하는 통에 왜놈들 치하의 매국노들 청산은 물거품이 되었지요. 아니 오히려 독재정권을 유지하려는 감시자들의 눈에 독재를 반대하는 지사님들이 시달렸다는 사실은 이미 밝혀졌잖아요!

이승만 독재 정권이 한때 왜놈들 치하에 동조했던 매국노청산위원회를 만들었다지만, 결국은 반대로 매국노 청산에 적극 활동하던 국회의원들까지 반동으로 몰아 처단하는 반국가적 · 반민주적 행위까지 저질렀잖아요.

그뿐인가요. 상해 임시정부 주석의 자격으로 입국하신 김구 선생이 암살되었고, 조봉암 선생도 공산당이라는 불명예를 쓴 채 형장의 이슬로 유명을 달리하셨을 정도로, 왜놈들 강점기 시절에 왜놈들 개 역할을 담당하던 똘마니 들이, 기득권자처럼 잡은 권력을 유지하기 위해 벌이던 서슬 퍼런 만행에 충성을 다하던 감시자들 눈이라는 거죠.

학창시절 유신 시대의 교육 중 기억이 생생한 것 중 하나는 북한에는 '5호 담당제'라는 것이 있어 감시의 눈이 곳곳에 있다고 배웠는데, 생각해보면 그 시절에는 나이가 어려서 사회를 잘 몰랐을 뿐이지, 당시 우리나라의 현실도 민주 투사들은 집안에 감금도 되고, 감시자의 눈이 은밀히 따라다닐 정도였던 거지요. 북한과 별로 다르지 않게요.

이승만 독재 시절에 사사오입 개헌을 추진하는 등 정권욕에 사로잡혀 있던 독재의 똘마니들 중 다수가 왜놈들 종복이었고, 종의 근성으로 세력을 구축해 길들여진 개들처럼 명령에 따라 움직이며 제 안위 지키기에 목숨을 거는 감시 상황 하의 사회 현상을 생각해볼 수 있다는 거지요.

독립이라는 대의를 위해 애쓰는 동족들까지 핍박하며 뻔뻔하게 간신 짓 하던 놈들의 근성이라, 왜놈들보다 더 나쁘다고 할 수도 있는—왜놈의 잔당 같은—매국적 행위자들이 제약이나 처벌은 고사하고 권력을 행사할 수 있는 위치에서 활개를 치는 세상이 조성됨으로써 국가의 안녕과 발전보다는 이승만 정권을 위협할 정도의 상대세력이나 국민적 존경의 대상들에 대한 경계와 감시의 눈으로, 독재 권력에 가시 같은 정의의 투사들이나 국민들을 탄압하고자 하는 데 필요한 좀비 같은 눈이라는 거죠.

왜놈들에게 빌붙어 호의호식해 오던 종놈들이 치욕적인 과거의 오명을 묻어둔 채 득세하며 살길은, 매국적 행위를 비롯한 반국가적 모든 잘못을 묵인한 채 사회적 지위와 권력을 누릴 수 있도록 힘을 실어주는 이승만 정권의 유지 아니었겠어요.

이미 배신했던 나라이니 두 번 배신하는 것은 식은 죽 먹기보다 더 쉬웠을 테고, 국가와 민족을 위한 일이라는 기만적 문구들의 기치 하에 충성적 명분마저 만들어 합리화할 수 있는 계기가 주어졌으니 금상첨화였을 것입니다.

매국노의 정신 상태로, 똘마니 근성이 몸에 밴 자들에게 국가의 부흥이나 정의의 궤도가 존재할 리 만무하니, 나라야 어찌 되건 국민들이 아우성치건 말 건, 이승만 정권의 똘마니로, 이승만 정권이 부여한 권력의 줄을 잡고, 오직 이승만이 최고의 권력자 자리를 유지해야 자신들을 위한 질서도 유지되니, 이승만이 국가수반의 자리에 허수아비처럼이라도 있어 주길 바랐겠지요.

〈풀〉에서는 '풀'을 의지의 매개물로 여기며, 불가항력적인 사회현상을 보는 시인의 바람(바램)과 접목시킨 시로 설명을 했듯, 〈눈〉도 왜놈들 앞잡이 노릇을 하던 자들과 이승만 정권을 연관시켜보면, 시인의 성향이나 말하고자 하는 의도를 구체적으로 파악할 수 있지요.

간단명료하게 설명하면 눈앞에 '감시'라는 단어가 생략되었다고 보는 것이지요.

/눈은 살아 있다/

감시자의 눈은 살아 있다

/떨어진 눈은 살아 있다/

감시하라는 자의 명령이 떨어진 감시의 눈은 살아 있다.

이렇게 함축적으로 나타내는 의미는 시의 독특한 특성으로 시를 어렵게도 하지만, 한편으로는 시대적 상황이나 아픔, 시인이 추구하는 저항적인 의도 같은 것들을 제지당하지 않고 쓸 수 있다는 장점이 있어 의도의 다양성을 구가하게도 해주지요.

제 나라 독립을 위해 불철주야 고군분투하는 애국투사들을 소탕하는 일에 밀정 역할도 마다 않고, 왜놈들 육사 출신의 군인 신분으로 독립군 소탕 작전의 선봉에 서기를 주저하지 않던 왜놈의 개들이 득세하던 암울한 시절에 왜놈들 똘마니나 종으로 왜놈들이 요구하는 압제 정치에 충성을 다하며 신분 상승을 노리는 저속한 근성의 개들이 트집 잡을 수 없는 고양된 지적 수준으로 시를 써야 했기에 〈모란이 피기까지는〉을 쓴 김영랑님처럼 김수영님도 기교를 필요로 했을 겁니다.

/마당 위에 떨어진 눈은 살아 있다/

담 넘어 들어오지 않는 것뿐이고, 잠자는 방에까지 들어오지 않을 뿐이라는 거죠. 즉, 어디에서건 자유롭지 못하다는 의미를 시사하는 거지요. '마당 위에 떨어진 눈이 살아 있다'고 하는 본의는 아주 가까운 주위나 근처에서 감시한다는 뜻이 아니겠어요?

/기침을 하자/

'기침'이라는 낱말은 여러 용도로 해석할 수 있는데, 여기서는 감기에 걸려 콜록이는 기침이 아니라 인사법의 의미인 기침(起枕)이 가장 적절한 듯하네요.

젊은 사람들은 잘 모를 수도 있는데, 요즘도 시골에서는 이른 새벽 어른들에게 하는 인사가 "기침하셨습니까?"이지요. 즉, "일어나셨습니까?"라는 뜻이지요.

시에 쓰인 용도로 해석한다면 분연히 일어나자, 떨치고 일어나자, 쥐죽은 듯 웅크리고만 있지 말자는 선동적 문맥이지요.

/젊은 시인이여 기침을 하자/

스스로에게 주문을 걸며 각오를 다지는 듯도 하고, 선동을 위한 외침 같기도 하지요.

/눈 위에 대고 기침을 하자/

감시하는 눈과 맞서 일어나자(행동하자).

우수한 두뇌인 시인의 역량으로, 자신처럼 그들이 알아채지 못하는 문학적 방법이라도 동원해, 선동적인 글이라도 발표하는 등의 행동을 하든지, 다른 능력을 동원해 저항해보자는 의지 표현이지요.

/눈더러 보라고 마음 놓고/ 기침을 하자/

자신감이 넘치는 동시에 무시하는 태도이기도 하지요.

"내가 쓴 이러한 선동의 시를 감시자들과 감시를 종용하는 무리들이 본들 알기나 하겠느냐! 또한 이러한 나의 행동을 감시한다고 내가 주눅 들겠느냐! 난 내가 하고 싶은 할일을 하겠다. 감시할 테면 얼마든지 감시하라!"고 외치는 것처럼 문맥에서 의기충천함이 느껴지지요.

봐도 모르는 무식한 놈들이니 마음 푹 놓고 적대적 감정이나 저항적 의식을 예술로 승화시켜 드러내자고 하는 대단한 자부심과 자신감이 나타나지요. 더불어 사나이다운 멋도 문맥 속에서 일렁이는 듯하고요.

/눈은 살아 있다/

반복적 구사로 암울한 시대 상황을 강조하는 듯하면서, 반대급부로 시인의 눈도 살아 있다는 강력한 의식을 표현하는 설정이네요.

감시자의 눈초리가 매서운 만큼 감시당하는 사람의 신경도 예민하게 반응해, 더 크게 반발로 작용한다는 의미로도 볼 수 있겠죠.

/죽음을 잊어버린 영혼과 육체를 위하여/

'죽임마저 별일 아닌 듯 행하는 인간적이지 못한 이들의 버러지 같은 영혼과 육체를 위하여'로 본다면 크나큰 죄악인지 천벌 받을 만행인지 분간도 못하며 오직 명령에 따라 행동하는 무지몽매한 자들을 안타깝게 보는 애처로움 따위로 볼 수도 있을 것이고, 시인 자신의 의기를 표출한 문맥이라면 '죽음마저 도외시한 채 옳다고 여기는 의지를 펼쳐보려 노력하는 자신의 영혼과 육체를 위하여'가 되는 것 같네요.

/눈은 새벽이 지나도록 살아 있다/

감시자의 눈이라면 24시간 내내 떠나지 않고 감시한다는 것일 테고, 시인의 눈이라면 시를 쓴다든지 모의를 위한 고뇌를 한다든지 하는 행동의 눈이겠지요.

제 견해는 시인의 눈에 더 무게를 두고 싶네요. 문맥상 저항정신이 뚜렷해 감시자가 두려워 자신의 생각을 포기한다든지 각오를 바꾸지 않을 듯해서요.

김영랑님처럼 지주의 아들이라는 신분에 구속되어 문인으로서의 행위에만 국한하는 비행동주의자의 작품이었다면 해석은 달라질 수도 있겠지요.

/기침을 하자/

일어나자.

/젊은 시인이여 기침을 하자/

젊은 시인이여 저항을 하자, 또는 선동을 하자, 일어나 싸우자.

/눈을 바라보며/

감시자들이 바라보는 앞에서 감시자들과 마주 서서, 감시하는 쪽에 대고 저항하고자 하는 시인의 눈에 무게가 기우네요.

/밤새도록 고인 가슴의 가래라도/

자유를 구속하는 감시자들로 인한 응어리라도 토해보자. 이 행을 3연과 연관시킨다면 3연은 더더욱 시인의 눈이 될 것 같네요.

/마음껏 뱉자/

뱉어내도 모르는 무식한 자들이니 염려 붙들어 매고, 가래처럼 뱉어내야 할 더러운 독재 정권의 음모를 시로 희롱해보자.

시인의 지적 위상이나 정신적으로 고양된 높은 소양 그리고 문장을 구성하는 뛰어난 능력 등 시인만이 누릴 수 있는 문학적 특권이나 자부심이 넘치네요. 어찌 보면 시인의 신분이라면 적어도 진리적 진실이나 대의가 무엇인지는 알고 행동해야 하지 않겠느냐는 외침 같기도 하지요. 마치 시인은 적어도 이러해야 한다는 기본적인 시인의 자질이나 자존심을 표출하는 듯 말이죠.

자유를 침해당할 이유가 없는 우리라는 개념 속에서 생각해볼 때, 일거수일투족을 감시당해야 하는 약자의 편에서 판단하는 보편적 인식의 눈은 결코 기분 좋을 리 없겠지요.

요즘은 소형 카메라나 CCTV도 흔한 세상인데 만약 자신이 누군가에게 감시당하고 있다면 사실을 목격했다면 어떻겠습니까? 정신적으로 느끼는 압박만으로도 일반적인 린치나 폭력 그 이상의 강도일 겁니다.

〈풀〉과 〈눈〉을 설명한 두 시에서 김수영님의 의식을 느낄 수 있을 겁니다. 옳고 그름에 대한 저항정신이나 불의에 항거해 행동하고자 하는 의식, 정의감 같은 것이 뚜렷이 나타나지요.

제가 가지고 있는 시집에 수록되어 있는 〈풀〉은 1968년 5월에 쓴 것으로 ○○사에서 유작으로 발표되었으며, 내용은 '현실 역사참여 쪽의 대표적인 주지시' 라는 해설을 달고 있지요.

국어사전에 실린 주지시를 찾아보면 주지시란 [지성을 보다 존중하는 예술의식이나 시작(詩作) 태도로 쓰여진 시]라고 되어 있지요.

〈눈〉도 '깨끗한 눈과 저속한 현실의 오버랩' 이라는 주해가 달렸다고 했는데, 저는 독재 정권의 감시자와의 관계를 들어 완전한 저항 시라고 했지요.

시인의 시는 이와 같이 함축적·내포적으로 형상화되어 내재된 의미가 구체적으로 드러나게 구어체(具語體)로 써야 한다는 것이, 수백 년 전부터 영국 시인들이 주장하는 구어체(具語體)란 말이지요.

시인이 구어체로 문장을 완성해도 구어체(具語體) 시 작품이 어떤 형태인 줄 모르는 학자나 비평가 또는 그 외의 사람들에 의해 왜곡될 수도 있지요.

시라는 장르 고유의 특성상 운율의 정체를 모르면 구어체 시임도 알 수 없게 되어, 결국은 추상적이니 어쩌니 하는 그릇된 식견에 의해 시의 본질까지 호도하는 결과를 초래하게 되는 것이거든요. 그러므로 시는 반드시 기본적으로 알고 있어야 할 예비지식을 습득해야 하는 장르라는 거죠.

진정 시인의 경지에 도달한 시인 치고 지성을 존중하지 않는 시인은 아마 없을 겁니다. 운율의 정체도 정확히 모르는 수준 미달의 아류들은 욕설이나 금기시하는 낱말까지 동원해 그저 시 같은 문장을 이룩했다고—장르적 특성도 충족시키지 못한 채—시집으로 엮어 발표할 수 있을지 모르겠지만요.

시인의 인격을 걸고 시를 쓰는 시인들이 좀 더 훌륭한 문장을 완성하기 위해 각고의 노력을 기울이는 정성과 고뇌 같은 것에서 지성을 제외한다면 무엇이 남겠습니까.

많은 시에 나타나듯 시인들은 그들 나름의 긍지와 자부심이 대단할 뿐아니라 자존심도 세고, 명예 역시 존중하는데, 어찌 지성이 결여된 글이나 함부로 쓴 문장을 내놓겠습니까. 기본적으로 알고 있어야 할 예비지식마저 모르는 단계의 사람이 아니라면, 적어도 허점을 보이지 않기 위해 작품 한

편 한편마다 마음에 들 때까지 고치고 다듬으며, 지적 소양을 거듭 불어 넣으려 노력하는 것이 시인이라는 특별한 이름의 명예를 존중하는 시인들의 기본자질일진대 어찌 지성을 외면할 수 있겠습니까.

일부 몰지각한 비주류나 명예를 소홀히 하는 이들이 있다면 그럴 수도 있을지 모르겠네요. 수준 미달의 작품인지 아닌지조차 규명할 능력이 안 되어 작문마저도 시인의 시라고 고집하는 무지를 궤변으로 합리화하려는 이들이 있다면, 지성을 도외시할 수도 있을지 모르겠지만 시를 제대로 알고 이해하는 수준 높은 시인들은 타고난 천성 때문에라도 지성을 최대한 도모할 수밖에 없을 것입니다.

〈풀〉이나 〈눈〉이 장르적 특성에 입각해 완성한 창의적 창작품인 것처럼, 시라는 문장은 고유의 특성에 비추어보면 시인이 구축한 기교나 의도 등이 다 드러나 속일 수가 없지요.

〈풀〉에서 '풀'이 의미하는 내재적 의미가 어렵고 난해한가요? 아니면 추상적인가요?

〈눈〉에서 눈이 상징적이란 말인가요? 모두 운율적으로 형상화된 구체적인 시어이지요. 문제는 시를 구체적으로 파악하는 교육이 안 되어 있다는 점이지요.

〈풀〉에 대해 설명한다는 것이 고작 풀이 상징하는 의미가 어떠니, 이미저리가 저떠니 하며 추상적으로 몰아가는 견지는 운율을 외면하는 잘못된 교육에서 기인하는 것이거든요. 김수영님의 시 〈눈〉이나 〈풀〉처럼 구체적이어야 하기에 구어체(具語體)로 써야 한다는 것인데, 반대로 추상적으로 몰아가는 가르침을 따라 배우는 사람들 소양은 어찌되겠으며, 그들이 다시 후배들에게 전하는 지식은 또 어떻겠습니까.

오류의 지식이 오류인지도 모른 채 반복되어 배달만 된다면, 시문학에 대한 진실이 제대로 확립되기 어렵겠지요. 가르치는 자가 추상적·상징적 시라고 하면 그대로 받아들여 진리처럼 외우고, 그대로 숙지해버릴 수밖에 없는 시험 위주의 교육이니까요.

주입식 교육은 가르치면 가르쳐주는 대로 숙지하라고 하는 토양을 틀로 해 풍토화되지요. 행여 반대를 제기하거나 의문시되는 문제라도 제시하면, 학위나 가르치는 신분의 지성을 의심하는 것이냐는 듯 사회적 명성이나 위치로 길들이려 하는 작태를 보이기도 하고요. 이런 것들이 시나브로 토착화되어버린 오늘날 대한민국의 성향은 진실이 눈멀고 진리가 사장되어도 무엇이 잘못된 것인지조차 규명하기 어렵지요.

강사 자리나 교수라는 직책을 매입하는 데 얼마의 단가는 기본이라고 공공연히—영화에도 나옴—말하지요. 백년지대계라는 교육의 현장이 이 모양이라면 얼마나 부패한 사회인지 더 이상 설명이 필요 없을 겁니다. 현실이 이렇다보니 무운 시가 어떤 문장을 말함인지, 어느 시를 운율 시라 하는 것인지는 관심조차 없겠지요.

진실이나 실력보다 사회적 신분이 더 중요하기 때문에 돈으로 신분을 사고, 신분을 사고 나면 투자한 만큼 찾고 싶은 본전이 먼저 생각 날 테니까 은밀히 거래가 반복되는 것은 하나의 생리처럼 작용하겠지요. 그러다 보면 비일비재하게 벌어지는 부정이 곧 당연하게 여겨지는 풍토가 될 테고요.

지식을 배달하는 자격까지의 학벌을 취득한 후에 거래로 성립된 지식 배달 자격증을 획득하는 방식이 반복되다 보면 시나브로 토착화되어, 결국은 지식 배달 자격증 취득자들이 형성하는 교육 환경이 고착화되는 상황이나 거래가 지속되어, 잘못된 지식인 줄도 모른 채 그저 외운 지식 그대로 배달만 하면 되는 환경에 지배되어 왜곡된 번역이나 시에 대한 지식의 오류 같은 것들이 난무해도 잘못된 지식이 있는지조차 모르겠지요.

요즘의 시 비평들을 보면 대부분 찬양 일색이지요. 제가 보지 못했을 수도 있다는 노파심에서 묻는데 혹시라도 장르적 특성에 어긋난다는 비평을 본 적이 있나요? 시는 분명 장르 고유의 특성이 있기 때문에 장르 고유의 특성은 비평의 기본이 되어야 하는 예비지식인데, 장르적 특성에 입각해 파악해 보았다는 비평은 이제까지 볼 수 없었거든요.

제대로 된 비평 없이 발전이 가능하겠습니까? 그저 독자들이나 현혹시키겠다는 찬사 일색의 비평은 독자를 기만하는 행위나 다름없지요.

요즘의 비평은 대부분 명망이 있거나 사회적 신분을 보장하는 친분 관계의 사람에게 부탁해 쓰는 세태라 비평이라기보다는 권모술수적 견지나 진배없다고들 하던데, 시인의 시라 하기에도 창피한 작품을 마치 훌륭한 시인의 시인 양 포장해 기만하는 현실에서 제대로 된 문학적 토양이 형성될까요?

한마디로 답하면 NO지요. 장르적 특성도 모르는 사람들끼리 작당해 형성한 환경에 불과한데 무슨 발전을 기대할 수 있겠습니까.

구어체 시 문장이 어느 시인의 어떤 문장인지 예를 들어 가르치는 교사를 보았는가요? 운율의 정체에 대해 설명하는 교사를 보았는가요? 운율 시문장과 무운 시 문장의 변별성을 가르치는 분이 있으신가요?

시는 추상적·상징적이라서 설명할 수 없는 문학이라는 왜곡된 지식이나 주입하지 않으면 다행이지요.

〈풀〉이나 〈눈〉이란 시에 대해 전에는 어찌 생각했는지 모르지만 제가 제시한 분석을 읽고도 추상적이고 상직적이며 비구체적이라서 설명할 수 없는 문학이라 하겠습니까?

앞에서도 밝혔지만 시는 시인이 구체적으로 써야 하는 장르이기 때문에 설명이 필요 없는 문학이지요. 영국 시인들이 수백 년 전부터 시는 구어체(具語體)로 써야 한다고 했던 주장 그대로요.

제가 시에 대한 진실을 반복해 거론하는 이유는 시에 대한 교육의 질을 무운 시나 운율 시의 변별성뿐만 아니라 내재율과 율격 같은 중요 요소까지 주지할 수 있도록 배양시켜야 한다고 생각하기 때문이지요.

김수영님의 〈눈〉으로 예를 든다면

주제 : 제재에 대한 반발.

내재율 : 이면공작(裏面工作)을 형상화함.

율격 : 배타적 의식의 고찰.

성격 : 저항적 선동시류.

운율적 갈래 : 운율 시.

문장 내용을 정확히 파악하기 힘들어하는 일부 독자들은 익히 알려진 명성이나 약력에 의존하게 되지요. 오류라는 사실을 증명할 수 없음으로 해서 결국은 만인이 인정하는 전문가라는 신분을 신뢰할 수밖에 없으니까요.

시인 지망생들도 마찬가지겠지요. 시는 추상적인 것이라는 교수님이나 선배님들 등 전문가의 가르침을 바탕으로 습작을 할 수밖에 없는 수준이니까요. 그 결과는—추상적이거나 그런 추측에 머무는—작품을 쓰는 데 만족하게 되는 거고요. 즉, 시라는 장르 고유의 특성인 운율의 정체도 모르니까 운율적으로 형상화하는 방식을 정확히 모른다는 거지요.

〈풀〉에 쓰인 '바람'이라는 낱말이—부는 바람을 뜻하는—wind로 쓰인 것이 아니라 사전적 의미인 바람(바램)으로 쓰인 것처럼 시어로 쓰인 낱말들은 운율적으로 형상화된 문장에 꼭 필요한 낱말들이라 내재된 운율의 통일성에 적합한지 않은지를 먼저 파악해야 하는데, 운율의 정체를 입증하는 방식이 아니다 보니 운율적 낱말인지 아닌지조차도 알지 못하거든요. 그 결과는 시인의 경지에 도달한 작품과 습작 단계도 탈피하지 못한 작문을 구별도 못해 자신의 작품이 시인의 시로 하자가 있는 건지 없는 건지도 모르고요.

영시에서도 마찬가지로 rose나 wind 같은 쉬운 단어들을 번역할 때는, 먼저 내재된 운율의 통일적 의미에 적합한가를 파악해보아야 하지요. 그 이유는 우리가 익히 아는 쉬운 단어들의 시적 활용 용도가 포괄적이니까요.

장미를 은유적 매개물로 한 영시 한 편을 소개해보지요.

The Sick Rose

William Blake

O Rose, thou art sick!

The invisible worm

That flies in the night,

In the howling storm.

Has found out thy bed

Of crimson joy:

And his dark secret love

Does thy life destroy.

병든 장미

-W.블레이크

오, 장미 너는 병들어 있다!

거센 폭풍우 휘몰아칠 때

캄캄한 밤중에 날아다니는

보이지 않는 벌레란 놈이

진홍빛 어린 향락의 자리

너의 침대를 찾고야 말았다

그 어둠속 비밀한 사랑이

너의 생명을 망치는구나.

제가 갖고 있는 번역 영시집에는 위와 같이 되어 있는데 제 생각은 다르다는 거죠.

문장이라는 것은 단어 하나만 바뀌어도 문맥이 의미가 엄청나게 달라질 수 있어서, 독자님들이 비교해볼 수 있게 저의 번역 방식을 설명해놓겠습니다.

떠올라 있음에그리워(동경)하는

-W. 블레이크

오, 그대 동경에 떠올라 있네.
영계(靈界)의 벌레
밤중에 활동하는
격정 속에 우짖네.

진홍빛 향락(즐거움)에
빠진 그대의 외도에,
그 어둔 비밀스런 사랑이,
그대의 삶을 파괴하네.

* sick : 병든, 편찮은, 동경하여, 그리워하여.
  rose : rise의 과거. 떠올라 있는.
  the invisible : 영계.
  howling : 우짖는, 소리치는.
  storm : 폭풍, 격정.

6. 이상

오감도

  -이상

시 제1호

13인의아해(兒孩)가도로로질주하오.

(길은막다른골목이적당하오.)

제1의아해가무섭다고그리오.

제2의아해가무섭다고그리오.

제3의아해가무섭다고그리오.

제4의 아해가무섭다고그리오.

제5의아해가무서받고그리오.

제6의아해가무섭다고그리오.

제7의아해가무섭다고그리오.

제8의아해가무섭다고그리오.

제9의아해가무섭다고그리오.

제10의아해가무섭다고그리오.

제11의아해가무섭다고그리오.

제12의아해가무섭다고그리오.

제13의아해가무섭다고그리오.

13인의아해는무서운아해와무서워하는아해와그렇게뿐이모였소.

(다른사정은없는것이차라리나았소.)

그중에1인의아해가무서운아해라도좋소.

그중에2인의아해가무서운아해라도좋소.

그중에2인의아해가무서워하는아해라도좋소.

그중에1인의아해가무서워하는아해라도좋소.

(길은뚫린골목이라도적당하오)

13인의아해가도로로질주하지아니하여도좋소.

  대표적인 추상적 · 상징적 시를 들라 하면 이상님의 〈오감도 1〉을 거론하지 않을까 싶네요.

  어떤 이는 뭔 놈의 시가 이 모양이냐고, 무슨 소린지 하나도 모르겠다고 하기도 하고, 어떤 이는 천재 시인이라 뭐가 달라도 다른 것 아니냐며 익히 알려진 이상님의 지명도에 신뢰를 보내기도 하더군요.

무엇을 말하려는 것인지, 시인의 의도가 뭔지, 전달하고자 하는 의미나 의도 같은 것에 대해선 관심도 없이, 그저 천재적 시인이라 알려진 시인의 인지도에 예의를 차리듯 존중하는 이도 봤네요.

들은풍월은 있어 천재 시인이요, 소설가였다는 단편적 지식으로, 국문학사에 한 획을 장식했다는 단편소설 〈날개〉의 작품성에 견주어 무조건 높이 평가하기도 하는가 하면, 잘은 모르지만 〈오감도〉란 시도 평범한 범인들이 모르는 천재적 능력을 발휘해 시인이 가진 고도의 기교로 완성한 그만의 독특한 작품 세계 아니겠냐고 설득력 있는 화술로 천재성을 높이 평가하는 이들도 있었지요.

어느 정도 수준의 작품인지도 모른 채 그저 존중하려 하는 태도가 과연 옳은 걸까요? 어찌 보면 시는 어렵다는 인식이 뿌리 박혀. 애시 당초 연구해보거나 구체성을 파악해보고자 하는 의욕도 갖지 않으려는 태도 같지요. 평범한 범인이 타고난 천재의 능력을 언감생심 어찌 넘보겠냐는 듯 높은 벽을 쌓아두려는 자세 같기도 하고요.

천재의 모든 작품은 진정 범인이 상상하기도 힘든 경지에 올라 있는 것일까요? 만약 그렇다면 같은 사람의 작품인 〈날개〉의 문학성은 이해한다면서 왜 시에 대해선 발뺌을 할까요?

워즈워스는 어려서(여섯 살로 여겨짐) 왕의 칙허로 시인의 자격을 부여받았을 정도로 천재 시인이었는데, 그의 시 〈Ode(Intimation of immortality~)〉에서 고백하기를 어른이 된(삼십대 초 · 중반쯤으로 예상됨) 후에도 크게 달라 진 것이 없다고 했지요.

어린 시절에는 천재 시인을 자랑스러워하시는 부모의 기대도 충족시켜야 했고, 주위의 찬사나 우러러보는 등의 시선 때문에 비밀스런 모방으로 주변 사람들을 속이기도 했지만, 어른이 된 후에도 시인의 자질은 어린 시절과 별로 달라지지 않았다 했지요.

철없던 어린 한때, 남의 작품을 모방하는 과오를 저지르긴 했지만, 완전히 흉내 내는 모방이 아니라 자기 역량에 의해 새롭게 꽃피운 시의 문장이라고 했지요. 그러한 어린 시절의 활동을 거쳐, 어른이 되어 그 시절을 회상해보니 달라진 것도 없더라는 내용이지요. 그러한 고백 가운데 탄생한 시가 우리가 익히 아는 《(하늘에 무지개를 보면) 내 가슴은 뛰노라》로 번역된 시이지요. 이 작품에서 가장 유명한 한 구절은 아마 /The child father of the Man/ 어린이는 어른의 아버지/라 번역된 내용일 겁니다. 대단히 잘못된 번역인데도 말이죠.

이 시를 간단히 소개하면 하늘에 무지개를 보면 나의 애정(heart)은 도약(leap)한다는 시인의 감성을 주제로 서두에 제시하고—서두에 주제를 제시하는 것은 영국 문학의 특성 중 하나라고 배움—어른(30세 넘어)이 되어 돌아보니 본인의 인생은 그렇게(서두에 제시한 시적 감성처럼) 시작되었고, 어른이 된 지금도 그러하니, 늙어가 죽을 때까지 그러기를 바란다. 그러한 면면을 깨우쳐보니 /인간의 아버지는 소산/이더라. 그러니 시인에 삶을 사는 본인의 바람은, 어른으로 성장한 지금까지 시를 창작한 것처럼, 미래에도 자연 그대로 경건하게 약동(bound의 시어)하기를 희망한다는 내용이지요.

앞에서도 밝혔지만 /어린이는 어른의 아버지/라는 직설적 번역은, 일반 문장처럼 취급한 것이라서 옳지 않지요. 시는 운율 중심으로 완성하는 문장이지 언어(言語)적 의미를 전달하는 일반 문장이 아니니까요.

숫자를 이용한 이상님의 〈오감도 1〉이 진정 시인의 경지에 도달한 시인의 시가 될 수 있는 것은, 운율의 구체성을 파악해보았을 때 장르적 특성을 충족시킨 통일적 운율 중심의 문장이라서 가능한 것이지요. 특히 아라비아 숫자를 쓴 이상님의 〈오감도 시제 1〉의 시상 포착은 정말 교묘합니다.

진정 시인의 경지에 도달한 시인의 시는—장르적 특성상—운율이 내재되도록 형상화해야 하므로 반드시 장르적 특성에 입각해 형상화되어 내재된 운율을 구체적으로 파악해야 하지요. 그래야 시인이 무엇을 전달하고 싶어 하는지, 시인의 의도는 무엇인지를 분명히 알 수 있으니까요.

모든 문학 장르는 장르를 규명할 수 있는 고유의 특성이 존재하기에 장르적 특성에 입각해 파악하는 것은 학문적 차원에서 보나 진리를 탐구하는 차원에서 보나 지극히 상식적인 자세지요. 그러나 막연히 "추상적이다, 상징적이다."라며 구체적으로 증명할 수 없는 말을 하는 것은 비학문적인 자세지요. 시는 이미 오래전에 학문화되어 있으니까요. 다시 말하면 전자는 진실이 무엇인지를 구체적이고 정확히 규명하는 방식이기 때문에 체계화되어야 하는 학문적 논리에 견주어보아도 하자가 없지요. 또한 시의 본질적 특성에도 부합되는 동시에 수백 년 전부터 영국 시인들이 시는 구어체(具語體)로 써야 한다던 주장과도 일치하지요. 하지만 후자는 작금의 대한민국의 실태처럼 지식의 오류가 있어도 증명을 못하지요. 장르적 특성조차도 제대로 규명하지 못하고 있어 왜곡되어 있어도 왜곡된 것인지조차 입증을 못하니까요.

시는 장르적 특성상 운율의 정체를 먼저 파악해야 무엇이 형상화된 내용의 시인지 알 수 있는 것이고, 그에 따른 내재율이나 율격 같은 학문적 요소들도 제시할 수 있는 것이라서, 운율의 구체적인 파악 없이는 시인이 인위적으로 형상화한 문학 예술적 견지도, 문장이 뜻하는 의미도, 시인이 추구하는 독창적 깊이나 독자들에게 전달하고 싶은 의도도 제대로 모르는 것인데 어찌 시를 제대로 논할 수 있겠습니까!

시를 추상적인 것으로 간주하면 수준이나 문학성을 규명할 수 있게 형상화된 운율 자체의 성격을 밝힐 수 없지요. 시와 운율의 관계상 시에서 가장 중요한 요소가 운율인데 운율의 정체를 외면하는 꼴이라, 결국은 전문가 신분을 획득한 사람들마저도 장르적 특성에 부합되는 시 문장과 아닌 문장의 변별성도 모른 채 그저 자기들끼리 형성한 그들만의 사회적 신분이나 위치 등 문학적 소양이 이미 갖추어진 사람처럼 비치는 대외적 신분만 존중하는 경향이 조성될 뿐 일 테니까지요.

문학박사니, 시인이니, 비평가니 하는 대외적 신분을 신뢰하는 것이 당연한 것 같기도 하지만 실상을 깊이 들여다보면 잘못된 점이 드러나지요. 진리적이지 못한 그릇된 논리나—시에서는 운율을 빼고는 시를 논할 수 없는데도, 운율 시인지 무운 시인지도 모르며 문학 박사나 비평가, 또는 시인이 되는 것처럼—이론까지, 진리적 지식으로 인식하는 오류가 있어도 무엇이 어찌 잘못된 오류인지 알 수 없다는 데 문제가 있으니까요.

옳고 그름을 식별하기보다 먼저 보편적·일반적 지식으로 형성된 테두리 내에서 합의된 정의가 고착화되면, 진실이 외면된 줄도 모른 채 시대적 흐름에 편승할 수밖에 없는 교육의 잣대에 따라—우리의 현실은 가르치는 자의 정의가 배우는 자의 이성까지도 거의 지배하게 되는 구조라 여겨지지요—지식이 형성될 수밖에 없지요. 또한 그렇게 형성되어 굳어지다시피 한

테두리는 깨기도 힘들지요. 모순투성이인지도 모른 채 형성된 테두리 안에서 마냥 반복되는 똑같은 그림만 모방하려 하는 행위 같아 발전은 기대하기도 어렵고요.

모두가 "추상적이다, 상징적이다."라고 말해 꺼내기 특히 조심스러운 시가 바로 〈오감도〉이지요. 하지만 시와 운율의 독특한 관계상 시는 본질적으로 운율을 구체적으로 형상화해야 하는 것이기에 진정 시인의 경지에 도달한 시인들은 장르적 특성에 입각해 운율을 구체적으로 형상화하는데도, 잘못 교육된 오류의 지식을 소양으로 파악하는 사람들이 구처성을 찾지 못하는 것이라 여겨져 이제까지 예로 든 시들처럼 제가 헤아리는 〈오감도〉의 구체성을 피력해 보려 합니다.

오감도(烏瞰圖)

먼저 제목의 한자 표기부터 설명해야 할 것 같네요.

앞에서 밝혔듯 현재 우리나라 문단에서는 오(烏)를 까마귀 '오' 자로만 해석하는데, 내재된 운율의 정체를 파악해보면 '까마귀 오' 자로 쓰인 것이 아니라 '탄식할 오' 자라 여겨지지요.

/13인의아해(兒孩)가도로를질주하오./

여기서도 한자 표기 '아해(兒孩)'에 대한 의문이 들지요. 시인이 정말 아해(兒孩)란 한자를 쓴 것이 아니라 누군가에 의해 표기되어 변질된 것 같거든요. 시인이 인위적으로 형상화하고자 한 운율의 통일성상 아해(兒孩)란 한자 표기는 맞지 않으니까요.

어린아이란 뜻의 아해(兒孩)가 어찌 도로를 질주할 수 있단 말인가요. 특히 질주란 뜻은 빨리 달린다는 의미인데, 한자 그대로라면 어린아이가 어찌 빨리 달릴 수 있단 말인가요. 어린아이가 아무리 빨리 달린다 해도 질주란 낱말은 적합하지 않지요. 이렇게 볼 때 문맥상 의미도 문제가 있지만 중요한 것은 운율적으로 맞지 않는다는 거죠.

이 시의 운율을 파악해보았을 때 아라비아 숫자는 조선 사람과 13도의 매개물이지요. 그리고 운율의 통일성상 아해의 한자 표기는 굶주릴 아(餓)자에 종 해(奚)로 '굶주린 종들'이란 뜻이지요. 그러므로 형상화된 첫 행에 내재된 의미는 /굶주린 종들인 조선 사람 모두가 도로를 질주하오./라는 것이지요.

(길은막다른골목이적당하오.)

나라를 빼앗겨 더 이상 빼앗길 것이 없는 극한 상황을 말하며, 막다름 속에서도 다투며 사는 이들의 생을 조금 빈정거리는 것 같기도 하네요.

강제 점령기에 나라를 잃은 막다른 골목길로도 볼 수 있고, 서로 다른 환경에서 살아가는 각자의 지침이나 주변 여건에 의한 각각의 인지적·정신적 막다른 길일 수도 있겠지요.

문법적 요소를 배제한 채 붙여 쓰기를 고집한 것은, 나라를 잃은 국민으로 문법이라는 것이 다 무슨 소용이냐는 듯 반항적 의식을 드러내기 위한 행위일 수 있을 겁니다. 더불어 누가 누구 맘대로 만든 문법 체계인 줄은 모르지만 시를 쓰기에 적당하지 않고, 당시의 문법 체계가 시인의 맘에 안 든다는 배타성일 수도 있겠지요.

자주 바뀌는 우리의 현재 문법 체계도 시를 쓰기에는 적당하지 않다는 게 제 견해지요.

〈오감도 1〉에 쓰인 아라비아 숫자는 시인의 독특한 기교적 표현으로, 대한제국의 13도(충청남북도, 전라남북도, 경상남북도, 경기도, 강원도에 이북 5도)를 지칭하여 대한제국과 사람들 전부를 말하는 것으로 파악되거든요. 이러한 형식은 고대 영국 시인들이 즐겨 썼다는데 kennings라는 수법과 동일한 것 아닌가 싶고요.

/제1의아해가무섭다고그리오/

맨 처음 만난 충청북도 사람이 무섭다고 그리오.

'그리오'는 그렇게 말한다는 의미이거나 일본놈들의 만행을 말로 전달할 수 없을 정도라서, 무서움을 그림으로 그려 전달하듯 은밀히 설명한다는 뜻일 수도 있겠지요.

/제2의아해가무섭다고그리오./

충청남도 사람이 무섭다고 그리오.

이와 같은 식으로 만나는 '13도 대한제국 사람들 모두가 한결같이 무섭다고 그리오'라고 파악되네요.

우리는 흔히 조선 8도라고 하는데 이상님은 그 점을 이용해—김영랑님이 모란을 매개로 주권에 대한 시를 쓴 것처럼—형상화한 것으로 보이지요. 신문에 연재하려면 사전 검열이나 왜놈들 종노릇하는 개들이 알지 못하는 형식이 필요했을 테니까요.

/13인의아해는무서운아해와무서워하는아해와그렇게뿐이모였소./

13도 사람 전부가 무섭다고 하는데, 그 안에는 무섭다고 하면서도 무서운 아해가 있고, 그저 무서워만 하는 아해로 구분되는 두 부류로 모였다는 것으로, 민족 내의 문제라는 의미가 아닐까 하네요.

극단적인 예로 무섭다고 하면서도 징용에 참여하라며 일본에 충성하는 선동적인 글을 쓰는 저명인사는 무서운 아해가 되는 것이고, 징용에 끌려가기 싫은데 강제로 잡혀가야 하는 처지에 사람들은 무서워하는 아해들이 되는 것이라는 파악이지요.

당시의 사회 상황은 이미 막다른 골목이었고, 그 안에서 발버둥 치며 쇼를 하는 치들의 작태가 가관이라, 배타적이어야 할 것마저도 배타적으로 느끼지 못하게 되어버린 현실을 빈정거리는 것은 아닌지 모르겠네요.

막다른 길에서 살아가기도 벅차게 삶의 길(도로)은 질주하는데(빠른데), 등 따습고 배부른 명사라는 치들은 기만과 허위로 생사가 달린 전쟁터로 내몰려 하는 꼴이라, 예비지식 없이는 파악하기 힘든 기교적 형상화로 빈정거리고 싶었던가 봐요.

자신의 천재성을 과신하듯 "너희도 나와 같이 문학을 하는 문학인 아니냐! 내가 쓴 시의 내용을 제대로 파악이나 하겠냐!" 하는 자부심도 있다고 보이지요.

김수영님이 〈눈〉에서 말한 '마음껏 뱉자' 는 내용과 유사한 점이 있는 것 같네요.

"너희들이 유순하고 선량한 국민을 우롱한다면 나는 너희들을 놀리고 힐책하겠다!"는 의도였지 않았나 싶기도 하지요.

/(다른사정은없는것이차라리나았소.)/

인간사에 어찌 다른 사정이 없을 수 있을까요. 강제 침략의 무리들이 모든 것을 유린하는 상황 하라 일제에 충복을 자처하는 종이나 하인 똘마니들이 덩달아 기승을 부릴 수도 있고, 제 것을 지키기 위한 수단으로 별의별 짓을 다하는 놈들도 수두룩할 텐데요. 그래서 역설적으로 '다른 사정이 없다면' 하는 바람의 뜻으로 그나마 없다면 다행이라는 의미를 둔 것 같지요.

시인은 단순한 이분법적 사고만으로도 인간성, 비인간성 같은 인도적 차원의 분류가 가능하다고 단언하는 것 같기도 하지요.

다른 사정은 없는 것이 차라리 나았다는 의미는 참 비애적인 문맥으로 느껴지네요. 오죽하면 오욕칠정을 가진 인간에게 다른 사정이 하나도 없는 것이 낫다고 할까 해서요. 이는 오욕칠정을 다 끊는 편이 차라리 낫다는 애절함이 아니겠어요?

어찌 보면 이 현실에서 차라리 다른 일이 생기지 않는 것이 낫다는 자포자기 같은 심정인지도 모르겠네요. '그나마 이 민족이 말살되지 않고 궁색하게나마 목숨을 부지하며 연명하니 다행이지 않은가' 하는 나약한 면으로만 보면요.

같은 민족인 동시에 친구며 이웃 형제들을 사지로 내몰며 보다 편안하게 살아남기 위해 안간힘을 다하는 처절한 현실이지만, 이보다 더 잔혹한 일은 없는 것이 낫다는 의미로, 힘없는 국가의 국민으로 사는 산목숨에 대한 애착심의 표현일 수도 있겠지요.

/그중에 1인의아해가무서운아해라도좋소./
/그중에 2인의아해가무서운아해라도좋소./
/그중에 2인의아해가무서워하는아해라도좋소./
/그중에 1인의아해가무서워하는아해라도좋소./

무소불위의 절대적 권력이나 힘 앞에서 초라한 인생의 한 단면을 보는 것 같네요.

무서운 아해(굶주린 종)가 무서워하는 아해(굶주린 종)가 될 수도 있고, 무서워하던 아해가 무서운 아해도 돌변할 수도 있는 현실 상황을 말하는 것 같아서 슬픔이 먼저이네요.

목숨을 부지하기 위해, 일단은 살아남기 위해 변절할 수도 있는 사회 정황의 인식인 것 같잖아요.

침략의 발치에 무너진 국민들끼리 선동하고 반항하는 가운데 구분되는 무서운 아해와 무서워하는 아해로, 어찌 보면 누가 무서운 아해면 어떻고 무서워하는 아해면 어떠냐, 다 살아남기 위한 발버둥이며 생존경쟁 아니냐는 발상 같기도 하네요. 세태를 빈정거리며 자신의 뛰어남을 발휘하는 동시에, 일제 치하에서 생존을 구가하는 일반적인 세태를 누구보다 깊이 이해하는 포괄적 시선이기도 하지만요.

잘난 체만 하는 교만이 아니라 꼬집어 주지시키는 애정도 함유하고, 불가항력인 것 같은 힘에 굴복할 수밖에 없는 나라 잃은 국민의 가난한 심정을 꿰뚫어보면서 가하는 비판이랄 수도 있겠지요.

"장애는 극복해야 하고 잘못은 바로 잡는 것이 마땅한 것이지만, 그보다 생존이 먼저라서 삶은 포기하지 말아야 하기에 왜놈 무리배에 빌붙어 안락을 구축하는 무서운 자들이 누구라도 좋고, 그 외에 무서워하는 자들이 누군들 어떠랴. 다 내 민족이요 대한제국 국민인데……."라고 하는 것도 같네요.

전체적인 문맥의 흐름으로 볼 때 무서워하는 아해와 무서운 아해로 구분지은 의도가 침략 당한 채 사는 대한제국 국민 모두가 겉과 속이 다른 흑백 논리로 살아가는 것 아니냐는 질책은 아닐까도 생각해보네요.

/(길은뚫린골목이라도적당하오.)/

돌파구라기보다는 정신적으로 망가지고 상처로 구멍 난 인생이지만, 살아 있다는 사실에 무게를 둔 문맥 같네요. 개개인의 막처럼 형성된 저마다의 정서가 허물어지고, 희망에 구멍이 숭숭 뚫린 골목길이라 해도 그 길이 희망을 두고 살아가는 길이라면 그나마 다행이라는 듯 말이지요. 그러므로 마지막 행은 질주하지 않아도 좋다고 한 것 아닐까 싶고요.

/13인의아해가도로로질주하지아니하여도좋소./

그저 세월에 떠밀려 사는 삶도 있는 거지요.

오감도의 학문적 중요 요지

주제 : 주권의 부재에 대한 탄식.

내재율 : 내적 구속을 형상화함.

율격 : 존재감에 대한 생리적 고찰.

성격 : 풍자시류.

운율적 갈래 : 운율 시.

오감도 시 제2호

나의아버지가나의곁에서조을적에나는나의아버지가되고또나
는나의아버지의아버지가되고그런데도나의아버지는나의아버지
대로나의아버지인데어쩌자고나는자꾸나의아버지의아버지의아
버지의……아버지가되니나는왜나의아버지를껑충뛰어넘어야하
는지나는왜드디어나와나의아버지와나의아버지의아버지와나의
아버지의아버지노릇을한꺼번에하면서살아야하는것이냐

이 시는 나와 나의 아버지, 나의 아버지의 아버지, 나의 아버지의 아버지
로 이어지는 선대조의 핏줄 노릇을 왜 감당하며 살아야 하는 것이냐는 듯
마치 귀찮은 투정 같기도 하지요.

〈오감도 2〉는 가족적인 견지를 시발점으로 해 점차 역사적 눈높이로 옮
겨 가는 개인적 탄식인 동시에, 조상의 불민함—주권을 강탈당한 것—까지
대물림되는 역사관적 탄식이지요.

오감도 시 제2호

나의 감당이 나의 곁에서 조을 적에 나는 나의 감당자가 되고 또 나
는 나의 감당의 감당자가 되고 그런데도 나의 감당은 나의 감당
대로 나의 감당인데 어쩌자고 나는 자꾸 나의 감당의, 감당의
감당의……감당자가 되니 나는 왜 나의 감당을 껑충 뛰어 넘어야

하는지 나는 왜 드디어 나와 나의 감당과 나의 감당의 감당자와 나의

감당의 감당자 노릇을 한꺼번에 하면서 살아야 하는 것이냐

아버지라는 낱말을 감당으로 바꾸어 쓴 문장을 읽으면 문맥을 이해하기가 조금 더 쉬워, 설명이 필요치 않게 여기는 사람도 있을 것입니다. 시는 설명을 필요로 하지 않는 문학이라고 앞서 누누이 말한 그대로지요.

아버지로 감당해야 할 몫은 얼마나 되는 걸까요? 비록 도정을 이끄는 수반들이 저지른 잘못이라 해도 결국 주권을 빼앗겼다거나 국가가 누란의 위기에 처했다면, 거시적으로 볼 때 그 지경에 이르게 된 사터에 대한 책임까지 회피할 수 없는 것이 아버지란 위치 아니겠어요.

IMF 같은 현재의 국가적 사태 역시 크게 다르지 않지요. 분명 투표권은 아버지들이 감당할 몫이고 그 결과까지 감당할 책임이 있는 거니까요.

운율은 시인이 인위적으로 형상화하는 것이라서 시인마다 다른 다양한 기교로 운율적 구체성을 획득할 수 있는 것입니다. 지금까지 여러 편의 시에 대해 제가 파악하는 구체성을 설명했듯, 장르적 특성에 부합되게 완성한 작품은 어느 시든 깊이 숙지해 연구 분석해보면, 장르적 특성에 입각해 형상화된 구체성은 분명히 드러난다고 보지요. 즉, 시를 제대로 이해하려면 반드시 운율의 정체 같은 예비지식을 먼저 숙지해야 한다는 것이지요. 특히 교육과정에서 제대로 이해하는 교육이 되어야 한다고 생각하지요.

시는 오로지 운율 중심의 문맥으로 완성하는 문장이라서, 매개물 같은 것을 이용해 함축적·내포적으로 구성하지요. 그러므로 형상화된 운율의 구체성이 파악되었을 때 내포성이 드러나고, 내포성이 드러났을 때 운율의

실체를 알 수 있는 것이 시의 속성이지요.

제약 없이 자유롭게 문장의 통일성 위주로 완성하는 산문 형식과 운율 중심이라는 제약 속에서 완성하는 시라는 장르적 차이점 같은 것들을 분명이 인지하도록 교육해야 한다는 말이지요.

서로 떨어져서는 존립조차 할 수 없는 시와 운율의 독특한 관계상 시에 가장 중요한 요소는 운율이므로 운율의 정체는 무엇이며 구체적으로 어찌 규명할 수 있는가 등등, 시의 본질에 입각해 분명히 알아야 할 올바른 지식을 교육과정에서 숙지하도록 해야 된다고 사료되지요. 왜 그래야만 하느냐는 부연 설명은 하지 않아도 잘 알 것입니다.

지식은 진리적이어야 하지요. 그러므로 오류는 바로 잡아야 하고요.

산문시는 운율이 없어도 된다는—시와 운율은 서로 떨어져서는 존립조차 할 수 없는 것인데도—잘못된 국어사전의 내용이나 아무런 상관도 없는 운율과 음률을 동일시하는 그릇된 지식 따위들 그대로 방치해 두어서는 안 된다는 견해지요.

특히 교과서에 실리는 시는 장르적 특성에 입각해 신중히 파악 검토한 후, 장르 고유의 특성을 충족시킨 좋은 내용의 시가 등재되어야 하겠지요. 운율 시가 아닌 무운 시류가 등재될 경우에도 무운 시가 갖추어야 할 요소들이 구비되어야 하니까요. 시라고 하기에도 민망할 정도로 수준 낮은 작문 형식의 문장이 교과서에 실리게 된다면, 교육용 도서라는 책의 인지도에 편승하여 마치 특별히 잘 쓴 시처럼 호도될 수도 있으니까요.

아직 어린 학생들은 선생님들의 가르침을 그대로 숙지할 수밖에 없지요. 반박할 이론이나 논리정연한 지식이 부족하니까요. 그러므로 배우는 대로 자신의 소양으로 축적하여—오감도를 추상적·상징적 시라고 배웠다고 당연히 추상적·상징적 시라고 서슴없이 말하는 것처럼—진리처럼 반복하게 되지요. 그렇기 때문에 지식의 오류가 있다면 하루라도 빨리 바로 잡아야 하지요.

대부분 시는 느끼는 것이라고들 말하며—구체적으로, 연구 분석적으로—잘못을 지적하는 것이 뭔 죄나 되는 양 회피하는데, 그렇게 안일한 문화를 만들어 온 선배들의 오류를 그대로 수용하려고만 했던 잘못도 오늘날과 같은 실태가 되는 데 상당히 기여했다고 사료되지요.

시인이 인위적으로 형상화한 운율적 구체성이 드러나는 데 왜 외면하는지를 모르겠고, 구체적이지도 않은 단순한 느낌만으로 시를 다 이해한다는 듯 그저 느끼는 것이라는 그 결정을 이해할 수 없지요. 그저 단순히 느끼는 것이라는 추상적 견지는 이미 오래전에 학문화되어 있는 학문적 자세와도 배치되는데 어찌 올바른 방향이라 할 수 있겠습니까.

장르적 특성이 무엇인지도 규명할 수 없는 비학문적 실태는 학문적 특성을 왜곡해도 모르지요. 미당 선생의 〈자화상〉처럼 습작 단계도 탈피하지 못한 수준의 작품이 교육용 교재에 시인의 시로 등재되어도 잘못을—수준을—규명할 수 없으니까요.

왜곡된 오류의 지식이나 잘못된 지식이 규명되지 못하던, 결국은 문학의 발전을 저해하는 하나의 요소로 작용하다가 시나브로 문단의 토대까지 부패케 해 결국은 아류가 주류처럼 둔갑을 해도 그릇됨을 모를 정도로 문학 수준이 낙후될 수밖에 없겠지요. 그러다 보면 시인의 작품이라 하기에도 민망한 수준의 아류들이 문단의 흐름을 주도하는 미개함에 빠져도 작금의 실태처럼 미개한지조차 인지하지 못하는 거거든요.

이 얼마나 안타까운 현실인가요. 장르적 특성에 입각한 분석이나 연구가 제대로 이루어지지 않아 심혈을 기울여 완성한 창작품의 가치가 왜곡되어서도 안 되겠지만, 아직 습작 단계도 탈피하지 못한 수준의 작품이 교육용 교재에 시로 등재된다는 사실은 정말 큰일이잖아요.

앞에서 예로 들었듯 〈모란이 피기까지는〉에 내재된 운율의 정체도 파악하지 못하면서—전문가다운 실력도 갖추지 못했으면서—고작 사회적으로 통하는 이력만 앞세워 왜곡된 해설을 달고, 잘못된 주해를 붙이는 줄은 모른 채, 감히 진정 시인의 경지에 도달한 시인을 모독하는 짓을 해서야 되겠냐는 거죠. 이러한 문단의 흐름이 올바른 현상이라고 할 수 없잖아요. 또한 제대로 된 교육도 아니며 문학의 발전을 도모하는 수단이라 할 수도 없고요.

분명 장르적 특성이 있는데 왜 진실을 외면하는 걸까요? 의문이 들지 않나요? 오죽 답답하면 김영랑님 같은 시인은 〈내 마음 아실 이〉 같은 시를 썼겠어요.

운율적으로 형상화해야 하는 것이 장르적 특성이라면 형상화해야 할 운율의 정체 정도는 구체적으로 알아야 형상화를 하든 서술적으로 묘사를 하든 할 수 있는 것 아닌가요. 운율이라는 정체가 어찌 존재하는지도 모르면서 어떤 식으로 형상화를 한다는 건가요.

문학적 소양이란 것이 무엇인가요? 문학이란 '글의 학문'이란 뜻이므로 문인이나 가르치는 학자 그리고 어느 정도 문학적 소양을 쌓은 이들은 다들 잘 알고 있을 것입니다. 잘 알고 있음에 비추어볼 때 우리 문학의 현실은 어떠한가요?

시의 학문적 요지인 장르적 특성을 도외시하고 있지 않나요? 현재 대한민국의 현실은 시에서 가장 중요한 요소인 운율의 정체를 간과하다 보니, 아이로니컬하게도 운율 시와 무운 시도 파악하지 못하는 문학박사, 시인, 비평가, 교사들이 전문가임을 자처하지요. 그 결과 문학을 전공하는 학생들 역시 어떤 시가 운율 시인지 무운 시인지 알 수 없을 테고요. 서로 떨어져서는 존립조차 불가한 시와 운율의 관계상 운율을 모르면 시에 대해 제대로 알 수가 없는 건데도 말이지요.

시와 운율의 독특한 관계상 시의 전부라 해도 과언이 아닌 존재가 운율인데, 운율의 정체를 모르고 어찌 시를 제대로 안다고 할 수 있겠습니까.

〈오감도 시 제2호〉 역시 운율적으로 형상화된 구어체 시라 사료되지요. 〈오감도 1〉처럼 주권 없는 국민으로 살아가는 자의 현실적인 벽을 주제로 했다고 볼 때, 일단 살아남고 보아야 할 처지에선 어쩔 수 없는 몫을 감당해야 하는 상황 아니냐고 스스로 변명하며, 합리화로 일관해야 하는 인간적인 고뇌나 울분 따위가 많을 수밖에 없는 각종 현상들을 아버지라는 이름이 지니는 잠재적 뜻에 비추어 폭넓게 사고를 추진하는 감내적 탄식을 형상화한 것 같거든요.

해방이라는 뚜렷한 목표를 모르는 이 없을진대, 무기력하게 대를 이어 견디어 내고만 있지 않느냐! 아버지의 감당이 자식의 감당으로 넘어갈 뿐인 역대의 감당이 마땅치 않고, 대안 없는 현실 역시 못마땅하면서도 돌파구는 찾을 수 없는 괴리감 같은 것들을 정신적 지주인 아버지라는 매개물로 엮어 내고자 했다고 보이거든요.

이 시의 제목을 탄식한다는 '오(烏)' 자에 굽어볼 '감(瞰)' 자인 오감도로

한 자체도 그러한 현실적 현상에 대한 시인의 사고가 반영된 것이라 여겨지고요.

시는 운율적 구체성이 드러나야 시인의 감수성이나 정신적 고민, 애끓는 열정, 분노의 심정 등등 많은 것을 느끼고 읽을 수 있지요. 독백 같은 시인의 탄식에서, 고뇌하며 방황하는 시인의 정신적 번뇌가 보이는 것 같지 않은가요! 당시 지식인을 자처하는 인텔리들의 삶도 간접적으로 엿볼 수 있는 것 같고요.

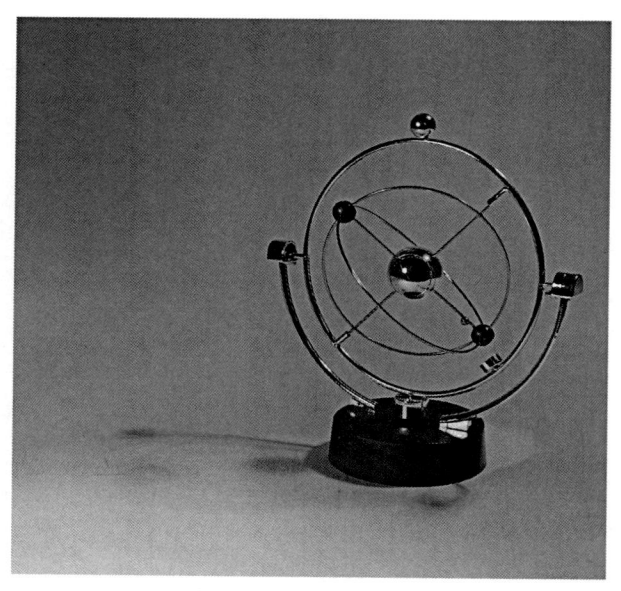

7. 오상순

방랑의 마음

-오상순

흐름 위에

보금자리 친

오! 흐름 위에

보금자리 친

나의 혼······

바다 없는 곳에서

바다를 연모하는 나머지에

눈을 감고 마음속에

바다를 그려 보다

가만히 앉아서 때를 잃고······

옛 성 위에 발돋움하고

들 너머 산 너머 보이는 듯 마는 듯

어릿거리는 바다를 바라보다

해지는 줄도 모르고 · · · · · · .

바다를 마음에 불러 일으켜

가만히 응시하고 있으면

깊은 바다 소리

나의 피의 조류를 통하여 오도다.

망망한 푸른 해원—

마음눈에 펴서 열리는 때에

안개 같은 바다의 향기

코에 서리도다.

   오상순의 다른 작품과 마찬가지로 이 시에도 허무와 방랑의 정신이 짙게 깔려 있다는 주해가 달려 있는데, 제 개인적으로 이 시의 시상은 해방에 대한 갈증에서 비롯된 것으로 보이며, 시상의 포착도 정신적 해방을 그리는 소산으로 여겨집니다.

   제목을 〈방랑의 마음〉으로 한 것도 정신적 방랑의 마음으로, 늘 해방을 열망하고 상상하고 있음에 방랑하는 마음이라는 의미인 것 같거든요.

   이 시에서 바다라는 낱말이 지닌 매개적 의미는 자유, 해방, 독립 등등을 포함한다고 볼 수 있지요.

시에 쓰이는 낱말들은 형상화에 필요한 것들이라서 〈방랑의 마음〉에서의 바다 역시 지상에 실제로 존재하는 바다(sea)가 아니라 시인이 갈구하는 정신적 열망의 바다가 형상화된 것이란 말이지요.

1연

/흐름 위에/

역사라는 흐름, 찬탈 당한 채로의 세월의 흐름 같은 것에서 해방을 갈구하는 정신적 흐름을 말함이지요. 또한 이미 숱하게 생각해 온 고뇌 속에 틀처럼 형성되어 강처럼 산출된 흐름의 위이지요. 다시 말하면 강렬한 의식으로 굳어져 있는 상태에 있다는 의도가 아닌가 싶네요.

/보금자리 친/

'정신적으로 갈구하는 이성적 흐름이 보금자리 쳤다'는 뜻으로, 전 국민이 희망한다고 할 수 있는 보금자리, 즉 해방의 둥지지요.

/오! 흐름 위에/

감정까지 이입한 반복적 구사로 열망의 깊이나 갈증의 강도를 높였네요. 희열 같은 강렬한 연상이 작용되는 것 같은 느낌까지 전달하고자 한 것 같지요.

/나의 혼 · · · · · ·/

내 영혼의 둥지에 나의 혼이지요. 포괄적인 해석을 하면 대한제국의 전 국민이 추구하는 열망의 혼이라는 의미가 아닐까 싶네요.

2연

/바다 없는 곳에서/

해방(주권) 없는 곳에서

삶의 바다요, 인생의 바다요, 희망의 바다 등등을 포함하는 시어적 매개물의 바다로, 시인의 보는 운율적 견지의 형상화로, 곧 침략당해 주권을 빼앗긴 자들의 바다겠지요. 다시 말하면 주권(해방)이 없는 땅에서.

/바다를 연모하는 나머지에/

해방을 연모하는 나머지에.

'나머지에' 라는 시어가 참 기발하네요. '너무너무 연모한 나머지' 라는 의미도 강하지요. 즉, 너무 오래도록 연모하는 끝자락에.

/눈을 감고 마음속에/

여운이 남는다는 뜻일 수도 있고, 복받쳐도 어쩌지 못하는 나약함의 표현일 수도 있겠지요.

/바다를 그려 보다/

해방을 그려 보다.

해방에 대한 갈증과 열망은 가득해 복받치는데도 행동을 못하고 머릿속에서만 생각한다는 것이겠지요. 어찌 보면 행동보다는 머릿속으로만 그리며 작품에 몰두하는 시인 삶의 한 면 같기도 하네요. 이는 이육사님이나 윤동주님처럼 몸소 실행하던 시인님들 작품과 비교되는 작품이라 할 수도 있겠네요.

/가만히 앉아서 때를 잃고······./

시사하는 바가 큰 문장으로, 때론 인생의 한 단면도 이와 같은 경우가 있다 할 수 있겠지요. 즉, 행동하지 못해 때를 잃는 것과 같이 상상만 하다 흐지부지되고.

3연

/옛 성 위에 발돋움하고/

지난 과거를 돌아보며 정신적 고양을 기도한다는 의미 같으며, 이조 오백 년 조선의 성 또는 왕성을 옛 성이라 칭한 듯도 하네요.

인간은 어차피 과거를 디딤돌로 발돋움하는 정황이지요. 그러므로 과거라는 낱말은 모든 사람들의 옛 성으로 형상화될 수 있는 거지요.

/들 너머 산 너머 보이는 듯 마는 듯/

여러 가지 귀동냥하고 돌아가는 상황을 판단하는 정황상 멀리서 이루어지는 일들이 있는 듯 없는 듯도 하고, 소문도 듣고 풍문에 솔깃해지기도 하는 일상사인 것 같지요.

/어릿거리는 바다를 바라보다/

모호하지만 희미하게 그려지는 해방을 연상하다. 즉. 은밀히 들리는 소문에 대한 희망 같은 것을 형상화한 내용이겠지요.

/해지는 줄도 모르고······./

해방을 연상하는 그 깊이에 빠져 날이 저무는 것도 모르고.

희망에 찬 해방의 나래를 편 상황이라면 이해가 쉬울 듯하네요.

4연

/바다를 마음에 불러 일으켜/

해방을 가슴에 품고. 즉, 시인의 두뇌에 저절로 떠오르는 소산 그대로 품고 연모해 본다는 의미인 것 같네요.

/가만히 응시하고 있으면/

그저 가만히 주시하기만 해도.

시인이 독자적으로 그리는 연상이겠지요. 해방된 조국의 모습을 연상해 보고 있는 거니까요. 연모가 연모를 낳는 생각의 연속성은 의도하지 않아도 새로운 소산으로 이어지지요.

/깊은 바다 소리/

염원하는 깊이만큼의 해방의 환호성 소리겠지요. 현재 표면적으로 드러나지는 않았지만 대한제국의 국민 모든 이들의 가슴을 점령하고 있는 독립의 외침 같은 것일 수도 있겠지요.

/나의 피의 조류를 통하여 오도다./

내 몸 전신에 수많은 혈관을 조류처럼 타고 온다.

뛰는 맥박처럼 가슴 부풀게 한다는 의미도 포함된 듯하지요.

5연

/망망한 푸른 해원—/

황홀할 망(茫) 자를 써서 망망(茫茫)한 푸른 해원으로, 운율의 통일성상 희망적으로 낙관함을 형상화한 문맥이라 사료되지요. 즉, 황홀하고 황홀한 그 푸르른 해방의 광경이나 전경.

/마음눈에 펴서 열리는 때에/

연모하며 마음에 간직해 온 그대로 꽃처럼 펴서 열리는 때에.

늘 그리며 연상하는 시인의 가슴에 해방의 구도를 나타냈다고 할 수 있 겠지요! 즉, 흐름 위에 짓는 해방의 둥지가 시인의 눈에 그려지는 것 같은 광경이라 하겠지요.

/안개 같은 바다의 향기/

이 시에서 안개는 개안(開眼)적 의미로, 한자로 표기하면 '眼開(안개)'라 사료되네요. 그러므로 눈이 열리는 것 같은 해방의 향기(격정 같은 감정적 소산)를 뜻한다는 거지요.

/코에 서리도다./

코끝이 찡해지는 듯하다.

해방이란 그려보는 연상만으로도 격정적 감상에 젖어든다는 결론이 아 닐까요.

일제 강점기를 산 시인들은—진정 시인의 경지에 도달한 시인들은—대 부분 지배체제 하에 반발하는 기상을 표현한다든지, 역겨운 당시의 사회현 상을 형상화하며 조국의 독립을 갈구하는 시를 많이 썼는데, 오상순님의 〈방랑의 마음〉 역시 같은 맥락으로 비록 직접 행동은 못하지만, 표출하고 싶은 자존적 의식이나 희망에 대한 의지 같은 것을 형상화한 내용으로 파 악되지요.

시는 시인이 어떤 기교를 부려 어떤 형식으로 쓰느냐에 따라 달라지기도 하는 문장인데, 이 글을 쓰기 위해 오상순님의 시를 읽다가 아주 재미있는 시를 한 편 발견하게 되었답니다. 〈아시아의 마지막 밤 풍경〉이라는 제목의 시로 1922년도 작품인데, 주해처럼 달린 평을 보면, "시의 기법 따위는 무시하고 사상을 위주로 노래했다. 사상이 주가 된 시인지라 설명조가 될 수밖에 없지만 그러면서도 시를 줄기차게 이끌어 나가고 있다."고 되어 있지요. 제가 보기엔 시인이 안에 내재시킨 운율을 장르적 특성에 입각해 파악하게 하면, 시인의 시임을 입증할 수 있는 증거가 구체적으로 드러나는 구어체 시라 여겨지는데요.

〈아시아의 마지막 밤 풍경〉은 나름 시인의 기교가 돋보이는 구체적인 시로, 남자와 여자에 대한 시인의 통찰을 형상화한 내용이거든요.

이 시의 시상의 포착은 "이 세상은 남자가 지배하지만 그 남자를 지배하는 것은 여자다."라는 우리가 흔히 쓰는 말에서 비롯된 것 같아 특별한 흥미를 유발시키기도 했지요.

〈아시아의 마지막 밤 풍경〉에 대한 분석은 아주 단순하지요. 연구 분석하고 않고도 제목만 분석하면 시 전체를 분석하는 것이나 다름없을 정도니까요.

〈아시아의 마지막 밤 풍경〉에서 아시아는 남자이고, 밤은 여자랍니다. 그러므로 남자의 진리는 여자의 진리가 되는 것이죠. 이렇게 알고 시를 읽어가며 아시아와 밤이라는 낱말에 남자와 여자를 대입해 생각해보면 쉽게 납득할 수 있을 겁니다.

아시아의 마지막 밤 풍경

—아시아의 진리는 밤의 진리다

아시아는 밤이 지배한다. 그리고 밤을 다스린다.

밤은 아시아의 마음의 상징이요, 아시아는 밤의

실현이다.

아시아의 밤은 영원의 밤이다. 아시아는 밤의 수태

자(受胎者)이다.

밤은 아시아의 산모요 산파이다.

아시아는 실로 밤이 낳아 준 선물이다.

밤은 아시아를 지켜주는 주인이요 신이다.

아시아는 어둠의 검이 다스리는 나라요 세계이다.

아시아의 밤은 한없이 깊고 속 모르게 깊다.

밤은 아시아의 심장이다. 아시아의 심장은 밤에

고동한다.

아시아는 밤의 호흡기관이요, 밤은 아시아의

호흡이다.

밤은 아시아의 눈이다. 아시아는 밤을 통해서 일

체 상을 뚜렷이 본다.

올빼미 모양으로—

밤은 아시아의 귀다. 아시아는 밤에 일체음을 듣

는다.

밤은 아시아의 감각이요, 감성이요, 성욕(性慾)
이다.

아시아는 밤에 만유애(萬有愛)를 느끼고 임을 포
옹한다.

밤은 아시아의 식욕이다. 아시아의 몸은 밤을 먹
고 생성한다.

아시아는 밤에 그 영혼의 양식을 구한다. 맹수
모양으로.

밤은 아시아의 방순(芳醇)한 술이다. 아시아는
밤에 취하여 노래하고 춤춘다.

밤은 아시아의 마음이요, 오성(悟性)이요, 고
행(行)이다.

아시아의 인식도 예지도 신앙도 모두 밤의 실현
이요, 표현이다.

오─아시아의 마음은 밤의 마음─아시아의 생
리 계통과

정신 체계는 실로 아시아의 밤의 신비적 소산인
저─

밤은 아시아의 미학이요 종교이다.

밤은 아시아의 유일한 사랑이요, 자랑이요, 보

배요, 그 영광이다.

밤은 아시아의 영혼의 궁전이요, 개성의 터요,

성격의 틀이다.

밤은 아시아의 가진 무진장의 보고이다. 마법사

의 마술의 보고와도 같은—

밤은 아시아요, 아시아는 곧 밤이다.

아시아의 유구한 생명과 개성과 역사는

밤의 기록이요,

밤 신(神)의 발자취요, 밤의 조화요, 밤의 생

명의 창조적 발전사—

보라—아시아의 상하 대지와 물상과 풍

물과 겨과 문화—

유상무상의 일체상이 밤의 세례를 받지 않은 자

있는가를—

아시아의 산맥은 아시아의 물의 리듬을 상징하고

아시아의 물의 리듬은 아시아의 밤의 리듬을 상

징하고

아시아의 딸들이 칠빛 같은 머리의 흐름은 아시

아의 밤의 그윽한 호흡의 리듬—

한 손으로 지축을 잡아 흔들고 천지를 함토(含吐)

하는 아무리 억세고 사나운 아시아의 사나이
라도 그 마음 어느 구석인지 숫처녀의 머리털과
도 같이 끝 모르게 감돌아드는 밤물결의 흐름
같은 리듬의 곡선은 그윽이 내리어 흐르나니—

그리고 아시아의 아이들이 자기를 팔아 술과 미
와 한숨을 사는
호탕한 방유성도, 감당키 어려운 이 밤
때문이라 하리라.
밤에 취하고, 밤을 사랑하고, 밤을 즐기고, 밤
을 탄미(嘆美)하고,
밤을 숭배하고—밤에 나서 밤에 살고, 밤 속에
죽는 것이 아시아의 운명인가.

아시아의 침묵과 정밀과 유적(幽寂)과 고담(枯
淡)과 전아(典雅)와 여운과 현회(玄晦)와
유영(幽影)과 후광자 또 자미 제호미(醍醐味)
—는 아시아의 밤 신(神)들의 향연의 교향악
은 악보인 저.
오! 장엄하고 유현(幽玄)하고 신비롭고 불가사의
한 아시아의 밤이여—

태양은 연소하고 자극하고 과장하고 오만하고

군림하고 명령한다.

그리고 남성적이요, 부격(父格)이요, 적극적이요

공세적이다.

따라서 물리적이요, 현실적이요, 학문적이요, 자

기 중심적이요, 투쟁적이요, 물체적이요, 물질적

이다.

태양의 아들과 딸은 기승하고 질투하고 싸우고

건설하고 파괴하고 돌진한다.

백일하에 자신 있게 만유를 분석하고, 해부하고,

종합하고, 통일하고,

성한 줄만 알고 쇠하는 줄 모르고 기세 좋게 모

험하고 제작하고 외치고 몸부림치고 피로한다.

차별상에 저회(低廻)하고 유(有)의 면에 고집

한다. 여기 뜻 아니 한 비극의 배태(胚胎)와 탄

생이 있다.

   제가 갖고 있는 예전의 책에 수록된 그대로를 옮겨 현재의 문법과는 차

이가 있는 점 양지하기 바랍니다.

   /아시아는 밤이 지배한다. 그리고 밤을 다스린다./

   남자는 여자가 지배한다. 즉, 남자는 여자가 지배하지만 다스리기는 남

자가 여자를 다스린다는 것이지요.

앞에 예로 든 '세상은 남자가 지배하지만 그 남자를 지배하는 것은 여자' 라는 말을 기교적으로 시어화한 것 같지요.

/밤은 아시아의 마음의 상징이요, 아시아는 밤의 실현이다/

여자는 남자의 상징이요, 남자는 여자의 실현이다.

우리 생활에서 일상적으로 드러나는 의미 그대로이지요.

/아시아의 밤은 영원한 밤이다. 아시아는 밤의 수태자이다./

남자의 여자는 영원한 여자다. 남자는 여자의 수태자이다.

/밤은 아시아의 산모요, 산파이다./

더 이상 연구도 분석도 설명도 필요 없지요. 여자가 남자의 산모며 산파라는 사실은 누가 알려주지 않아도 자연스럽게 아는 것이니까요.

/아시아는 실로 밤이 낳아준 선물이다./

'남자는 실로 여자가 낳아준 선물이다.' 라는 내포성이 참 흥미롭지요. 역설적으로 보면 여자가 여자의 선물을 준비한다는 의도도 깔린 문맥 같지요.

/밤은 아시아를 지키는 주인이요 신이다./

여자에 대해 생각하는 시인의 견지를 읽을 수 있는 문맥이기도 하지요. 주인이며 신을 운운한 것은 역사적 관점에서 비롯된 듯하며, 여자에 의해 길러진다는 의미인 것 같네요.

/아시아는 어둠의 검이 다스리는 나라요 세계이다./

문맥에서 느끼는 시인은 남자로 태어나 산 인생이 순탄하지 못했던 듯싶네요. 물론 일제 치하의 삶이었으니 오죽했겠냐고 이해도 가지만요. 어둠

의 검이 다스리는—정신적 고뇌나 번뇌를 동반하는 게 인생이기에—나라
요 세계라 한 것 같네요.

　/아시아의 밤은 한 없이 깊고 속 모르게 깊다./

　남자는 평생을 살아도 여자를 모른다고 하지요. 여자들의 그 변화무쌍
함, 그 깊은 속 등등. 시인은 그러한 면면들을 매개물화된 여자의 속성과
실제 밤이라는 낱말에 포함되어 있는 뉘앙스까지 이입한 것 같네요.

　/밤은 아시아의 심장이다. 아시아의 심장은 밤에 고동한다./

　재미있는 표현이지요. 여자는 남자의 심장이다. 남자의 심장은 여자에
고동한다. 여자의 심장도 마찬가지로 남자에 의해 고동치겠지요. 그래야
역사가 종결되지 않을 테니까요.

　/아시아는 밤의 호흡기관이요, 밤은 아시아의 호흡이다./

　남자는 여자의 호흡기관이요, 여자는 남자의 호흡이다.

　상부상조라고 하면 너무 타산적인 듯하고, 동고동락하며 공생하는 절
대적 관계를 나타내고자 한 것 아닐까요. 호흡하지 못하면 인생은 끝이니
까요.

　/밤은 아시아의 눈이다. 아시아는 밤을 통해서 일체 상을 뚜렷이 본다./

　여자는 남자의 눈이라서 남자는 여자를 통해 모든 것을 명확히 하게 된
다는 듯한데, 여자의 역할과 남자의 역할이 있어 남자가 세상을 지배하지
만, 그 남자를 지배하는 것은 여자라는 논리처럼 동고동락하는 생으로 분
담하는 여자의 역할이 남자의 선택을 보다 분명하게 한다는—삶에 대한—
이성적 견지를 피력한 것 같네요.

/올빼미 모양으로—/

올빼미는 밤에 활동하는 새지요. 밤에 올빼미를 보면 그 빛나는 눈을 볼수 있는데, 그러한 은유적 의미 같네요.

/밤은 아시아의 귀다. 아시아는 밤에 일체 음을 듣는다./

어떤 식으로든 남자는 여자에게 영향을 받게 마련이라는 의미 같고, 그러므로 남자는 여자에 의해 좌우된다는 것 같기도 하네요.

/밤은 아시아의 감각이요, 감성이요, 성욕이다./

인간이 성장하며 자연스럽게 이성을 동경하게 되고 남자는 모성애에 대한 향수처럼 여자에 대한 감각적 · 감성적 동요를 소유하지요.

/아시아는 밤에 만유애를 느끼고 임을 포옹한다./

남자는 여자를 통해 만유(萬有: 우주 간에 있는 온갖 물건)애(사랑)를 느끼고 포옹한다.

/밤은 아시아의 식욕이다. 아시아의 몸은 밤을 먹고 생성한다./

여자는 남자의 식용이라는 의미는 어찌 보면 육체적 생리에 국한되는 듯해 적나라한 표현 같지만, 근원적 시각에서 볼 때 죽을 때까지 멈출 수 없는 세월의 식욕이요, 영혼의 식욕인 동시에 사랑의 식욕 같은 것을 형상화한 것이라 사료되지요.

/아시아는 밤에 그 영혼의 양식을 구한다. 맹수 모양으로/

이성을 향해 대시하는 생리적 현상을 표출한 것 아닐까 싶네요. 미묘하게도 사람들의 진정한 사랑은 영혼이 통해야 맺어지는 영적 교통의 성향이잖아요.

어쩌면 연애란 태어나면서부터 예정된 영적 상대를 찾는 섭리적 요구인지도 모르지요. 서로 잘 모르던 처음에는 외모 선호적 관점일 수도 있지만, 종당에 이르면 결국은 영혼이 통하는 사람이 참사랑의 대상으로 남게 되는 정황이니까요.

/밤은 아시아의 방순한 술이다. 아시아는 밤에 취하여 노래하고 춤춘다./

여자는 남자의 향기 높은 술이다. 남자는 여자에 취하여 노래하고 춤춘다.

예전에 난센스 문제 중 "술 가운데 가장 좋은 술은 어떤 술이냐?"고 하면 입술이라고 하던 기억이 있는데, 운명적으로 떨어질 수 없는 여자와 남자의 불가분 관계라는 의식 속에 남성에게 여성이 차지하는 위치나 영향 같은 것을 말하는 듯하네요.

/밤은 아시아의 마음이요, 오성이요, 고행이다./

근원적 시각에서 본 섭리적 본성에 바탕을 둔 음양론적 이치 같네요.

/아시아의 인식도 예지도 신앙도 모두 밤의 실현이요, 표현이다./

남성의 원천적 사고는 여성을 뿌리로 한 성숙이라는 견해 같네요. 남성의 생리 그 자체가 곧 여성에 의해 조성되는 성격이라는 거죠. 어찌 보면 수컷과 암컷은 서로를 감지하는 본능적 교감 속에 저절로 발현되는 자아에 동질감을 실현하는, 일심이체적 존재라는 표현 같기도 하고요.

/오—아시아의 마음은 밤의 마음—아시아의 생리 계통과

정신 체계는 실로 아시아의 밤의 신비적 소산인 저—/

오—남자의 마음과 여자의 마음—남자의 생리 계통과 정신 체계는 실로 남자의 여자의 신비적 소산인 저—

인간의 근원적 생리 계통에 준해 여자를 생각하는 남자의 정신 체계로, 여자에 익숙하지 않은 순수한 견지가 강하네요. 그리고 영원히 알 수 없는 여인의 향기에 대해 스스로 소유하게 되는 남성들만의 소산 속에 여자에 대한 신비감을 말하고자 하는 것 같네요.

/밤은 아시아의 미학이요, 종교이다./

여자는 남자의 미학이요 종교다.

두 번 생각하고 싶지 않은 아주 못된 여자를 만나는 바람에 여자라면 아주 질린 일부 사람들은 고개를 흔들지도 모르겠네요. 하지만 시간이 흐른 뒤에 돌아보면 시의 내용처럼 미학이요 종교 같은 시절도 있었다는 것도 느낄 것입니다.

/밤은 아시아의 유일한 사랑이요, 자랑이요, 보배요, 그 영광이다./

시인이 생각하는 여자의 관점까지 표현된 것 같지요. 또한 냉정함도 드러나고요. 과장성이 아닌가 싶기도 하고 어찌 보면 아부적 요소가 보이는 것도 같지만, 사랑에 대한 남자의 진실을 자세히 들여다보면, 남자가 진정 사랑하는 것은 여자가 유일할 수도 있지요. 특히 총각 시절의 강도는 더할 나위 없지만 가족을 꾸려서도 결론은 마찬가지라고 할 수 있거든요.

아이들이 더 사랑스러운 듯하며 약간의 변화나 권태기 따위를 느낄 때는 거부 반응을 일으킬 수도 있지만, 노부부들 이야기를 들어보거나 그들의 실태를 보면 인정할 수 있는 문맥이지요.

열 효자보다 아내나 남편이 낫다는 우리네 속담처럼, 청춘 시절보다 나이 들수록 더 애틋한 그 무언가가 부부 사이에 존재하는 한, 여자는 남자의 유일한 사랑일 수 있는 것이지요.

자식을 사랑하지 않는 부모 없다지만 "자식들이 무슨 소용이야. 다 필요 없어." 하듯, 자식에 대한 사랑은 이성에 대한 사랑과는 근본적으로 다른 것이라서 의미도 차이가 있는 것입니다. 굳이 구분하려 든다면 사랑하는 사람과의 유일한 관계에서 생산된 자식에 대한 애정일 뿐이라는 거죠. 즉, 자식을 더 사랑하는 것 같은 표현이나 행위 그 자체도 유일한 사랑에서 파생된 곁가지 같은 사랑 아니겠냐는 뜻이지요. 그러므로 자식들도 성장하면 자기들의 유일한 사랑을 위해 존재하게 되는 것이지요.

/밤은 아시아의 영혼의 궁전이요, 개성의 터요, 성격의 틀이다./

여자는 남자의 영혼까지 잠식하는 성향이 있지요.

/밤은 아시아의 가진 무진장의 보고이다. 마법사의 마술의 보고와도 같은—/

여자는 남자의—가지각색의(다양한)—무진장의 보물창고로, 마법사의 보물 창고 같다는 의미겠지요. 마법사 같은 여자의 변화나 성향 등 남자를 현혹시키는 다양한 매력 포인트에 대한 표현 같네요.

/밤은 아시아요, 아시아는 곧 밤이다./

영적인 결합에 대한 견해인 듯도 하지요.

/아시아의 유구한 생명과 개성과 성격과 역사는 밤의 기록이요,/

어떤 여자를 만나느냐에 따라 남성의 인생이 좌우된다는 말을 비롯해,

암탉이 울면 집안이 망한다는 등 많은 생각을 하게 하는 문맥이네요. 여자의 성향에 의해 많은 것이 달라질 수도 있다는 경고성 메시지도 포함된 듯하고요. 어쩌면 무서움의 일종을 표현한 것인지도 모르겠네요.

/밤 신의 발자취요, 밤의 조화요, 밤의 생명의 창조적 발전사—/

신은 모습을 나타낼 수 없어 어머니가 신의 역할을 대신하는 거라는 말이 있는데, 그런 성격의 문맥으로 여자라기보다는 어머니 같은 성향을 그린 부분이라 사료되네요. 어차피 여자가 어머니가 되는 섭리처럼, 여자에 의해 생명이 탄생하듯 여자의 생명이 남자의 창조적 발전사까지 좌우되는 것 아니냐는 거죠.

/보리— 아시아의 상하 대지와 물상과 풍물과 격과 문화—/

남자의 사회적 지위나 명성에 따른 격과 문명에 기여하는 따위들을 말하는 것이 아닐까 싶네요.

/유상무상의 일체상이 밤의 세례를 받지 않은 자 있는가를—/

남자는 어떤 식으로건 여자의 영향을 받게 되지요.

/아시아의 산맥은 아시아의 물의 리듬을 상징하고/

산맥을 살아온 맥으로 본다면 남자가 살아온 인생의 맥은, 뭇사람의 평판(물의)에 의한 리듬을 상징하고.

/아시아의 물의 리듬은 아시아의 밤의 리듬을 상징하고/

남자의 물의(뭇사람의 평판) 리듬은 남자의 여자의 리듬으로, 동질성을 공유하는 리듬이라는 뜻 같네요.

/아시아의 딸들의 칠빛 같은 머리의 흐름은 아시아의 밤의 그윽한 호흡

의 리듬—/

남자의 딸들의 칠빛 같은 머리의 흐름이란 상호간에 이성을 동경하는 원
초적인 의미가 아닐까 하네요. 그러므로 남자와 여자는 같은 호흡의 리듬
을 형성한다는 결론으로요.

/한 손으로 지축을 잡아 흔들고 천지를 함토(含吐)

하는 아무리 억세고 사나운 아시아의 사나이

라도 그 마음 어느 구석인지 숫처녀의 머리털과

도 같이 끝 모르게 감돌아드는 밤물결의 흐름

같은 리듬의 곡선은 그윽이 내리어 흐르나니— /

시적 기교에 의한 것인지 책을 출판할 때 행의 나열 상 어쩔 수 없이 위와
같이 나누었는지 알 수 없지만, 조사나 어미들로 인해 행을 나누어 설명하
기 힘들어 한 연을 몽땅 하나의 행위처럼 두었네요.

아무리 강한 남자라 해도—모성에 대한 본능적 견지처럼—여성을 끝없
이 갈구하는 원초적 그리움 같은 것이 존재하여 남성들은 끝없이 여성의
리듬이나 곡선을 향해 빠져든다는 섭리적 조화를 형상화한 것이라 사료된
답니다.

/그리고 아시아의 아들들이 자기를 팔아 술과 미와 한숨을 사는/

/호탕한 방유성도, 감당키 어려운 이 밤 때문이라 하리라./

남자들이 일반적 성향을 나타낸 문맥 같지요. '자기를 팔아' 라는 의미는
남자들이 은연중 풍기는 허세의 종류인 듯하며, 나머지는 상대적 성에서

비롯되는 그리움이나 소산의 무게 같은 것들을 감당하기 어려워 고뇌하게 되다는, 지극히 상식적인 관점을 피력한 것 같거든요.

/밤에 취하고, 밤을 사랑하고, 밤을 즐기고, 밤을 탄미하고,/

/밤을 숭배하고— 밤에 나서 밤에 살고, 밤 속에 죽는 것이 아시아의 운명인가./

여자에 취하고, 여자를 사랑하고, 여자를 즐기며, 여자를 탄미하고, 여자를 숭배하고—여자에게서 나서 여자와 살고, 여자 속에 죽는 것이 남자의 운명인가.

/아시아의 침묵과 정밀과 유적과 고담과 전아와 여운과 현회와 유영과 후 광자 또 자미 제호미—는 아시아의 밤 신들의 향연의 교향악은 악보인 저./

* 유적(幽寂) : 깊숙하고 고요함

고담(枯淡) : 서화 · 문장 · 인품 등이 속되지 않고 아취가 있음.

전아(典雅) : 규구(規矩)에 맞고 아담함. * 규구: 그림쇠

현회(玄晦) : 검을 현. 그믐 회, 어두울 회.

유영(幽影) : 숨을 유, 그윽할 유. 그림자 영, 형상 영.

자미 : 자양분이 많고 맛있는 음식.

제호미(醍醐味) : 쇠젖에 갈(칡)분을 타서 쑨 죽 맛.

결코 속되지 않은 남자들의 각종 운치나 배경, 기호적 취향마저도 남자의 여자 신들의 향연을 위한 교향악의 악보 같은 것인가.

/오! 장엄하고 유현하고 신비롭고 불가사의한 아시아의 밤이여—/

* 유현(幽玄) : 사물의 이치 또는 아취가 헤아리기 어려울 만큼 깊음.

감탄할 만큼 장엄하고 도무지 헤아릴 수 없는 불가사의한 남자의 여자여.

/태양은 연소하고 자극하고 과장하고 오만하고 군림하고 명령한다./

태양이란 곧 저마다의 뜻(기상이나 희망, 추구하는 가치, 목적 등등)을 형상화한 시어가 아닐까 하네요. 그러므로 뜻은 스스로 연소하고, 자극도 하고, 때론 과장도 하고, 더러는 오만함을 드러내기도 하며, 군림하고, 이루라고 명령도 하지요.

/그리고 남성적이요, 부격(父格)이요 적극적이요, 공세적이다./

/따라서 물리적이요, 현실적이요, 학문적이요, 자기중심적이요, 투쟁적이요, 물체적이요, 물질적이다./

뜻의 보편적 생리를 피력한 거라 여겨진답니다.

/태양의 아들과 딸은 기승하고 질투하고 싸우고 건설하고 파괴하고 돌진한다./

뜻의 상투적 기질이지요.

/백일하에 자신 있게 만유를, 분석하고, 해부하고 종합하고 통일하고/

뜻을 경주하는 삶이라서, 뜻하는 자체가 생의 의미라는 것이겠지요.

/성한 줄만 알고 쇠하는 줄 모르고 기세 좋게 모험하고 제작하고 외치고 몸부림치고 피로한다./

뜻은 품는 것이라 때론 제 분수를 잊기도 하고, 착각도 하며, 괴로움에 스트레스를 받기도 하지요. 젊은 시절은 특히 열정적으로 뻗치는 기운이 왕성해 쇠퇴하는 줄도 모르지요. 그래서 좀 망가질 정도로 자제력을 잃기도 하고 객기 같은 것도 부리지요.

/차별상에 저회(低廻)하고 유(有)의 면에 고집한다. 여기 뜻 아니 한 비극의 배태(胚胎)와 탄생이 있다./

'차별상에 저회하고 유의 면에 고집한다' 는 신분이나 재산, 지위 등등에 급급해 하고, 나름 생각하는 모양을 갖추고자 한다는 의미인 듯하네요.

'여기 뜻 아니 한' 이란 앞문장의 의미 그대로 사회적 신분 상승을 꿈꾸고, 부를 축적하려 애쓰고, 명예를 탐하는 등의 욕구를 말하는 유의 고집으로, 그러한 욕심을 갖고 이루려 하기에 뜻하지 않은 비극도 잉태하고 결과로 나타난다는 말이겠지요.

　* 저회 : 낮을 저. 돌아올 회, 피할 회.

　배태 : 아이를 뱀, 새끼를 뱀,

이상님의 시가 "추상적이다, 상징적이다, 난해하다." 하고, 김수영님의 시 역시 이상님의 시처럼 "어렵다, 난해하다."고들 하는데, 오상순님의 시는 과연 어찌 소화했을까 궁금하네요.

주해를 보면 사상 위주로 노래했다고 했는데, 진정 사상 위주로 노래한 작품이라고 치부할 수 있는 내용일까요?

운율 시와 무운 시도 구별하지 못하는 전문가들은 구체적으로 어떤 내용인지, 장르적 특성에 입각해 형상화된 운율은 무엇인지 제대로 파악하고 주해를 붙인 걸까요?

내재된 운율도 제대로 파악하지 못한 채 "주지적이다, 사상적이다, 추상적이다, 상징적이다."라고 하면 전문가의 소임을 다하는 건가요? 잘못된 지식의 오류로 인해 정신적 피해를 입는 것에 대한 책임은 없는 거냐고 묻는 거랍니다.

작금의 대한민국 시 교육은 이러한 행태이지요. 〈오감도 1〉에서 설명했듯 추상적·상징적이라고 매김된 시 문장에서 운율을 파악해보면 아주 다른 데도요.

김영랑님의 시 〈모란이 피기까지는〉은 탐미적일 수 없지요. 그러나 어떤가요. 탐미적이라 해도 잘못을 규명하지 못하는 교육이 이루어지고 있기 때문에 탐미적인 시가 될 수 있지요. 이와 같이 실제 시인이 형상화한 운율과 거리가 먼 주장이 마치 문학적·학술적 진실인 듯 통할 수 있는 게 대단히 잘못된 우리 교육의 현실이지요. 실상을 들여다보면 고상한 가치나 되는 양 포장하는 기술의 일환에 불과한 것 같은데요.

시인이 창의적·독창적 기교로 아무리 운율적 형상화를 하면 뭐합니까! 이해를 돕겠다는 이들의 비평이나 논평, 주해 혹은 설명 따위의 분석이—운율의 정체를 정확히 몰라—마구 왜곡하는데요. 이런 왜곡적 폐단은 하루라도 빨리 고쳐야 하지 않겠습니까.

시에 관한 한 전문가라는 사람들마저도 장르적 특성을 제대로 몰라 시의 본질을 훼손하는 행위를 하면서도 그것이 잘못인지조차 모른다는 사실은 참으로 안타까운 일이 아닐 수 없으니까요.

8. 김지향

비는

- 김지향

비는 하나씩 불안을 벗어 던졌어

비는 하나씩 인습을 벗어 던졌어

비는 하나씩 속력을 벗어 던졌어

비는.

그날

떨어지던 모체이후(母體以後)

마음을 비비는 순간

보다 생활을 얹는 시간으로

꿈을 꿰는 감동

보라 시계를 보는 형안(炯眼)으로

헤엄치는 머리속 질주(疾走)

보다 만지는 손가락의 정착(定着)으로

놓여나는 신경의

분자(分子).

잠이 들었던 비는

하나씩 풀리는

잠이 들었던 비는

하나씩 끝내는

잠이 들었어 여기

비의

평강(平康)

　김지향님에 대해 거의 모르는 상태에서 이 시를 보았고, 몇 편 읽으며 시에 대해 깊은 이해를 갖고 쓰신 분이라는 생각이 들더군요. 시를 제대로 숙지하고 쓰는 시와 그렇지 못한 시는 문장 속 여러 부분에 걸쳐 나타나기 때문에 바로 파악되거든요.

　/비는 하나씩 불안을 벗어 던졌어/
　눈물은 흘릴 적마다 하나씩 불안한 요소들을 털어냈어.
　개인적 요소들을 딛고 일어서 강해지는 모습이지요.
　/비는 하나씩 인습을 벗어 던졌어/

눈물을 경험하게 될 때마다 인식적인 면도 탈피하게 되었어.

사고가 확장되는 가운데 때가 묻는 만큼 달라지는 자기주장의 확립인 동시에, 사회적 요소들에 대한 반발감 같은 것들도 포함되겠지요.

/비는 하나씩 속력을 벗어 던졌어/

눈물이 늘어날수록 스스로의 판단도 빨라져 각양각색으로의 사고 범위가 증대되어 갔다는 것이며, 또한 인간으로의 성장 속도에 비례해 성인으로 사회를 보는 관점이나 범위에 도달했다는 의미일 수도 있겠지요.

성숙해져 간다는 의미에 대한 역설적 문맥 같기도 하고, 순수를 잃어 가는 인간들 의식에 대한 고찰 같기도 하네요.

체험은 많을수록 능숙하게 대처하게 한다는 실제 경험을 근거로 많은 이야기를 담은 문맥 같네요.

/비는/

여기서 비는 인생사에서 결코 작지 않은 눈물이 아닐까 하네요. 마음을 바꾸게 한다든지, 사고 자체를 부쩍 성숙하게 만드는 사건의 눈물처럼 큰 의미가 부여되는 인간적 이야기들을 종합적으로 말하는 낱말 같거든요.

크게 눈물짓게 하는 사연들이 인생에 끼치는 영향은 지대하다고 볼 수 있지요. 사고를 확장시키거나 견지의 폭이 달라지기도 하며, 변화하는 생각에서 조장되는 인식의 깊이까지도 발전 가능하기에 결코 단순하다고만 할 수 없거든요.

/그날/

누구에게나 있는 특별한 날쯤으로 생각하는 것이 좋을 듯하네요. 문맥상 시인이 기교를 가미해 행을 배치한 연이지요.

/떨어지던 모체이후(母體以後)/

사고가 독립하는 시기 정도가 아닐까 싶네요. 세부적으로 생각한다면 누구나 감지할 수 있는 어느 시절부터이겠고요.

/마음을 비비는 순간/

가장 쉬운 이해는 애정이 싹트는 것 같은 순간이 아닐까 싶네요. 스스로 하나의 객체로 서려는 시기쯤이라고 여기면 무난할 듯하고요.

/보다 생활을 얹는 시간으로/

현실적 실현을 추구하는 견지겠지요,

독자적 견해로 자신을 꾸려나가는 생활의 방편에서 성숙하고 온전한 객체의 세월을 말하는 것이겠지요.

/꿈을 꿰는 감동/

이상을 흠모하거나 동경하는 감동.

/보라 시계를 보는 형안으로/

보라, 시계(세상)를 판단하는 빛나는 눈으로.

/헤엄치는 머리 속 질주/

두뇌에 연상되는 각종 현란한 소산들의 난무.

/보다 만지는 손가락의 정착으로/

주시하다 움켜쥐어 내 것이라 인식하여 마치 내 것인 양 되므로.

/놓여나는 신경의/

산적하는 신경의, 즉 비가(눈물이) 되듯이 골머리 아프게 나의 짐이 되어,

인생의 무게로 압력을 행사하기도 해 신경 쓸 수밖에 없는 브분들.

/分子/

신경 쓰이게 하는 인생사의 다양한 성격의 분자, 삶의 구성원을 이루는 하나하나의 의미들을 분자로 한 것이라 사료되네요.

/잠이 들었던 비는/

잊고(방치되어) 있었던 눈물은.

/하나씩 풀리는/

숙성되어 완만해지거나 회상에서는 현실로 닥쳐 느끼든 때와 달라진다는 변화의 상태로 이해의 폭이 넓어진다는 의미겠지요.

/잠이 들었던 비는/

잊고 있거나 예전만 못한 감흥이나 흥취라서 방치되어 망각하므로 눈물은.

/하나씩 끝내는/

하나씩 망각해간다는 것 아니면 직설적 의미로, 끝끝내는 하나씩 수긍을 한다는 결과라서.

/잠이 들었어 여기/

완전히 인지해 자기화되었다든지 기억에서 아주 사라지거나 큰 의미가 되지 않아 가볍게 치부해버린다는 것이며, 여기라는 의미는 현실 세계의 살아있는 삶에서인 듯하네요.

/비의/

눈물의.

/평강/

평안.

성숙, 확장, 포괄적이 되어가는 등등 인간의 사고의 발달 과정을 인생의 내면에 견주어 성찰해본 내용인 것 같지요.

아파서 흘리는 눈물이지만, 울고 나면 후련해지기도 하고 차츰 희석되기도 하는 결과라는 점에서 착안한 시상 포착으로, 보편적 인간 생리의 리듬에 철학적 사고와 감성적 보합성까지 구축해, 이성과 감정이 교차하는 인생사의 많은 감흥을 함축적으로 형상화하는 데 성공한 작품이라 사료되네요.

시답지 않은 작문들과 달리 멋진 시들은 읽으면 읽을수록 스스로 빛을 발한답니다. 그래서 시는 깊이 빠져들게 하는 매력이 있지요.

운율이라는 정체는 이성적 견지를 추구하는 보편적 인간사의 일반적 논리성과 결속력을 지녀, 인간적 정서로 부여된 교감적 생리에 동반되는 섭리적 동질성처럼, 근본적 시각으로 인식되는 진리적 진실의 형태와 유대를 이루는 자연적 소산(所産) 같은 것이지요.

〈비는〉을 사랑했던 사람과의 이별의 아픔으로 처음 흘리는 눈물로 한정해 예를 든다면, 울며 하나씩 벗어 던지는 상심 속에 새로운 각오도 생기고 세상을 넓게 보는 시야도 생성되며, 단순했던 사랑에 대한 견지도 달라질 수 있듯, 인생은 체험을 통해 자신을 보고, 깨달으며, 정립해 나가, 결국 눈물의 경험을 통해 인식의 폭이나 이해의 농도가 결정된다는 말을 하는 거죠. 즉, 마음의 비나 영혼의 비 등으로 형상화된 비(눈물)이기 때문에 실제 내리는 비(rain)와는 무관한 시어라는 뜻이지요.

마지막 행은 인생을 마치는 눈물의 의미는 아닐까 싶기도 하고요. 우리네 풍속에 인생은 결국 눈물 속에 떠나고 그 다음의 평강이라 할 수도 있으니까요. 그리고 달리 보면 이렇게도 정리할 수 있지 않을까 합니다.

1연은 상처 속에서
2연은 순수 속에서
3연은 현실 속에서
4연은 회상 속에서
5연은 결말.

바람이 돌아온다
－김지향

달빛에 허연 뼈를 뽑아들고
길 모퉁이에 비켜 서 있다.
흰 옷 입은 나무들의 그림자가
밤을 썰어내는 톱질 소리를 내며
구멍 뚫린 공간을 빠져 나간다.
시간을 쏠아 먹는 좀벌레가

발소리를 이고 땅 밖을 기어간다.

귀가 게우는 개구리 소리를

둑 목아지에 걸어두고

품팔이 갔던 바람이 돌아온다.

조용하다

달이 툭 땅 가득 떨어질 뿐

바람이 문 빗장을 풀고 들어갈 뿐

아무일도 일어나지 않는다.

'감각적인 언어파의 계열에 속하는 작품'이라는 주해가 달려 있는데, '감각각인 언어파의 계열'이라는 것이 구체적으로 무슨 뜻이며, 그것이 어떤 문학적 의미라는 것인지 알 수가 없어 답답하지요. 학문적으로 우수하다는 칭찬인지, 학술적 견지에서 판단해볼 때 대단히 뛰어나다는 것인지 도무지 모르겠다는 거죠.

이와 같은 주해를 보면 이런 생각도 들더군요. 남들은 다 아는데 나만 실력이 부족해 모르는 건가? 감각적 언어파라는 장르가 있는 것인가요? 아니면 이해도 감각적이어야 한다는 말인가요? 다른 분들은 구체적으로 아세요? 전 그게 몹시 궁금하답니다. 전 도무지 구체적으로 이해를 못하겠거든요. 이런 질문한다고 오해는 하지 마세요. 제가 영민하지 못해 진심으로 배우고자 구하는 질문이니까요.

바람이 돌아온다

제목부터 운율적으로 형상화된 구어체 시임이 드러나지요. 바람(바램)이 돌아오다. 즉, 희망하던 어떤 일이 결과가 돌아와 어떤 결정이 났음을 알게 되었다는 거지요. 좀 더 구체적으로 설명한다면 등단을 하기 위해 신춘문예에 작품을 접수했는데 그 결과를 알게 되었다는 거죠.

/달빛에 허연 뼈를 뽑아 들고/

희망이 망가진 정신적 의지를 형상화한 것이라 할 수 있지요. 좌절로 솟아나는 한숨 속에 정신적 반감이나 자신의 능력 부족에 대한 견해 같은 것을 형상화한 것이라 해도 무방하겠고요.

/길 모퉁이에 비켜 서 있다./

바람을 추구할 때와 다르게 자신감을 잃어, 자신이 가던 길모퉁이에서도 물러나 있음이지요. 시인의 길이라면 등단을 못해 시인이라는 칭호로 불리는 길이 아니라 그저 시를 쓰는 길에만 있을 뿐이라는 거죠.

/흰 옷 입은 나무들의 그림자가/

겨울의 옷(눈)을 입은 나무 그림자나, 달빛에 떨어지는 나무 형상의 그림자라기보다는 순수하거나 깨끗한 이지의 정신적 소산의 그림자이겠지요. 만약 전자라면 운율적으로 형상화된 문맥이 아니라 은유적으로 묘사한 내용이라, 시인의 시라 하기에는 조금 부족하니까요.

/밤을 썰어내는 톱질 소리를 내며/

좌절 같은 나약함이나 힘겨움 같은 것들을 조각조각 토해낸다는 의미지요. 대단히 공들여 작품을 완성한 많은 나날 속에 이야기들을 하나하나 회상하게 하는 소산적 의식을 나타낸 문맥으로 보이네요.

/구멍 뚫린 공간을 빠져나간다./

99퍼센트 성공을 자신했었다 해도 결국은 불행하게 구멍처럼 뚫린 1퍼센트의 공간이겠지요. 즉, 실패라는 결과의 공간이지요.

/시간을 쏠아 먹는 좀벌레가/

어떤 일이 있어도 무심이 흐르는 세월이지요.

/발소리를 이고 땅 밖을 기어간다./

실패라는 흔적만 남기고 정신적 굴레를 훑어간다는 의미 같네요.

/귀가 게우는 개구리 소리를/

귀가를 '집으로 돌아간다' 는 의미로 보면 도전하기 전의 자신의 모습이겠지요. 그러나 신체의 일부인 귀로 분석해 귀가 게우는, 즉 들어 알고 있는 것을 토하는 개구리소리로 본다면, 정신적 산만함으로 생성되는 각종 어려운 상황이 떠오른다는 의미가 아닐까 여겨지지요.

/둑 목아지에 걸어두고/

제방 둑이나 논둑 등의 둑 같은 것으로 자신의 삶이 감당할 수 있는 어느 선, 즉 '자신이 살아온 인생 둑의 모가지쯤에 걸어두고' 라는 뜻이지요.

/품팔이 갔던 바람이 돌아온다./

생을 걸고 도전하는 인생의 품이지요. 비록 실패는 했지만 원하던 바를 이루고자 도전했던 바람(바램)의 결과가 성과 없이 돌아온 것이지요. 역설적으로 보면 '생을 걸고 다시 도전해야 할 바람(바램)이 다시 인다' 가 되는 것이겠고요. 다시 시작하고 싶은 의지 같은 것이 일어난다는 말일 수도 있거든요. 그러나 운율적 통일성 생각해보면 전자가 더 부합되지요.

/조용하다./

묻어두어야 했다는 결과라는 이야기겠지요. 즉, 성공하지 못했다는 거지요.

/달이 툭 땅 가득 떨어질 뿐/

실망스런 결과에 정신적 투지나 사기가 저하되었다는 투라고 할 수 있지요. 달을 한 달 두 달 하는 달로 본다면, 투고한 후의 그 한 달이 기대나 희망, 바람 같은 것들과 함께 버려지는 열매처럼 너무 쉽게 떨어지는 것이라는 아쉬움의 표현일 수도 있을 것이고, 실패를 인정하면 실패는 그저 지나간 하나의 추억으로 저만치 멀어져 땅에 떨어져 있을 뿐이라는 의미도 될 수 있겠지요.

/흰 옷 입은 나무들의 눈이 깨어져/

순결한 작품들의 진가를 알아주지 못해 기대가 무너진 결과라는 거겠지요.

/사방에 흰 빛을 뿌릴 뿐/

단순히 보면 세상이 백지처럼 하얗다는 것 같은데, 실패라는 충격이 던지는 고민과 번뇌 속에 이는 정신적 변화의 빛을 뿌린다는 것이겠지요.

/바람이 문 빗장을 풀고 들어 갈 뿐/

내 바람이 형상화된 문빗장이지요. 시인이 되는 길의 등용문 같은 문빗장이므로 바람(바램)이 재도전의 의지를 부추길 뿐, 아니면 다른 바람(바램)으로 전환해 사고의 빗장을 여는 용기나 투지를 불러일으킬 뿐이라는 것일 수도 있겠지요.

/아무일도 일어나지 않는다./

실패를 했기에 아무 일도 일어나지 않는다는 거죠. 세상의 변화도 없고 주위 사람들의 동정도 그대로이다. 성공을 했다면 범인에서 시인으로 신분이 바뀌어 사회적 칭호도 달라지는데 실패했기 때문에 범인 그대로 있다는 거죠. 어차피 실패의 번뇌나 고민 속에 변화는 자기 자신뿐인 것 아니겠어요.

〈바람이 돌아온다〉는 시인이 등단하기 위한 과정에서 겪은 실패라는 상황에서 시상을 포착해 쓴 구어체 시라 사료되지요.

목마(木馬)와 숙녀

-박인환

한잔의 술을 마시고

우리는 버어지니아 울프의 생애와

목마를 타고 떠난 숙녀의 옷자락을 이야기한다.

목마는 주인을 버리고 거저 방울소리만 울리며

가을속으로 떠났다. 술병에서 별이 떨어진다.

상심한 별은 내 가슴에 가볍게 부서진다.

그러한 잠시 내가 알던 소녀는

정원의 초목 옆에서 자라고

문학이 죽고 인생이 죽고

사랑의 진리마저 애증의 그림자를 버릴 때

목마를 탄 사랑의 사람은 보이지 않는다.

세월은 가고 오는 것

한때는 고립을 피하여 시들어 가고

이제 우리는 작별하여야 한다.

술병이 바람에 쓰러지는 소리를 들으며

늙은 여류 작가의 눈을 바라다보아야 한다.

······등대······

불이 보이지 않아도

그저 간직한 페시미즘의 미래를 위하여

우리는 처량한 목마 소리를 기억하여야 한다.

모든 것이 떠나든 죽든

그저 가슴에 남은 희미한 의식을 붙잡고

우리는 버어지니아 울프의 서러운 이야기를 들

어야 한다.

두 개의 바위틈을 지나 청춘을 찾은 뱀과 같이

눈을 뜨고 한 잔의 술을 마셔야 한다.

인생은 외롭지도 않고

그저 잡지의 표지처럼 통속하거늘

한탄할 그 무엇이 무서워서 우리는 떠나는 것일까.

목마는 하늘에 있고

방울소리는 귓전에 철렁거리는데

가을 바람 소리는

내 쓰러진 술병 속에서 목메어 우는데—

  박인환님의 작품들 중 가장 유명한 한 편으로, 전쟁에 관한 시라고 들었
는데 전 서정시라고 분석한답니다.

  먼저 제목인 〈목마와 숙녀〉를 좀 더 구체적으로 분석해본다면 '결정과
현재'가 형상화된 의미이지 않을까 싶네요.

  /한잔의 술을 마시고/

  한 잔의 술이 알코올로 만든 술이라면 직접적으로 서술하는 문장이 되므
로 함축적 · 내포적 문장 속에 형상화된 운율이 내재되어 있어야 한다는 장

르적 특성에 어긋나지요. 그러므로 이 문맥이 시의 문맥으로 하자가 없으려면, 여기서 한 잔이나 술은 형상화된 한 잔이나 술이어야 하는 것이지요. 만약 시인이 정말 누군가와 있었던 술자리 상황을 사실 그대로 묘사·서술한 거라면 함유적·외연적 의미만 존재하는 문맥이라서, 형상화된 운율의 정체를 구체적으로 규명할 수 없게 되니까요.

시와 운율의 관계상 운율이 존재하지 않는 문장은 시라 할 수 없는데, 단순히 한 잔의 술을 마신다는 의미는 극히 일상적인 행위에 불과한 내용이 되지요. 기분 나빠 한잔, 기분 좋아 한잔, 심심해서 한잔 등등의 문맥처럼 그저 낱말이 결성됨으로 해서 의미가 포함되는 함유적·외연적 뜻만이 존재하는 형태라서 결국은—운율적으로 형상화된 언외(言外)의 의미는 없으므로—시인의 시라 하기에는 부족한 문장이 된다는 말이지요.

함축적·내포적 문장과 함유적·외연적 기법은 이렇게 구체적인 변별성이 있기 때문에 시는 반드시 함축적·내포적 작법이어야 하는 것이지요.

/한 잔의 술을 마시고/가 언어적 의미 그대로 직접적으로 묘사·서술한 내용이 아니라면, 함축적·내포적 문장 속에 운율적으로 형상화된 언외의 의미를 찾아야 하겠지요. 이 문맥에서 시어로 가장 훌륭한 운율적 요소를 지닌 낱말은 '술'이라 할 수 있지요. 그렇다면 술로 형상화된 한 잔의 의미는 무엇일까를 고민해봐야지요.

술이라는 낱말이 지닌 상징성은 다양하게 표현될 수 있지요. 즉, 보는 식견이나 각도에 따라 다양한 상징성을 지닌 낱말들을 그대로 사용해서는 안 된다는 뜻이지요. 다시 설명하면 시의 문장은 다양하게 드러나는 상징성을 운율의 통일성에 필요한 하나의 의미로 구체화해야 한다는 말이지요. 상징적인 의미 그대로를 서술하거나 묘사하는 기법은—소설이나 수필 같은 일 반적 문장처럼—문맥에 포함된 함유적·외연적 의미의 통일성 위주로 완 성하는 언어적 의미의 기법이니까요.

〈목마와 숙녀〉는 분명 시이지요. 시라면 반드시 운율이 존재해야 하므로 단순히 알코올을 희석해 만든 술을 마신다는 언어적 의미의 문장이 아니라 는 얘기가 되지요. 알코올로 만든 술을 마신 사실을 직접적으로 서술한 내 용이라면 장르적 특성상 진정 시인의 경지에 도달한 시인의 시라 할 수 없 으니까요. 그렇다면 장르적 특성에 부합되게 형상화된 운율의 통일적 의미 를 찾아야 되겠지요. 그래야 시인이 독자들에게 하고 싶은 말이나 전달하 고픈 의도 등 함축적·내포적 문장 속에 내재된 진실을 구체적으로 알 수 있는 것이니까요.

이 시에서 시인이 인위적으로 형상화한 술은 어떤 내포성을 지니고 있는 걸까요? 전 오늘의 매개물이지 않나 싶네요. 즉, '한 잔의 오늘을 마시고/ 가 된다는 말이지요. 한 잔을 분석하면 하나이거나 한 사람 또는 한 생의 의미도 될 수 있는 것이지요.

/우리는 버어지니아 울프의 생애와/

버지니아 울프가 전쟁에 관한 소설을 썼든 안 썼든 상관없이, 버지니아 울프의 생애가 인상적인 삶의 소재로 비유되는 견지인 동시에 문학적 견지 의 주제로 삼는다는 뜻도 되겠지요.

/목마를 타고 떠난 숙녀의 옷자락을 이야기한다.

이 시의 핵심 단어인 목마는 운율의 통일성상 '결정'의 매개물이라 사료 되지요. 목마가 결정의 매개물로 형상화된 것이라는 저의 분석은 꿈보다 해몽이 좋은 것일 수도 있겠지만, 구어체 시의 조건을 갖출 수 있는 시어로 '결정' 보다 어울리는 낱말을 찾을 수 없어 결정으로 했답니다. 시인이 인위적으로 형상화하고자 한 목마의 뜻이 '결정' 이라면, 운율적으로 형상화된 의미는 결정을 타고 떠났다는 뜻이지요. 그리고 숙녀는 현재의 매개물로 곧 결정을 타고 떠난 현재의 시점을 화제로 삼는다가 되는 것이지요.

/목마는 주인을 버리고 거저 방울소리만 울리며/

결정은 '주인을 버리고, 그저 여러 종류의 애수나 연민 고뇌의 (방울)소리만 남기고' 가 되겠지요.

/가을속으로 떠났다. 술병에서 별이 떨어진다./

가을은 추억의 매개물로 결정된 순간부터 추억이 되는 정황이지요. 그리고 별은 희망이나 꿈같은 것의 매개물이 되지요. 그러므로 추억이 되어가기에 결정을 모태로 한 오늘의 집에 사는 꿈이나 희망 같은 것들은 점점 희미해지고 허물어진다는 것이겠지요.

/상심한 별은 내 가슴에 가볍게 부서진다./

접어야 하는 상심의 꿈이 가볍게 부서진다는 것이지요. 이미 어느 정도 지난 일이라 많이 깎이고 열정도 식었다는 뜻도 되겠죠.

/그러한 잠시 내가 알던 소녀는/

이 문맥에서 '그러한' 이라는 운율적 의미는 대단히 뛰어난 기량의 결과물이지 않나 하지요. 마치 독특하고 특별했던 경험 속에 결정된 일련의 상황 하에 그 시절이 전부였었다는 함축성이 엿보이거든요. 또한 소녀는 과거의 매개물인 것 같지요. 그러므로 '결정에 따라 온 그러한 잠시 내가 알던 과거' 라는 뜻이 되지요.

/정원의 초목 옆에서 자라고/

가슴 속 정원의 한 곳을 말함이겠지요. 만약 정원이라는 의미가 인생의 정원—결혼할 경우 일부일처제의 법적 제도 내에서의 정원—즉, 동반자라면 동반자 옆에서 자란다는 뜻이 되어 동반자의 초목 옆 자리가 되는 것이겠지요.

지금은 다른 주인이 있건 없건, 어쩌면 인간의 사고는 열정적으로 사랑했던 연인에 대한 추억을 완전히 망각하지 않는다는 말을 하고 싶은지도 모르겠네요. 그러한 기억을 바탕으로 시나 소설 같은 문학 작품이 창조되기도 하니까요.

/문학이 죽고 인생이 죽고/

이 행은, 그 다음 행과 앞 행을 연결 지어 생각해야 할 듯합니다. 어찌 보면 세태를 비하하는 태도이거나 연치에 몰려 꺾어지는 의지를 말하는 것일 수도 있으니까요.

/사랑의 진리마저 애증의 그림자를 버릴 때/

어떤 한때는 사랑이 진리처럼 여겨져 거의 지배되기도 하는데, 그러한 과정을 지나옴으로 해서 결국 애증의 그림자까지 버리는 여유도 생기지요. 운율적 의미를 조금 더 숙고해본다면 사랑이 열정의 매개물이라 할 수도 있을 것이고, 진리는 강도를 형상화한 것으로 생각해본다면, 열정의 강도마저 견지(애증)의 잔재(그림자)를 버릴 수 있다는 것 같지요.

/목마를 탄 사랑의 사람은 보이지 않는다./

결정을 내린 열정의 사람은 볼 수 없다는 것이니, 앞의 행들과 연결 지어 생각해보면 결국은 한 세대가 가고 교체된 세대가 새로운 장을 연다는 것인 동시에, 과거에 묻힌 열정의 강도에 대한 그리움의 농도마저도 보이지 않는다는 것이겠지요.

/세월은 가고 오는 것/

이미 젊음은 가고, 나의 젊은 시절만큼의 젊음의 장은 여전 후배들이 채우고 있다는 섭리의 무상함이지요.

/한때는 고립을 피하여 시들어가고/

젊은 한때 완강하게 추구하던 고집 같은 것을 꼬집는 것 같기도 한데, 운율적 진의는 문학하는 사람으로서 문단의 흐름에 맞추거나, 애인 사귈 나이에는 애인을 두고, 결혼할 나이가 되면 결혼하는 등 인식 같은 것을 추종하여 세상의 보편적 기호에 맞추어 살아가는 성향을 말하는 것 같거든요. 인생은 어차피 고립 속에서도 시들어가고, 고립되지 않은 상태에서도 마찬가지지요. 그러나 비록 시들 때 시들더라도 고립을 피하여 시들어가려 하는 것이 인간의 의식이지요.

/이제 우리는 작별해야 한다./

기호적 측면의 성향에 맞추어 나름 좋은 방향으로 어울려 가지만, 어울리다가도 언젠가는 작별해야 한다는 숙명 하에 사는 인생이라는 운명적 요소가 배어 있지요. 잊힐지언정 한때나마 간직하고 있다는 자체만도 사랑의 일부이지만, 이젠 그마저도 허용할 수 없는 때가 도래한다는 의미일 수도 있겠지요.

/술병이 바람에 쓰러지는 소리를 들으며/

오늘의 집이 바람(바램)에 쓰러진다, 즉 덜 익고, 덜 이루어져 남은 바람(바램)의 아쉬움들이 쓰러지는 소리를 낸다는 것이지요.

/늙은 여류 작가의 눈을 바라다보아야 한다./

작가 버지니아 울프의 작품 속에 녹아 있는 눈이겠지요. 한 세대를 대표할만한 인물로 형상화된 생애의 눈으로, 모두가 늙어 가는 세월에 따라 적응해 온 결과에서 순리적 사고로 결론을 얻어야 하지 않느냐고 하는 듯하네요.

……등대……

버지니아 울프(Virginia Woolf)는 《등대로(To the Lighthouse)》라는 작품을 쓴 작가이지요. 화해를 추구하는 《등대로》라는 작품과 연관 지어 생각해야 할지 고민이 되기도 하지만, 시는 문장화된 문맥 속에 내재된 운율이 요체이기에 '등을 댄 상태가 지니는 의미 그대로 두는 것이 좋다고 생각하네요.

바닷길을 밝히는 '등대'는 낱말만으로도 상징적 의미나 연상되는 분위기적 요소 같은 것들이 있지요. 그러나 이 시의 '등대'는 바닷길을 밝히는 등대(lighthouse)가 아니라 인간들끼리는 서로 등을 대고 산다는 뜻인 등대로, 어떤 식으로든 서로 손잡고 협력하며 미래를 구축해야 한다는 희망성 구축이지 않나 여겨진답니다.

/불이 보이지 않아도/

등대 불이 아니라 정신적인 열정이나 정열 같은 불이므로 곧, '지표나 목표, 희망 따위를 밝히는 불이 보이지 않아도'라는 뜻이겠지요.

/그저 간직한 페시미즘의 미래를 위하여/

막연히 품고 있는 페시미즘(염세관, 염세주의)의 미래를 위해, 즉 지표나 희망의 달성 같은 목표가 명확히 드러난다 해도 낙관적이랄 수만은 없는 인간의 길이라서, 다시 설명하면 어차피 죽게 되어 있는 운명이기에 염세주의적 미래라 한 것 같네요.

/우리는 처량한 목마소리를 기억해야 한다./

희망이나 바람의 달성도 분명하지 않은 삶을 살아가는 상태라서 처량한 결정이라 하는 것이겠지요. 결국은 잊히고 사라져가는 결정이기에 그때까지 만이라도 우리는 추억의 소리를 기억해야 한다.

인생에는 그저 간직하기만 한 채 애태우다 소멸시키는 것들도 헤아릴 수 없지 많지요. 어쩌면 말로 다할 수 없는 것들이 너무 많아 문학이 탄생했는지도 모르지요.

/모든 것이 떠나든 죽든/

인간사는 늘 과거의 심지로 현재에 불을 켜 미래를 밝히려 하는 목적으로 살기에, 과거라는 심지는 시나브로 퇴색되어 가는 편이고, 현재는 늘 미래로 떠나는 여정에 떠밀려가면서도 적채되는 성향이라, 적채에 해지는 옷고름을 느낄 때쯤이면 인생은 결국 길지 않게 느껴지도록 되어 있지요. 주위의 모든 것이 떠나고 사라지게 되어 있으니까요. 젊은 시절엔 그러한 면면들을 그다지 깊이 생각하지 않아 거의 등한시하다가 나이 들어가면서 어느 때가 되면 확실히 느끼게 된다고 할 수 있거든요.

오빠에서 아저씨로 칭호가 바뀌는 주변의 시선 그대로 젊음은 언젠지 모르게 저만치 떠나가 있고, 죽은 듯 살아 있는 추억의 것들도 망각하고 있었다는 사실을 상기하게 되는 때가 오지요.

/그저 가슴에 남은 희미한 의식을 붙잡고/

인간의 미래는 확정된 것이 없기에 오직 지나고 나서야 복귀할 수 있는 생리라서, 그저 막연히 남은 불완전한 의식을 붙잡고 세월에 떠밀려가는 편이기도 하지요. 어찌 보면 지나치게 염세적인 표현인 듯도 하네요.

/우리는 버어지니아 울프의 서러운 이야기를 들어야 한다./

버지니아 울프 개인 이야기를 간략히 소개하면, 13세 때인가 어머니가 작고하셔서 아버지가 재가를 했는데, 어려서는 이복 오빠에게 성행위를 요구받은 정신적 충격으로 인해 정신병원 신세도 지고, 울프에게 시집간 후 작품 활동을 하다 사십대에 강물에 뛰어들어 자살한 것으로 기억하네요.

그녀의 작품 《등대로》의 내용은 가족 간의 이해관계와 화해를 이루는 과정을 다루었다고 볼 수 있는데, 배를 저어 등대섬으로 가면서 부자지간에 이해를 통해 화해의 결말을 이끌어내는 작품이라고 알고 있지요. 그러나 이 시에서는 이러한 울프의 생애에 관련된 실제 이야기를 들어야 한다는 뜻은 아니지요. 버지니아 울프의 서러운 이야기는 단지 시인이 인위적으로 형상화하는 운율에 필요해 인용한 것뿐이니까요.

/두 개의 바위틈을 지나 청춘을 찾은 뱀과 같이/

결코 만만치 않은 인생사의 한 단면을 은유적으로 묘사했다는 생각이 드네요. 흑백 논리나 양이 있으면 음이 있는 이치 따위의 배타적 양면성 같은 단단한 틈을 지나 자신을 찾은 지혜로.

/눈을 뜨고 한 잔의 술을 마셔야 한다./

세상을 보는 식견으로 맞이한 한 생의 오늘을 넘겨(마셔)야 한다.

두 행을 종합 분석하면 헛된 삶을 살지 말라는 의도인 듯하면서도 비관적인 듯해 역시 염세적으로 보이지요. 그러나 반전을 시도한 거라 사료되기도 하지요.

/인생은 외롭지도 않고/

어떤 견지를 갖고 있느냐는 견해차로 결정되는 문맥이라고 할 수도 있지만, 시인은 희망적 메시지를 담으려 의도적으로 보편적 논리를 이입하려 한 것 같네요.

외롭다고 느끼면 외롭고, 아니라고 하면 아닐 수 있는 것인데, 누군가와 서로 등을 대고 있다면 외롭지 않은 거겠지요.

/그저 잡지의 표지처럼 통속하거늘/

재미있는 문맥이지요. 새 책의 표지로 신선한 이미지나 깨끗함이 떠오르기 보다는 마치 한참 지난 잡지의 표지처럼 연상이 되잖아요. 그러나 시는 연상을 위한 글이 아니지요. 연상에 머무는 문장은 최고로 잘 써야 무운 시 범주를 벗어나기 어렵지요.

잡지의 표지가 통속적인 것인지는 알 수 없지만, 운율적 의미는 보편적 인생사의 속성을 솔직히 말했다기보다는 어느 정도 생을 살아본 경륜으로 여과한 인간사의 가시적 속성을 형상화한 문맥이라 사료되지요.

/한탄할 그 무엇이 무서워서 우리는 떠나는 것일까/

여기서 떠난다는 의미는 변화를 의미하지 않나 싶네요. 한탄할(맞지 않는) 그 무엇이 무서워서(버거워서) 우리는 변해야 하는 것인가 정도로요.

/목마는 하늘에 있고/

결정은 하늘이 하는 거란 뜻이겠지요. '모사재인 성사재천' 이라는 듯이요.

/방울소리는 귓전에 철렁거리는데/

지나가버린 인생사의 이야기는 뇌리에 맴도는데, 아니면 인생의 과거사는 자꾸만 회상이 되어 영혼을 두드리는데.

/가을 바람 소리는/

과거 바람(바램)의 잔재는.

/내 쓰러진 술병 속에서 목메어 우는데—/

내 쓰러진 오늘의 집에서 숨 막혀 우는데.

　인생은 세월의 나그네지요. 수명이 정해진 인간들의 생은 마치 장구한 세월 속에 잠깐 왔다 가는 나그네처럼 살다가며 많은 결정의 순간을 맞지요. 이성을 향한 마음이 너무도 절절이 동요되는 이끌림에 사랑이라 믿는 결정을 하기도 하지만, 내가 원하지 않아도 어쩔 수 없이 결정되는 이별을 경험하기도 하지요. 때론 결정을 후회하기도 하면서, 본인의 판단에 의해 결정의 전기를 써 나가는 것 같지만, 본인의 의지와 상관없이 돌출되는 결과들을 보게 되면 꼭 그렇지만은 않은 것 같기도 하지요. 지상의 주민으로 사는 인간의 생리적 섭리 자체가 결정의 추위로 생성되는 형국처럼 세월은 늘 결정을 강요해, 결정을 내리기 몹시 어려울 때는 더러 운명으로 치부하며 고뇌하기도 하는 것이 인간의 속성이지요.

　시와 운율의 관계상 시는 반듯이 운율적으로 형상화하는 장르라서 〈목마와 숙녀〉에 형상화된 운율을 파악해보면, 운율의 구체성은 이렇게 파악되지요. 그러므로 〈목마와 숙녀〉는 전쟁을 형상화한 내용이 아니라 인생을 고찰한 구어체 시라 할 수 있지요.

9. 신석정

시에 대한 논문이나 비평, 해설 따위를 보면 어떤 생각을 하시나요? 구체적으로 증명할 수 없는 추상성이나 상징성 위주로 취급하는 현재의 논지를 그대로 믿으시나요? 다시 말하면 일반적으로 쉽게 접할 수 있는 해설이나 주해 등이 시를 이해하는 데 실질적으로 도움이 된다고 생각하시나요? 아니면 장르적 특성을 정확히 모르고 운율적으로 내재된 의미 역시 잘 모르니까 그저 전문가들이라는 사회적 명성이나 학자라는 신분에 무게를 두어 해설이나 주해의 진의보다는 약력을 인정하며 그런가 보다 하십니까?

아마 후자의 성향이 대부분이지 않을까 짐작하지요. 저도 단순히 교육받은 지식만을 신뢰하던 한때는 가르치는 분들의 명성이나 사회적 신분을 존중할 수밖에 없었답니다. 잘못을 지적하고 그 잘못을 바로 잡을 학문적 지식도 없었고, 분명히 잘못된 오류임을 증명할 논리적 증거나 잘못을 입증할 구체적인 이론이 부족했으니까요.

시는 운율적으로 형상화해야 한다는 것이 장르 고유의 특성인데, 시에서 가장 중요한 요소인 운율의 구체성도 파악하지 못한 채 시에 대한 비평을 한다는 것이 과연 옳은 것이냐는 거죠. 다시 말해 시에 대한 비평이나 논문, 학문적 주제로 다룰 때, 운율적으로 형상화된 의미도 알지 못한 채 어찌 문학적·학문적 가치를 제대로 파악하고 분석할 수 있겠느냐는 말이지요. 운율은 시의 핵심 요소인데 운율의 정체를 모르면 운율의 정체를 왜곡해도 왜곡인지조차 모를 텐데요.

이제껏 제가 본 각종 시에 대한 해설이나 비평서, 논문 등을 보면 이 시는 이러이러한 운율이 구체적으로 형상화되어 있다고 제시한 후, 구체적으로 파악한 운율적 내용을 전제로 시에 대한 비평한 것은 보지 못했답니다.

예를 들어 설명한다면 김수영님의 시는 어렵고 난해하다는 비평을 하면서도, 가장 중요한 운율의 구체성은 제시하지도 않은 채 이러니저러니 왈가왈부하는 문제의 속성을 들여다보면, 시의 전부나 다름없는 운율은 파악을 못해, 운율 시인지 무운 시인지조차도 모르면서 서로 잘났다고 자기주장만 고집하는 꼴이라는 거지요.

과연 이러한 비평이나 논평이 옳은 것일까요? 제가 생각하기엔 절대 옳지 않다는 견해지요. 아니 잘못을 행하고 있다고 사료된답니다. 시인이 시로 하자가 없는 수준인지 아닌지도 모르고, 장르적 특성에 부합되는 시인지 습작 단계도 탈피하지 못한 작문 수준인지 증명도 못하며, 탐미적인 것은 어찌 알 것이며, 주지적 시라는 선언은 무슨 근거로 장담하는 것인지 이해를 못하겠다는 거죠.

시라는 문장은 운율에 필요한 낱말들로만 조직되어야 하는 것이기 때문에 시를 평가하거나 내용을 논할 때는 가장 먼저 운율적 구체성을 파악해 제시한 후 제시된 운율의 통일성을 근거로 논평을 하든, 비평하든 해야 신뢰할 수 있는 것인데, 운율의 구체성도 파악하지 못한 채 막연히 탐미적이다 주지적이다 하는 것은 학문적이지도 못하고 이성적으로도 합당하지 않지요.

사회적 지위나 교육자적 위치 같은 외적 배경—약력으로 소개되는 화려한 경력—이 학문적 가치를 보장이라도 한단 말인가요? 절대 아니지요.

누차 강조하지만 운율을 파악해야 시인이 의도적으로 니포시킨 저의나 의미 등을 알게 되어, 시라는 문장을 보다 분명하고 정확하게 이해하게 되지요. 그러면 추상적 시이니 상징적 시이니 하는 말들도 사라질 것이며, 운율 시인지 무운 시인지도 모른 채 시인의 역량이나 고양된 수준을 폄훼하지도 않을 거라 사료되지요.

문학이란 '글의 학문'이라는 뜻이기 때문에 모든 문학은 학문적 핵심 요소인 장르적 특성에 입각해 판단해야 문학적 가치가 뛰어난 작품이나 작가가 폄하되는 등의 잘못을 규명할 수 있지요. 목소리 큰 놈이 이긴다는 속설처럼 학문적 가치를 증명할 구체적인 증거—장르적 특성—도 제시하지 못한 채 그저 자기주장만 옳다고 스스로의 무지를 선포하는 행위가 오판임도 깨닫지 않을까 싶고요.

문학적 진실은—장르적 특성 같은 것을 제대로 규명하지 못해—잠시 왜곡되는 경우도 있을 수 있겠지만, 언젠가는 진실이 들어나 학문적 진리를 탐구하는 논리나 이론으로 바로 서게 되지요. 운율과 음률(리듬)이 동일한 것이라 하는 작금의 시에 대한 지식의 오류처럼—진리적이지 못해 구체적으로 증명할 수 없는 추상적 견지는—학문적 차원에서 구체적으로 증명하는 진실이 인식화되는 시기가 도래할 것이란 말이지요. 그렇게 되면 장르적 특성 같은 것들을 규명도 하지 못한 채 전문가를 자처한 사람들의 지위나 명예가 한꺼번에 무너지는 위험에 직면하게 되겠지요. 그러므로 진실이 무엇인지 규명하는 교육이 우선되어야 하는 것 아니겠습니까.

앞에 제시한 김영랑님의 〈모란이 피기까지는〉이라는 작품에 형상화된 운율적 요소가 고작 모란이 피고 지는 것에 비유한 의미가 전부인 양 파악하는 수준이 전문가적 지식의 학문적 견지라 한다면, 이 작품이 운율 시인가 무운 시인가를 묻는다면 어찌 대답할 수 있겠냐는 거죠. 운율의 정체를 모르면 대답할 수 없겠지요.

시는 분명 운율적으로 형상화해야 한다는 것이 장르 고유의 특성인데, 운율 시인지 무운 시인도 몰라 운율적 갈래도 제시하지 못한다면, 운율의 정체가 드러나야 알 수 있는 내재율이나 율격에 대한 답변은 엄두도 못 낼 일이니 전문성을 의심 받는 것은 당연한 일일 테고요.

김영랑님의 〈모란이 피기까지는〉과 이상님의 〈오감도 1〉에서 제시했듯 시에서 파악해야 할 학문적 중요 요지는 주제를 비롯해 내재율, 율격, 성격, 운율적 갈래라 할 수 있지요. 이러한 중요 요지는 반드시 운율의 정체가 드러나야 증명되는 학문적 · 학술적 증거라 할 수 있는 것이고요.

누차 강조하지만 문학이란 '글의 학문'이란 뜻이기 때문에 학문적 진실이 무엇인지를 규명해야 하는 것 역시 문학적 개요라 사료되지요.

시와 운율의 독특한 관계상 시는 반드시 운율 중심으로 형상화해야 하는 장르라서, 매개물을 이용해 시인의 광활한 정신세계를 포괄적으로 나타내는 경우가 많지요. 그럴 수밖에 없는 이유는 숙련된 기량으로 독특한 수법을 동원하지 않으면 모방의 범주를 벗어나기 어렵거든요. 이미 수백, 수천 년을 앞서 산—전 세계에 헤아릴 수 없이 많은—시인들이나 문장가들이 비슷하거나 대동소이한 창의적 문학 정신을 발휘해 작품화해보았을 테니까요.

시인의 위상은 결코 쉽지 않게 이룩된 지적 산물이라 생각되지요. 장르적 특성에 부합되는 작품인지 아닌지 증명지도 못하면서, 그저 시 같은 작품을 생산한다고 다 시인의 경지에 도달했다고 할 수 없는 것이듯, 진정 시인의 반열에 도달한 시인의 시로 부끄럽지 않은 작품으로, 시인의 시임을 증명할 수 있게 노력한 결과의 결정체라 사료되니까요.

한 편의 시를 완성하기 위해 들이는 정성과 노력을 어지 다 일일이 설명할 수 있겠습니까. 어쩌다 보면 큰 노력 없이 쉽게 쓰여지는 시도 있을 수 있겠지만 대부분은 수십, 수백 번 반복해 숙고를 거듭한 노고의 산물이지요.

노벨 문학상을 탄 영국의 대문호 예이츠도 그의 시 〈The lake isles of Innisfree〉란 작품에서 밝혔듯 "아홉 번의 두뇌 싸움의 그 단계를 쓴다."고 했지요.

저의 경우를 예로 들어보아도 한편의 시를 완성하는 데 수년씩 걸리기도 하거든요. 시상(운율)을 포착해 초고를 완성한 후부터 운율에 불필요한 낱말들을 제거하고, 운율의 통일성에 합당한 의미들인지 아닌지를 고민하며, 새로운 낱말로 바꾸거나 형상화하는 작업에 몰두해—이 정도면 세상에 내놓아도 시인의 시로 부끄럽지 않을 만하겠다고—스스로 평가하는 운율의 통일성을 이루는 데 걸리는 시간만도 짧아야 몇 달일 정도로, 장르적 특성에 입각해 통일된 운율을 완성하는 작업은 수십 년 시를 쓴 전문가에게도 결코 용이하지 않거든요. 더구나 이육사님이나 김수영님 같은 분들처럼 위험 요소를 상당히 안고 있는 저항 시 종류의 시를 쓰는 시인들이라면 더더욱 심혈을 기울여야겠지요. 그런 경우엔 불이익이나 신처적 고통 같은 것

9. 신석정 **235**

들까지도 감수하려는 각오도 되어 있어야 할 테니까요.

지적 고양이나 위상의 충만이 불러일으키는 자존심 상 비웃음거리나 희롱의 대상이 될 수 있는 작품은 출판하고 싶지 않은 것이 문인의 자존심이라면, 더더욱 장르적 특성 같은 학문적 진실을 규명하는 데 무게를 두고 작업을 해야 결과도 좋지 않겠습니까.

앞에서 김수영님의 〈눈〉이라는 작품을 보면, '얼굴에 대고 기침을 하자'라고 종용하듯 외치는 구절이 있지요! 이러한 구절은 자신감으로 가득 차 포효하듯 독려하는 것 같기도 한데, 위대하다고 느껴지지 않는가요!

김수영님의 〈눈〉이나 이육사님의 〈말〉 같은 성격의 시를 보면, 시인이 시라는 문장을 통해 표출하는 성정도 나타난다고 할 수 있지요. 김수영님의 〈눈〉을 예로 든다면 〈눈〉이라는 문장 속에—저만 그런지는 모르지만 시인이라는 독특한 신분을 걸고, 명예를 걸고, 자존심을 걸고—스스로 위상을 높이는 의지를 표출하고 있다고 생각되거든요.

문학이란 '글의 학문'이란 뜻이니까—시는 문학의 꽃이라 할 만큼—문학 장르를 대표하는 시인이라면, 최소한 문학적 진실을 증명할 수 있는 학문적 증거로, 진정 시인의 경지에 도달한 시인의 시와 습작 단계도 탈피하지 못한 작문은 판별할 줄 알아야 하지 않겠습니까. 그래야 선후배나 동료 시인들의 작품에 대한 평가도, 진실임을 입증하는 학문적 증거를 바탕으로 규명할 수 있을 테니까요.

어떤 유명한 교수는 "문학 가치의 본질은 독자성에 있는 것이다."라고 하던데, 이 말은 진정 문학이 글의 학문이라는 뜻과 일치하는 말일까요? 만약 그렇다면 학문 역시 독자성에 있다는 결론이겠지요. 독자성이 학문적 가치도 결정하나요?

　아니지요. 아무리 인기 있는 작품이라 해도 전문가들이 판단하는 학문적 가치는 인기 순위가 아니기 때문에 교육용 교재에 등재되는 작품은 인기 위주의 작품을 선정하지는 않지요.

　학문(문학)적 가치라는 것이 진정 독자성에 있는 거라면 전문가라는 이들은 왜 대다수 독자들이 모르는 학문적 소견을 전문가의 소양처럼 교육하는 거냐 말이지요. 전문가라는 이들이 쓴 글을 보면 대부분 유미주의적이니, 주지주의니 하며 구체적으로 확인할 수 없는 내용이잖아요.

　문학 가치의 본질은 독자성에 있는 것이 아니라 학문성에 있는 것이거든요. 학문적으로 접근하는 방식이 진리적 진실을 확인하는 가장 이상적인 방법이기 때문에 장르적 특성 같은 고유의 성질을 학문적 소양으로 이론화한 구체적인 논리를 예비지식으로, 문학적 가치의 진위를 규명하는 것이 가장 합리적인 이성이므로—문학박사 같은—학문적 성취자들을 전문가로 인정하는 것 아니겠어요. 그렇기 때문에 인기 있는 작품보다는 작품성이 뛰어난 작품이 교육용 교재에 등재되는 것일 테고요.

　작품성은 무엇을 근거로 규명하는 걸까요? 교육용 교재 같은 곳에 등재할 작품이라면 반드시 작품성이 뛰어나야 할 텐데, 수준 높은 작품을 선정하려면 문학적 가치를 판단할 수 있는 기준이나 근거가 있어야 납득할 수 있는 거잖아요. 작품의 가치를 증명할 수 있는 구체적인 지식이 있어야 작품성이 높은지 낮은지 규명할 수 있을 것이 아니냐는 거죠.

　문학은 글의 학문이기 때문에 전문가 지위를 획득한 시인의 시를 비롯해, 소설가가 쓰는 소설, 산문 등 모든 문학 작품은 기본적으로 장르 고유의 성질로 규명되는 학문적 특성을 충족시켜야 하는 것이지요. 여타 장르와 구별되는 장르 고유의 성질은 다른 장르와의 차별성을 규명할 수 있는 특별한 기본 요체이니까요.

시인의 인위적으로 형상화한 운율의 정체도 제대로 파악하지 못한 채 비평을 하는 일부 학자나 지식인들을 비롯해, 자신이 무엇을 잘못하고 있는지 인식하지도 못한 채 어깨에 힘주는 동료 문인들 그리고 같은 길을 걷는 학생이나 순수 문학파라는 사람들 등 모두가 장르적 특성이나 핵심 요소인 운율의 정체 같은 기본적인 예비지식은 알고 있어야 장르적 특성에 부합되는 작품을 쓰든 비평을 하든 제대로 할 것 아니겠습니까. 만약 장르적 특성을 명확히 모른다고 가정해본다면, 남의 것은 고사하고 자신이 쓴 작품이 아마추어 수준인지 습작 단계인지조차도 모른 채 시라 여길 것 아니겠습니까.

현재의 우리 교육은 산문시는 운율이 없어도 된다고—국어사전에 그렇게 정의됨—하고, 운율과 음률을 동일시하는가 하면, 시는 "추상적이다, 상징적이다."라고 할 뿐이어서 장르적 특성에 입각해 운율의 정체를 규명하는 교육은 고사하고 시인이 인위적으로 형상화해 내재시킨 운율적 의미를 파악하는 훈련도 전혀 안 되어 있지요.

학교교육 자체가 매개물을 이용해 시어화하는 의미를 구체적으로 파악해 가르치기보다는, 시어화된 낱말의 상징성이 어떠니 저떠니 하는 식이어서 시는 추상적인 것이라느니, 설명할 수 없는 문학이니 하는 따위로 호도하고 있다는 거죠. 그러다보니 그런 교육이 마치 진실인 양 학문화하는 궤변적 논리의 허위마저도 규명하지 못하는 오랜 시간 동안 시나브로 인식으로 고착화되어, 이제는 시라는 장르 자체를 곡해하도록 학문적 질서가 형성된 것은 아닐까 여겨질 정도거든요.

국어사전에서 운문을 찾아보면 [시의 형식을 갖춘 글]이라 되어 있기도 하니, 쉽게 생각하면 아마추어가 쓴 작문 수준이건 진정 시인의 경지에 도달한 시인의 시이건 그저 시의 형식만 갖춘 글이란 모두 운문이라는 정의나 다름없지요. 진정 시의 형식만 갖춘 글 전부가 운문이라면 산문이나 소설도 시의 형식으로 쓴다면 운문이 된다는 결론에 도달하지요. 즉, 시나 소설의 장르를 구분 짓는 학문적 잣대가 고작 외형적 형식어 의해 결정된다는 거냐는 말이지요.

산문 문장도 시의 형식만 빌려다 쓰면 시가 된다면, 산문시란 산문으로 완성한 문장도 시 형식으로 바꾸기만 하면 운문 문장이 되는 간단한 논리이므로 산문 작가들은 기본적으로 산문 시인의 되어 있다는 논리도 되는 거겠지요. 또한 시의 형식과 다름없는 음악 가사를 쓰는 분들 역시 기본적으로 운문 작가들이라 할 수 있겠지요. 아니 단순히 시의 형식만 갖춘 글 모두가 운문이라 한다면 등단과 상관없이 가사 작가들이 최고의 시인 아니겠어요?

운문이라는 의미가 진정 [시의 형식을 갖춘 글]이라 한다면 도무지 납득할 수 없는 이러한 어패들은 어찌 규명할 수 있는 걸까요? 제 결론은 국어사전의 오류라는 거지요.

운문이란 [시의 형식을 갖춘 글] 모두를 지칭하는 것이 아니라―운율과 음률(리듬)은 아무런 연관성도 있을 수 없으므로 시의 형식과는 상관없이―운율적으로 형상화된 시의 문장을 뜻하는 거란 말이지요.

소설 형식으로 쓰건 산문 형식으로 쓰건 시의 전형에 즌해 쓰건 오로지 운율적으로 형상화 해야 시가 되므로 자유시나 산문시도 운율이 존재하는 것이거든요. 즉, 모든 시는—형식은 아무런 상관도 없이—시와 운율의 독특한 관계상 운율적으로 형상화된 문장이냐 아니냐에 의해 결정되는 것이라는 뜻이지요. 그렇기 때문에 시를 제대로 알려면 먼저 운율의 정체를 규명할 수 있어야 하는 것이고요. 헌데 현재 대한민국의 실정은 운율의 정체를 규명하지—운율과 음률(리듬)을 동일시하는 오류가 오류인 줄도 몰라—못해 국어사전에 등재된 운문의 정의를 비롯해, 산문시에 대한 정의, 운율에 대한 정의 등등 시에 관한 정의들이 많이 잘못되어 있지요. 이 얼마나 끔찍한 실태인가요.

앞에 도무지 납득할 수 없는 어폐들을 열거했듯이 현재 시에 대한 정의들을 숙고해보면 이치에 맞지 않는 문제점들이 수두룩하거든요. 구체적으로 증명할 수도 없는 추상적 견지를 궤변으로 합리화하려는 방식이기 때문에 어폐가 많은 것 아니겠어요?

추상적·상징적 시를 설명하면 거의 어김없이 등장하는 시가 이상님의 〈오감도〉같다고 했는데—앞에 운율의 구체성을 제시했듯—이런 구어체 시를 왜 추상적·상징적 시의 대명사처럼 왜곡하고 있는지 그 원인을 추측해보면, 운율과 음률(리듬)을 동일시하는 지식의 오류를 오류인 줄도 모른 채 진리적 진실처럼 숭배하는 교육이다 보니, 형상화되어 내재된 운율의 정체를 추상적으로 느끼는 것으로만 판단하는 비학문적 결과라 여겨지거든요.

김영랑님의 〈모란이 피기까지는〉에서 모란도 형상화된 매개물에 불과해, 운율의 통일성상 모란꽃이 피고 지는 것과는 하등 관련이 없는데, 시의 이해를 돕기 위해 달아둔 해설을 보면, 모란꽃이 피고 지는 것에 비유된 작품이라는 견해로 일관하잖아요.

문학이란 글의 학문이란 뜻이니까 학문적 견지에서 생각해본다면, 이러한 주해나 설명을 읽는다는 것 자체가 참으로 슬픈 일 아닌가요. 상식적으로 생각해볼 때 운율이 내재되도록 형상화해야 하는 문장이라면 당연히 내재된 운율이 규명되어야 하는 것 아닌가요. 그런데 어찌 운율은 규명하지도 못하는 논리가 일반화되어, 어떤 작품이 운율 시인지 무운 시인지도 모르는 시대가 되었을까요.

어쩌다 대한민국의 학문이 이 지경이 되었을까요! 애국적 견지의 시를 고작 모란꽃이 피고 지는 것에 관한 고찰의 시인 양 매도해 평가 절하하지를 않나, 〈오감도 1〉 같은 구어체 시를 장르적 특성상 존재할 수도 없는 "추상적시다, 상징적 시다." 하고 왜곡하지를 않나, 진정 시인의 경지에 도달한 시인의 시라 할 수도 없는 작품이 교육용 교재에 시인의 시로 등재되지를 않나 등등. 교육은 백년지대계인데 이렇게 잘못된 작금의 세태를 전혀 모르는 현실이 너무 끔찍하지 않은가요.

현실이 이 모양인데 문학박사나 비평가, 명성을 누리는 유명 시인들 등 소위 시에 대한 전문가라는 이들은 왜 입을 다물고 있는 걸까요? 추상적으로 몰고 가는 작금의 동향이 진리적 진실이라고 인정하기 때문일까요?

전문가라는 이들이 시의 특성을 제대로 전달하지 못하고 설명하지 못해 이해를 못시킨다면 누가 그 소임을 다할 것인가요.

독자들이요!

NO!

시가 이렇게 왜곡되고 있는 데에는 시인들의 책임이 가장 크다고 여기지요. 시인들에게는 특별히 '시인'이라는 사회적 신분을 부여해 그에 따른 고유의 명예를 존중하는 것처럼, 시인들은 시인이라는 특별한 사회적 신분의 소임인 동시에 본분이나 다름없는 학문적 정의를 누구나 인정할 수 있는 논리적 증거로 증명이 되도록 분명히 정립해야 할 책임도 있다고 생각하지 않나요?

시를 쓰는 시인이 운율의 정체도 제시할 줄 모른다면, 어느 누가 장르적 특성에 입각한 토대를 확립할 것이며 진리적 진실이 토착화되겠습니까.

시인이라는 신분이 그저 시 같은 문장을 쓸 줄만 안다고 진정 시인의 경지에 도달했다고 볼 수 있는 것은 아니지요. 황소 뒷걸음질에 쥐새끼 밟힌다고, 어쩌다 재수 좋게 장르적 특성에 부합되는 작품이 나올 수도 있는 거니까요. 그러므로 시인이라면 최소한—어떤 작품이든—장르적 특성에 부합되는 작품인지 아닌지는 판단할 줄 알아야 하지요. 그래야 형상화되어 내재된 운율의 정체도 구체적으로 규명할 수 있을 테니까요.

국어사전에 등재된 운문의 정의처럼 [시의 형식만 갖춘 글]이면 모두 시(운문)가 되는 것이라면, 산문과 운문의 장르적 특성이나 작문과 시의 변별성을 구분하는 학문적 논리도 필요치 않은 채 오로지 형식만 바꾸면 산문이 되고 운문이 되는 것이니, 산문 작가들이나 가사 작가들이 이미 쓰고 있는 글을 형식만 바꾸거나 시(운문)라 하면 시인이 되는 것인데, 굳이 그들 외에 따로 시인이라는 신분의 사람들이 있을 필요가 있는 걸까요!

일례를 들어본다면 어떤 시인은 가수 고 김광석 씨의 〈일어나〉 같은 가사는 시인의 시라 해도 작품성이 뛰어난 거라는 말을 하기도 하던데, 그런 사람의 말처럼 이미 시 형식을 갖추고 있는 가사는 운문의 정의에 부합되는 것이므로 시라고 하면 시가 되는 논리 아니냐는 거지요. 대중가요 〈일어나〉에는 운율이 존재하지도 않는데도 말이지요.

국어사전에 등재된 운율의 정의를 따르면—운율적으로 형상화되지도 않은—노래 가사에 불과한 〈일어나〉 역시 시가 될 수 있는 거지요. 시가 될 수 없다는 사실을 증명할 수 없으니까요. 더구나 국어사전에 정의된 운문의 정의에 입각해 논리를 펴면 시가 아니라고 반박할 수 없겠지요.

국어사전의 무게는 단순하지 않지요. 그러므로 잘못은 빨리 바로 잡아야 하는데 국립국어원에서조차 잘못 정의된 운율의 정체를 정확히 증명해보려 하지 않더군요.

김영랑님의 〈모란이 피기까지는〉이나 이상님의 〈오감도 1〉처럼 진정 시인의 경지에 도달한 시인들이 장르적 특성에 입각해 운율적으로 형상화한 작품을 출판해도, 장르적 특성이나 운율의 정체를 제대로 모르는 이들이 비평을 한다면 왜곡될 수 있지요. 이러한 사태는 곧 자신의 작품이 평가 절하된다거나 폄훼될 수도 있으므로—반대로 수준 이하의 작품이 실제 수준보다 높이 평가될 수도 있겠지만—시에 관한 정의를 분명히 규명하는 것은 시인들이 해야 할 시인들 본연의 임무인 동시에 본분이기도 한 거죠. 작금의 세태처럼 운율적으로 형상화되지도 못한 작품이 실제 수준보다 높이 평가되는 자체도 사실은 부끄러운 일이거든요. 미당 선생의 〈자화상〉 같은 작품이 교육용 교재에 등재되는 것처럼, 시인의 시와 습작 단계도 탈피하지 못한 수준도 구별하지 못한다는 것은 곧 장르적 특성도 정확히 알고 있지 못하다는 미개함을 입증하는 증거나 다름없으니까요.

진정 시인의 경지에 도달한 시인의 시와 시인의 시라 하기에도 부끄러운 작문 수준의 작품을 분류하지도 못하다 보니, 장르 고유의 특성과는 무관한 비평이 마치 대세인 것처럼 명성이나 인기가 작품의 수준을 대변하는 것 같은 비평이 난무하지요. 그 결과—주류가 아류에 밀려난 것처럼—시인의 시라하기에도 부끄러운 작문 수준의 문장들이 흐름을 주도하는 듯 시집으로 출판되는 혼란한 문단이고요.

가요로 작사된 가사마저 시라 하면 시가 될 수 있고, 산문 글도 시의 형식으로 바꾸면 운문(시)이 될 수 있는 작금의 논리가 진정 진리적 진실을 추구하는 자세로 적합하냐는 것이지요.

운문(시)이란 [시의 형식을 갖춘 글]이라는 국어사전의 정의가 틀리지 않은 것이라면, 시인의 시라 하기에도 부끄러운 작문 문장과 진정 시인의 경지에 도달한 시인의 시와의 학문적 차원에서 제시할 경계도 없다는 결론이지요. 형식만 시의 문장 형식이라면 모든 문장에는 운율이 존재해 운문이 된다는 것이니까요. 즉, 〈일어나〉 같은 가사가 곧 시라는 정의이니까 가사를 쓴 작사가 시인인 셈이거든요. 그 결과는 음악의 가사와 문학예술로서의 운문(시)이라는 장르는 분명히 구분이 되는 변별성조차 없이 그저 다 운문이 되는 거죠. 또한 가사와 명백히 다른 시라는 장르 고유의 특성 같은 학문적 중요 요점들 역시도 신경 쓰지 않아도 되니, 어떤 문장이 운율 시인지 어느 시인의 작품이 대표적 무운 시인지 규명할 필요도 없이, 모두 시 형식만 갖추면 운문으로 취급하면 되니 구어체 시 문장 중에서도 어느 시인의 어떤 작품이 훌륭하다는 제시조차 하지 못하지요.

시는 왜 운율적으로 형상화되어야 하는 것인지도 모르고, 시는 왜 구어체로 써야 한다는 것인지 그 이유도 알 필요 없이, 그저 시 형식을 갖춘 글이면 운문이 되는 거라는 정의이니, 운율이 내재된 문장인지 아닌지 증명할 것도 없이 형식만 시 형식을 갖추면 된다는 것이 현재의 국어사전에 정의된 운문의 결론이니까, 결국 시 형식을 갖춘 가요 가사들도 다 시(운문)가 아니냐는 거죠.

시라는 문장으로 하자가 있는지 수준이 떨어지는지 증명할 필요도 없이, 국어사전에 등재된 운문의 정의에 부합되니 분명 운문임이 입증되므로 시(운문)인 거죠. 더구나 운율을 음률(리듬)과 동일시하는 작금의 지식에도 딱 맞아 떨어지니 의심할 여지조차 없는 거죠. 잘못된 오류의 지식을 진리적 지식처럼 신뢰하고 있는 줄은 꿈에도 생각하지 못할 테니까요.

앞에서 많은 어폐와 문제점들을 제시했듯 조금만 깊게 숙고해보면 논리의 하자나 납득할 수 없는 오류들이 드러나는데도 말이지요.

백년지대계라는 교육이 바로 서야 사회나 정치도 바른 길을 가는 것 아니겠어요. 그러므로 김수영님의 시처럼 제대로 가기 위한 기침을 해야 하지 않나 합니다.

아직 촛불을 켤 때가 아닙니다

저 재를 넘어가는 저녁해의 엷은 광선들이 섭섭해합니다.

어머니, 아직 촛불을 켜지 말으셔요.

그리고 나의 작은 명상의 새새끼들이

지금도 저 푸른 하늘에서 날고 있지 않습니까?

이윽고 하늘이 능금처럼 붉어질 때,

그 새새끼들은 어둠과 함께 돌아온다 합니다.

언덕에서는 우리의 어린 양들이 낡은 녹색 침대에 누워서

남은 햇빛을 즐기느라고 돌아오지 않고

조용한 호수 위에는 이제야 저녁 안개가 자욱이 내려오기 시작하였습니다.

그러나 어머니 아직 촛불을 켤 때가 아닙니다.

늙은 산의 고요히 명상하는 얼굴이 멀어져 가지 않고

머언 숲에서는 밤이 끌고 오는 그 검은 치맛자락이

발길에 스치는 발자욱 소리도 들려오지 않습니다.

멀리 있는 기인 둑을 거쳐서 들려오는 물결 소리도 차츰차츰 멀어갑니다.

그것은 늦은 가을부터 우리 전원을 방문하는 까마귀들이

바람을 데리고 멀리 가버린 까닭이겠습니다.

시방 어머니의 등에서는 어머니의 콧노래가 섞인

자장가를 듣고 싶어하는 애기의 잠덧이 있습니다.

어머니 아직 촛불을 켜지 말으셔요.

이제야 저 숲 너머 하늘에 작은 별이 나오지 않습니까?

예전과 달라진 문법이나 띄어쓰기 등에 문제가 보이는 것은 가능한 한 예전에 출판된 그대로 옮기려 해서입니다.

어린 학생시절에 이 시를 볼 때는 "목가적인 전원 속에서 유유자적하는 자신의 모습을 한 폭의 동양화처럼 담담하게 그려놓았다. 그 그림 속에서 시인은 자연과 인생을 명상하고 있다." 이와 같은 주해가 옳으려니 해 그런가 보다 했었는데, 영시를 십수 년 연구해보고 시도 쓰며 중년의 나이가 된 지금은 다른 견해를 갖게 되더군요.

어느 날 우연히 다시 눈길을 끌어 펼쳐본 시집에서 제목을 보는 순간 먼저 떠오른 것은 1980년대 말 한때 유행어처럼 사용되던 말이었어요.

"아직은 샴페인을 터트릴 때가 아닙니다."

그러고 보니 언뜻 비슷한 의미도 지니고 있는 것 같네요! 아직 샴페인을 터트릴 때가 아니라고 하면서 선진국 운운하더니, 1997년 IMF 이후 경제는 좀처럼 회생을 하지 못하고 있으니까요.

〈아직 촛불을 켤 때가 아닙니다〉의 내용도 해방의 소식이나 일본이 머지 않아 패망한다는 풍문 따위가 들리지만, 아직은 때가 이르니 서두르지 말라는 의미입니다.

/저 재를 넘어가는 저녁해의 엷은 광선들이 섭섭해 합니다./

기울어지는 나약함 속에서도 발악을 할 수 있으니, 희망의 빛을 간직한 사람들에게 공연히 야기될 피해까지 염두에 두고 있어 아직은 발설하기를 바라지 않습니다.

/어머니, 아직 촛불을 켜지 말으셔요/

어머니는 조국의 사람들을 총칭하는 매개 역할도 하고 독립을 갈구하는 모든 사람들일 수도 있지요. 그러므로 세상 사람들이여 아직 드러내놓고 해방이 된다고 공공연히 말하진 말아요. 아직 바로 해방이 될 것 같은 희망을 크게 갖진 마세요.

/그리고 나의 작은 명상의 새새끼들이/

비밀리에 소식을 전한 사람들 외에도 나와 관련되어 정신적으로 우려가 될 정도로 해방을 위해 노력하는 사람들.

아무도 모르게 독립 운동에 관여된 사람들과 시인이 개인적으로 비밀리에 맺고 있는 친분 관계를 드러낸 문맥일 수도 있겠네요.

/지금도 저 푸른 하늘에서 날고 있지 않습니까?/

신석정님은—어떤 식으로든—개인적으로 독립을 위해 노력하는 사람들과 친분을 맺고 있었던 듯싶네요. 그러므로 시인이 걱정하는 명상의 새새끼들이 지금도 저 푸른 하늘에서 날고 있지 않느냐고 하는 것 같거든요. 즉, 자신은 비교적 정확한 소식통을 갖고 있으며 2차 대전의 전쟁 형국이 어찌 돌아가는지 변화를 어느 정도 감지하고 있다는 것 같거든요. 그래서 단언하건대 아직은 촛불 켤 때가 아니라고 하는 것이라 사료된답니다.

하늘을 조국의 광복이 형상화된 푸른 하늘이라고 생각해보면, 마음속으로 그려보는 해방된 조국의 광복을 꿈꾸고 있지 않겠느냐가 되겠지요.

/이윽고 하늘이 능금처럼 붉어질 때/

이윽고 해방이 수확할 만큼 익어갈 때.

/그 새새끼들은 어둠과 함께 돌아온다 합니다./

마음으로 꿈꾸던 해방이 현실이 될 즈음 미리 어둠을 틈타서 온다는 것이겠지요.

/언덕에서는 우리의 어린 양들이 낡은 녹색 침대에 누워서/

/남은 햇빛을 즐기느라고 돌아오지 않고/

/조용한 호수 위에는 이제야 저녁 안개가 자욱히 내려오기 시작하였습니다/

이 세 행은 그의 시 〈그 먼 나라를 알으십니까〉를 읽어보면 이해하는 데 참고가 될 것 같아 묶어서 옮겨놓겠습니다.

그 먼 나라를 알으십니까

어머니,
당신은 그 먼 나라를 알으십니까?

깊은 삼림 지대를 끼고 돌면
고요한 호수에 흰 물새 날고
좁은 들길에 들장미 열매 붉어
멀리 노루새끼 마음 놓고 뛰어 다니는
아무도 살지 않는 그 먼 나라를 알으십니까?

그 나라에 가실 때에는 부디 잊지 마셔요.
나와 같이 그 나라에 가서 비둘기를 키웁시다.

어머니,

당신은 그 먼 나라를 알으십니까?

산비탈 넌지시 타고 내려오면

양지 밭에 흰 염소 한가히 풀 뜯고

길 솟는 옥수수 밭에 해는 저물어 저물어

먼 바다 물 소리 구슬피 들려오는

아무도 살지 않는 그 먼 나라를 알으십니까?

어머니, 부디 잊지 마세요.

그때 우리는 어린 양을 몰고 돌아옵시다.

어머니,

당신은 그 먼 나라를 알으십니까?

오월 하늘에 비둘기 멀리 날고

오늘처럼 축축이 비가 내리면

꿩 소리도 유난히 한가롭게 들리리다.

서리 가마귀 높이 날아 산국화 더욱 곱고

노란 은행잎이 한들한들 푸른 하늘에 날리는

가을이면 어머니, 그 나라에서

양지밭 과수원에 꿀벌이 잉잉거릴 때

나와 함께 그 새빨간 능금을 또옥 똑 따지 않으렵니까?

"석정에게 있어 자연에 대한 사랑은 하나의 신앙이었다."라는 주해가 붙어 있지만, 저는 '자연에 대한 사랑은 하나의 신앙' 이라는 주해는 형상화되어 내재된 운율의 정체를 정확히 파악하지 못한 결과라서 그럴 것이라 본답니다. 이 시에 형상화된 운율적 진의는 독립을 갈구하는 시인의 바람과 빼앗긴 나라에 대한 그리움을 표현한 것이니까요.

이 시에서 먼 나라는 빼앗긴 나라(대한제국)이지요. 즉, 나에게 주권이 있던 빼앗기기 전의 내 나라와 비록 오래전부터 살던 내 고향 내 집에서 그대로 살고는 있지만, 불행하게도 주권을 강탈당한 지금은 주권이 없는 국민으로 형상화된 먼 나라라는 것이지요.

시인이 디디고 있는 곳은 분명 내 나라 내 강토 내 지역이건만, 주권은 빼앗겼고 해방은 요원한 것 같아 내 나라가 아니지요. 그래서 갈 수 없는 먼 나라가 되어버린 슬픔에 빨리 해방을 맞고 싶어 하는 시인의 심정을 형상화한 시이지요.

이 시에서도 어머니라는 낱말이 등장하는데 〈아직 촛불을 켤 때가 아닙니다〉에서처럼 역시 조국의 사람들을 지칭하는 것이 아닌가 하며, 능금도 다시 나오는데 새빨간 능금으로 이 행에서는 익은 사과(능금)를 수확하는 정경으로 묘사했는데, 두 행 모두 은유적으로 형상화한 문맥으로 보이지요.

/언덕에서는 우리의 어린 양들이 낡은 녹색 침대에 누워서/

어린 양들은 아이들을 지칭하는 듯하고, 낡은 녹색 침대란 일제의 수탈 속에 잃고 강제로 앗아가고 남은 땅이나 계절 같은 것들로, 아무 곳이나 누울 수 있는 해방이라는 자유로움의 표상인 것 같지요.

/남은 햇빛을 즐기느라고 돌아오지 않고/

어찌 보면 슬픔이 농축된 문맥이 아닌가 싶어요. 너무 많이 수탈당했다는 것을 잘 알아서 다시 줍는 희망의 햇빛을 찾느라 돌아오지 않는다는 것으로, 줍기가 힘들다는 역설적 표현을 담은 문맥일 수도 있지요.

/조용한 호수 위에는 이제야 저녁 안개가 자욱히 내려오기 시작하였습니다./

물밑 상황이야 잘 모르지만—진정한 대세는 잘 모르지만—겉으로는 조용한 우리 주위에, 이제야 쪽바리놈들의 위세가 패망으로 끝날 것 같다는 소식을 듣는다는 것으로, 곧 해방이 될 것이라는 소식이 번지기 시작했다는 의미겠지요.

/그러니 어머니 아직 촛불을 켤 때가 아닙니다./

그러니 세상 사람들아, 곧 해방이 될 것처럼 들뜰 만큼 좋아하기는 아직 시기상조다.

/늙은 산의 고요히 명상하는 얼굴이 멀어가지 않고/

연륜 있는 고위 인사들의 차분한 모습이 여전하고. 즉 곧 패망할 긴급 상황이라면 고위 공직자 같은 윗선의 사람들은 소식이 빨라 다른 모습을 보일 것인데 그렇지가 않다.

/머언 숲에서는 밤이 끌고 오는 그 검은 치맛자락이/

아직은 요원하게 보는 시인의 견지를 은유적으로 형상화한 것 같지요.

'밤이 끌고 오는 그 검은 치맛자락'이란, 밤을 이용해 은밀히 오가는 관련자들이 비밀리에 추진하는 독립 운동이고, 궁극적 목적은 온 세상을 덮을 해방이라는 의미로 여겨지지요.

/발길에 스치는 발자국 소리도 들려오지 않습니다./

은밀히 듣기는 하지만 실제적으로 나타나는 것은 거의 없다는 것이지요. 아니면 잠잠해졌다 등등.

/멀리 있는 기인 둑을 거쳐서 들려오는 물결 소리도 차츰차츰 멀어갑니다./

그나마 풍문으로 듣던 소문마저도 잦아드는 듯하다는 의미겠지요.

/그것은 늦은 가을부터 우리 전원을 방문하는 까마귀들이/

쪽바리들에게 동조하는 자들이 감시를 하게 되므로 해 또는 그와 같은 제재의 상황에 놓여 소식도 듣지 못한다는 말 아니겠어요.

/바람을 데리고 멀리 가버린 까닭이겠습니다./

논리상 인간의 힘으로는 부는 바람은 막을 수도, 제지할 수도 없지요. 그러므로 여기서 바람은 부는 바람이 아니라 바램의 사전적 의미인 '바람'으로, 밀정들에 의해 요주의 인물로 낙인 찍혀 감시 하에 놓인 채 통제를 받거나, 희망의 사람인 독립 운동에 관련된 누군가가 접선하러 오다가 체포된 것을 표현한 것일 수도 있겠지요.

/시방 어머니의 등에서는 어머니의 콧노래 섞인/

지금 조국의 사람들끼리는 조국의 희망을 흥얼거리는 찬가라는 의미겠지요.

/자장가를 듣고 싶어 하는 애기의 잠덧이 있습니다./

독립이라는 흥에 겨워 저절로 부르는 해방의 노래를 듣고 싶어 하는 후배(후손)들의 희망이 있습니다. 또는 모두가 주권을 회복한 조국의 품안에서 평화롭게 잠을 잘 수 있는 품안의 되새김 같은 것을 형상화한 것 같지요.

/어머니 아직 촛불을 켜지 말으셔요./

조국의 사람들아, 아직 해방이 가까이 온 것이 아닙니다.

/이제야 저 숲 너머 하늘에 작은 별이 하나 나오지 않았습니까?/

이제야 희망의 별이 뜬 시작의 상태입니다.

신석정님의 〈아직 촛불을 켤 때가 아닙니다〉 역시 시인이 언외의 의미 중심으로 형상화한 구어체 시이지요.

"목가적 전원 속에서 유유자적하는 자신의 모습을 한 폭의 동양화처럼 그려놓고, 그 그림 속에서 시인이 자연과 인생을 명상하는 것"이라는 주해와는 전혀 다르게 운율적으로 내재된 주제는 조국의 광복을 기대(가까워졌다고 느끼지만 실제로 신뢰할 만한 어떤 조짐은 피부로 느낄 만큼 드러나지 않아)하는 조심스러운 마음을 형상화한 것이니까요.

앞에서 여러 번 예를 든 것과 같이 시는 먼저 형상화된 운율의 구체성을 파악해야 시인의 의도나 주제 같은 학문적 요점들도 드러나지요. 그러므로 운율도 제시하지 못한 채 유미적이라느니 자연주의적이라느니 하는 요식 행위 같은 것들은 단순히 가시적 포장만 근사하게 하는 기만적 행위라 결코 바람직하지 않은 것이지요. 진실이 밝혀지면 거짓임이 드러나니까요.

시와 운율의 관계상—시인의—시는 반드시 운율적으로 형상화해야 한다는 독특한 제약성을 따라야 하는 장르인데, 운율적으로 형상화해야 한다는 장르 고유의 특성에 입각해 시인이 인위적으로 형상화한 운율도 파악하지 못한 채, 일반 문장을 파악하듯 단순히 언어적 의미에서 알 수 있는 것들만 제시하는 것은 대단히 잘못된 왜곡이라는 것이지요. 기본적으로 지켜야 할 장르 고유의 특성까지 무시하는 행위이니까요. 그 결과는 앞에서 제시했듯 주제까지 달라지니까요.

이상님의 〈오감도 1〉이나 김영랑님의 〈모란이 피기까지는〉에서 주제와 내재율, 율격 같은 학문적 절대 요점들을 제시했듯, 운율을 파악함으로 해서 드러나는—언외의 의미로—내재된 정체와 운율은 파악도 하지 못한 채 언어적 의미만 찾는 기존의 함유적 · 외연적 공부하고는 다른 차원이라, 주제나 성격 등 모든 학문적 요지들이 다를 수밖에 없거든요.

시(詩)와 운율(韻律)의 관계상 시는 반드시 운율적으로 형상화해야 하는 법[律]이라서 모든 것이 운율의 정체에 의해 결정되는 것인데, 운율의 정체도 모른 채 무엇인들 제대로 알 수 있겠습니까. 즉, 운율이 존재하기 때문에 운문이라고도 할 수 있는 건데요. 다시 설명하면 시를 운문이라고도 할 수 있는 것은, 운율적으로 이루어진 문장이기 때문이지 단순히 [시의 형식을 갖춘 글]이라서 운문이 되는 것은 절대 아니라는 뜻이지요. 그렇기 때문에 음악의 가사나 많은 시의 형식의 글들을 비롯해 미당 선생의 〈자화상〉 같은 작품은 운문이라 할 수 없는 것이지요.

누차 강조하지만 문학이란 '글의 학문'이란 뜻이니까, 학문적 특성에 입각해 규명하고 분석하는 것이 진리적 진실을 추구하는 학문적 자세 아니겠습니까. 즉, 시에 대해 논하거나 문학적 · 학문적 견해를 밝힐 때에는 반드시 시인이 인위적으로 형상화해 내재시킨 운율의 정체를 제시해야 함이 마땅하다는 것이죠. 내재된 운율의 정체가 드러나야 장르적 특성을 충족시킨 시임이 입증되는 것이니까요.

제가 운율적으로 형상화된 의미를 구체적으로 제시한 〈아직 촛불 켤 때가 아닙니다〉를 읽으면, 시인이 어떤 의도로 무엇을 갈구하면서 쓴 시인지 수긍할 수 있을 것이라 믿지요. 아직 촛불을 켤 때가 아니라는 언어적 의미 중심의 글이 아니라, 조심스럽게 조국의 독립을 기다리고 있다는 '언외의 의미'가 형상화된 내용이니까요. 즉, 이렇게 형상화된 언외의 의미를 구체적으로 제시해야 시를 제대로 분석했다고 할 수 있다는 말이지요.

제가 파악해 제시한 내용이 시인의 의중 그대로라는 주장은 아닙니다. 꿈보다 해몽이 좋을 수도 있는 것이니까요. 또한 맞는지 안 맞는지가 아주 중요한 것도 아니지요. 단, 시인의 시는 장르적 특성상 이렇게 구체적으로 형상화된—통일된—운율을 파악해 제시할 수 있어야 시인의 시임을 입증하는 것이란 말이지요.

시와 운율의 관계상 시의 전부라 해도 과언이 아닐 만큼 시에서 가장 중요한 요소인 운율의 정체에 대해 정확히 모르면, 시에 대한 올바른 문학적 토대가 이룩되기 어렵겠지요. 어떤 문장이 운율 시 작품인지 무운 시 문장인지 구분하지도 못하면서 시를 가르치고, 운율이 시라는 문장 속에 어찌 존재하는지도 모르는 시인들이 발표한 시집들이 판을 치고, 장르적 특성도 모르는 이들이 비평을 하는가 하면, 대한민국 현대시 백년 역사를 대표할 만한 구어체 시 작품은 누구의 어떤 작품인지 제시하지도 못하는 사람들이 감히 학문적·학술적 가치를 주도하며 학계와 문단에 영향력을 행사한다거나 좌지우지하고 있다면 어찌되겠습니까. 시인의 시라 하기에도 부끄러운 작품들이 교육용 교재에 등재되어도 창피한 줄도 모른 채 대단히 훌륭한 시나 되는 양 찬양하겠지요.

운율을 음률(리듬)과 동일시해도 잘못임을 규명하지 못하듯, 진리를 탐구하는 학자들마저도 학문적 진실을 외면하다 보니, 학문적 진실이라 하기 어려운 거짓이 진실로 둔갑을 해도 그 잘못을 모르지요. 학문적 진실인 장르적 특성에 입각해 작품성이나 수준을 증명할 수 없다보니, 미당 선생의 〈자화상〉 같은 작품이 왜 시인의 시라 하기에도 부끄러운 수준인지 입증을 못한다는 말이지요.

요즘 서점에 가본 분들은 잘 알겠지만 시라고 진열된 시집 코너의 책들을 보면, 시라기보다는 작문 수준의 글 모음집들이 대세를 이루어, 마치 그런 수준의 작품이 주류인 것처럼 장악하고 있지요.

시의 고유 특성에 부합되지 못하는 작문과 시의 차이를 구분하지 못해, 마치 아류가 주류를 압도하고 있는 것 같은 세태거든요. 이러한 현상은 결국 시의 본질을 제대로 이해하지 못한 결과가 아닐까 싶지요.

운율의 정체가 음률(리듬)적인 것으로 왜곡되다 보니, "추상적이다, 상징적이다."라고 하는 주장 역시 왜곡된 지식임을 증명하지 못한 채 신뢰하게 되는 것 아니겠어요?

이제라도 시의 장르적 특성에 입각해 제대로 연구 분석한 진실을 토양으로 질적 향상을 꾀해야 하지 않을까요.

국어사전에 등재된 정의마저도 잘못되어 있다는 사실은 대단히 큰 오류라 쉽게 납득하기 어렵겠지만, 숙고해보면 그다지 어렵지도 않은 것이라 사료되는데 저만의 오판일까요?

시와 운율의 관계상 시라는 장르에서 운율은 그 본질 요소인데 어찌 운율 없는 문장을 시라고 할 수 있겠습니까. 무운 시도 운율 중심으로 완성되어야 하는 것인데요.

사전은 굉장히 중요한 역할을 한다는 사실은 굳이 말하지 않아도 잘 아실 겁니다. 물론 국어사전도 사람들이 편찬한 것이기에 얼마든지 실수가 있을 수 있는 것이고요. 그러니 국어사전에 옳지 않게 정의된 내용이 발견된다면 하루라도 빨리 바로 잡아야 하지 않겠습니까?

10. 영시의 운율
英詩 韻律

영시 번역집들을 보면 많은 문제점을 발견하게 되고, 번역된 영시집에 내용을 제시하며 "시는 추상적이다, 상징적이다."라고 주장하는 이들을 종종 보게 되어, 운율적으로 형상화된 내용 그대로 본문에 충실한 영시 번역과 그렇지 못한 번역의 얼마나 다른지를 확인시키려 영시 한 편을 번역해놓겠습니다.

〈매정한 아가씨〉라는 제목으로 번역된 존 키츠의 시로, 앞에서 몇 행 예로 든 바도 있고, 사랑을 매개로 당시의 사회상이나 제도 등을 은근히 꼬집는 키츠 특유의 성향도 잘 나타나는 동시에 내용도 비교적 쉬워 선택했네요.

비교하기 좋도록 현재 시중에 나와 있는 번역집의 내용을 앞에 옮기고, 십 수 년 연구 분석해본 결과 옳지 않다는 결론에 다다라, 다르게 해석해야 한다는 저의 방식은 원어 바로 밑에 번역하여 놓은 후, 왜 달리 번역해야 하는지 납득하기 쉽게 주해도 첨가해보겠습니다.

매정한 아가씨(La Belle Dame Sans Merci)

-존키츠(John Keats)

1

무슨 근심 있기에, 갑옷의 기사여!
홀로 핏기 없이 서성이느냐?
호수에는 사초(莎草)도 시들어지고
새소리 그쳤는데.

O what can ail thee, knight-at-arms,
Alone and palely loitering?
The sedge is wither'd from the lake,
And no birds sing.

가인께서 작위를 승계해주심에 감사를!

저는 이 시의 제목을 위와 같이 번역한답니다. 제목이 된 이 내용이 10연
에 다시 나오는데 키츠 특유의 빈정거림이 보이는 행이지요.

미망인이 작위를 승계할 수 있도록 제도화된 사회적 틀 속에서 개인적
명예나 사회적 직위, 부 따위보다 먼저 진정 사랑하는 사람을 만나 그와 연
을 맺을 수도 있는데─육체적 욕구나 욕망에 함락되어 작위 승계를 포기할

수도 있는데—많은 유혹을 뿌리치고, 정절을 지키시며, 유명을 달리한 부군의 사회적 지위를 승계해주셨음에 축하와 격려를 보내자는 선언이고, 그 이면에 감추어진 진정한 내포성은 다음 행에 나오듯 사회적 제도와 관습 따위를 비웃는 역설적 외침이라, 〈매정한 아가씨〉라는 번역은 전혀 어울리지 않는다는 생각에, 〈가인께서 작위를 승계해주심에 감사를!〉과 같이 번역해야 한다고 여기지요.

1

기사 작위의 권력에 속한 무엇이(아름다움이) 너를 괴롭히기에

홀로 핏기 없이 서성이느냐?

호수에는 잔디도 시들어지고

노래하는 새들도 없는데

* dame : 자신이 기사가 된 부인의 이름에 붙이는 경칭.

　knight : 기사 작위.

　arm : 팔, 무기, 힘, 권력.

　sedge : 사초. [시어] 잔디.

2

무슨 근심 있기에, 갑옷의 기사여!

그다지 초췌하고 괴롬에 잠겼느냐?

다람쥐의 곳간은 가득하고

추수도 끝났건만.

O what can ail thee knight-at-arm,

So haggard and so woe-begone?

The squirrel's granary is full,

And the harvest's done.

기사 작위의 권력에 속한 무엇(아름다움이) 너를 괴롭히기에

그토록 야위고, 그토록 슬픔에 잠겨 있느냐?

다람쥐들 곳간은 가득하고

추수도 끝났는데.

3

너의 이마에 핀 백합은

타는 생각 몸살의 뜨거움에 젖고

너의 양 볼에 빛 잃은 장미

빨리도 시들어 간다.

I see a lily on thy brow

With anguish moist and fever dew;

And on thy cheek a fading rose

Fast withereth too.

격통에 젖은 이마에 발열 이슬에서

나는 그대의 순결함을 본다.

흐르는 전류의 강도에 따라 변하는 현상처럼

달라 올랐다 빠르게 시들어가는 너의 볼

* fading : 전류의 강도가 시간적으로 변동하는 현상.

 rose : rise의 과거.

4

풀 섶에서 한 아가씨를 만났지.
아름다운 모습, 요정의 아기,
긴 머리, 가벼운 걸음,
사랑에 타는 두 눈.

I met a lady in the meads,
Full beautiful-a faery's child,
Her hair was long, her foot was light,
And her eyes were wild.

나는 초원에서 숙녀를 만났지
아름다움이 가득한―요정 같은 소산(所産)
그녀의 머리는 길었고, 그녀의 발은 빛났으나,
그녀의 눈은 황량했지요.

* child : (두뇌·공상 따위의) 소산

5

나는 만들어 주었지, 꽃 족두리,
팔찌, 그리고 향내음의 허리 띠.
아가씬 사랑하는 듯 나를 보며
사랑에 겨운 신음 소리 내었지.

I made a garland for her head,
And bracelets too, and fragrant zone;
She look's at me as she did love,
And made sweet moan.

나는 그녀의 머리를 위한 꽃다발과
향기로운 띠로 팔찌를 만들었지.
그녀는 그녀가 사랑하고 있던 만큼 나에게 기울어져 있다,
감미로운 신음을 토했지.

* look : …에 기울어지다, 보다.

6

나는 달렸지, 빠른 말 위에 그녀를 싣고서,
온 종일 달려도 다른 아무것도 안 보이는 길.
그녀는 몸을 옆으로 가누며
요정의 노래하였지.

I set her on my pacing steed,
And nothing else saw all day long,
For sideways would she lean, and sing
A faery's song.

나는 나의 승용마 보측으로 그녀에게 다가갔지
그리고 바라만 보았지. 긴 하루를
비스듬히라도 기대야 했던 그녀는
한 명의 요정처럼 노래를 했지.

* set : …을 (가까이) 갖다 대다.

7

그녀는 찾았지, 나를 위하여
향그러운 나무뿌리, 산꿀
요정의 음식, 그리고 이국(異國)의 말로써
속삭이는 말 사랑한다고.

She found me roots of relish sweet,
And honey wild, and manna dew;
And sure in language strange she said-
'I love thee true!'

자연그대로의 달콤함과 영혼의 양식 이슬
그녀의 달콤한 풍미는 나를 꿈쩍도 못하게 세워두고
이국의(외국의) 언어로 그녀는 확실히 말했지.
'진실로 나는 당신을 사랑합니다.'

* root : 뿌리, 조상, 꿈쩍 못하게 하다.
  manna : 신이 주는 양식, 영혼의 양식.

8

우리는 함께 갔지, 요정의 굴로.
울며 한숨쉬는 그녀를 위하여 나는
야성(野性)에 타는 그 눈에 네 번 입 맞추고
그녀는 눈을 감았지.

She took me to her elfin grot,
And there she gazed and sigh'd full sore,
And there I shut her wild eyes
With kisses four.

그녀는 나를 그녀의 요정의 집으로 데려갔지.
그곳에서 그녀는 매우 견딜 수 없는 사모함으로
뚫어지게 보았고 그 단계에서 나는 그녀의 황량한
눈을 닫게 했지, 네 번의 입맞춤으로.

* there : 거기에, 그 단계에.

  sigh : 한숨, 탄식, 사모하다, 그리다, 동경하다.

9

그녀는 잠재웠지, 나를 그곳에.
그리하여 꿈을 꾸었는데. 이 무슨 변인고!
차가운 언덕 위에 누워
마지막 꾼 그 꿈.

And there she lulled me a sleep,
And there I dream'd -ah! woe betide!
The latest dream I ever dream'd
On the cold hillside.

그 단계에서 그녀는 잠든 듯 나를 달랬고.
그 단계 위는, 나의 꿈이었지—아! 슬픔이 인다.
최근의 꿈, 차가운 산허리에서 지금까지
나만의 꿈이었지.

10

내 눈 앞엔 창백한 왕들과 왕자
창백한 전사(戰士), 주검처럼 핏기 없는
그들이 큰소리로 말하기를,
너를 사로잡은 것은 냉혹한 아가씨.

I saw pale kings and princes too,
Pale warriors, death-pale were they all:
Who cried- 'La Belle Dame sans merci
Hath thee in thrall!'

나는 창백한 왕들과 왕자들 보았고 역시
창백한 전사들, 그들 모두 죽은듯 창백한데
누군가 소리쳤지—'자, 작위를 승계하신 가인께 감사를'
너를 노예로 맞아들인다.

* death : 죽은 모양

hath thee in : 너를 맞아들인다.

11

주린 입술 어스름 속에

무섭게 벌리며 그들은 말했지.

그리고 꿈에서 깨어 보니

나는 이 차가운 언덕에 있었지.

I saw their starv'd lips in the gloam,

With horrid warning gaped wide,

And I awoke, and found me here,

On the cold hillside.

나는 해거름에 그들의 굶주린 입술을 보았지.

무시무시한 경고를 하듯 크게 입을 딱딱 벌렸지

그리고 나는 깨어나(정신을 차려) 여기

차가운 산허리에 나를 발견했지.

* awoke : awake의 과거. 깨우다, 환기하다, (비유) 각성시키다, 자각시키다.

12

이것이 내 사연, 어찌하여
홀로 핏기 없이 서성이는가.
호수에는 사초도 시들어지고
새 노래도 그쳤건만.

And this is why I sojourn here,
Alone and palely loitering,
Though the sedge is wither'd from the lake,
And no birds sing.

나는 왜 여기에 체류하는가?
홀로 활기도 없이 빈둥거리며
잔디도 시들어 버린 호수에
노래하는 새들마저 없음에도 불구하고.

시중 서점에서 구입한 책에서 옮긴 영문 번역과 제 번역을 비교해 읽어
보면 상당히 다르다는 것을 알 것입니다.

제 번역에서는 그 시대의 사회상이며 관습 같은 측면을 구체적으로 느낄
수 있을 것이고, 또한 시인이 말하고자 하는 의도가 무엇인지, 전달하고 싶
은 의미가 무엇인지 부연 설명을 하지 않아도 잘 알 수 있을 테니까요.

영시를 연구해본 결과 대부분의 영시 본문에 형상화된 운율적 의미는 이 시처럼 이해하기 쉽고 구체적이었는데, 시중에 번역된 영시집들은 시인이 쓴 내용과는 별개인 것처럼 아주 모호한 줄거리를 형성해놓아, 무슨 내용인지 시인이 무슨 말을 하고 싶은 건지 이해하기 어렵게 번역되어 있더군요.

앞에 옮겨놓은 번역만 비교해보더라도 충분히 짐작이 갈 것입니다.

기사 작위의 승계가 보장된 미망인이 자신의 의지와 상관없이 인내해야 하는 제도적 제약을 형상화한 구어체 시라는 내용이 분명히 드러나는데, 엉뚱하게 〈매정한 아가씨〉란 제목이 붙고, 서사시가 아닌 서정시인데 문장 어디에도 관련이 없는 갑옷의 기사가 등장하기도 하잖아요.

번역하는 이들이 흔히 하는 말들 중에 하나가 번역은 제2의 창조라고들 하지만, 글쎄요. 기존의 번역을 옮긴 내용은—장르적 특성을 충족시킨 본문과 다르게—시의 장르적 특성을 충족시키지 못했는데, 이러한 번역을 진정 제2의 창조라 할 수 있는 것일까요?

시는 아주 예민한 문장이지요. 문맥상의 단어 하나만 일그러져도 운율적 의미 전체가 망가질 정도로요. 헌데 제2의 창조라면 번역자에 의해 완전히 달라진다는 의미 아니겠어요?

그래도 되는 건가요? 입장을 바꾸어 생각해보세요. 누군가가 심혈을 기울여 쓴 당신의 시를 당신이 형상화한 운율적 내용과 전혀 다르게 엉터리로 왜곡했다면, 독창적인 작품을 목적으로 창조를 한 당사자의 심정이 어떠하겠는가 말이지요.

우리나라의 일부 학자들은 외국 시인들의 작품을 예로 들어 설명하기도 하는데, 잘못된 번역인 줄도 모른 채 진실로 여기고 있는 것이라면 어찌 받아들일까요!

운율적으로 형상화된 본문 내용에 충실하기보다는—시의 전부라 해도 과언이 아닌 운율은 간과한 채—그저 번역자의 글을 만들어놓은 것 같은 번역은 제2의 창조가 아니라 명백한 왜곡이지요.

말이 좋아 제2의 창조지요. 번역은 제2의 창조라는 주장을 단순히 생각해 받아들이는 사람들에겐 합리적인 것 같이 들릴 수도 있겠지만, 내면을 들여다보면 기만이나 다름없어 일종의 범죄 행위 아니겠어요? 문학적 질서를 파괴할 수도 있고, 국민의 정서를 왜곡시키기도 할뿐더러, 학술적 견지까지 영향을 미치니까요. 대부분의 사람들이 번역자를 소개하는 거창한 약력을 무조건 신뢰하는 성향도 한몫한다고 할 수 있겠지만요.

언어도 다르고, 환경도 다르며, 생각의 괴리 같은 것들도 존재할 수 있는 외국 시문학 작품을 번역할 때는 본문 내용을 충실히 연구 분석해 시인이 전달하고자 하는 운율의 구체성을 분명히 파악한 후 번역을 완성해야 옳다는 견해지요. 우리 시에 대한 논문이나 비평, 학문적 견지도 크게 다르지 않고요.

앞에서 음수율 따위를 운율적 구조로 연구하는 성향을 한심하기 그지없는 짓이라 했는데, 국문학을 전공한 이들은 상당히 반발심이 있었으리라 봅니다. 누구에게 어찌 배운 지식인데 감히 넝마 취급하느냐고 분노에 차기도 했을 것입니다. 그러나 이미 언급했다시피 운율의 정체는 낱말이 지닌 음률(리듬)적인 것이 아니지요.

영문학을 배울 때에서도 리듬적 요소가 운율이라며 강, 약, 강, 약 또는 약, 강, 약, 강 형식이라는 리듬적 설명을 들은 적이 있는데, 이러한 추상적 견지는 구체적인 증거로 진실을 증명할 수 없는 비학문적 주장에 불과하지요. 누차 강조했듯 운율의 정체는 구체적인 것이라서 영국 시인들은 수백 년 전부터 시는 구어체(具語體: 운율이 구체적으로 형상화된 문장)로 써야 한다고 했지요.

구어체 시를 설명하기 위해 포(E. A. Poe)의 시를 예로 들어보지요.

/It was many and many years ago/

　/In a kingdom by the sea/

/오래고 오랜 옛날/

/바닷가에 왕국에 살았습니다./

서점에서 구입한 번역집에는 이렇게 번역되어 있는데, 이러한 번역은 운율적으로 형상화된 본문을 일반적 문장처럼 번역하는 것이라 잘못이라는 말이지요.

본문은 분명 함축적·내포적 문장 속에 운율이 내재되어 있어야 한다는 장르적 특성에 부합되는데, 번역된 문장은 운율 중심의 문장이 아니라 일반적 형태의 문장이니까요.

운율은 일반적 작법으로 쓴 문장에는 존재하기 어렵지요. 그렇기 때문에 시라는 문장은 반드시 운율이 존재할 수 있는 기법을 동원해야 하지요. 그렇다면 운율이 존재하도록 하는 작법이란 어떤 형태인 줄을 알아야 하겠지요.

운율이 존재할 수 있는 작법이란 우리가 익히 알고 있는 함축적·내포적 기법이지요. 그래서 시는 함축적·내포적 문장 속에 형상화된 운율이 내재되어 있어야 한다는 것이지요.

/오래고 오랜 옛날/
/왕국은 바다에 의해 감금되었지요./

예로 든 영시 〈애너벨 리〉의 1연 1, 2행의 문맥을 본문에 형상화된 운율적 통일성에 부합되게 번역하면 위 내용처럼 달라지지요. 앞에서 여러 번 강조했다시피 운율의 정체는 음악적 리듬과 전혀 무관한 것이니까요.

시중 서점에서 구입한 영시 번역집에서 옮긴 번역과 제가 한 번역을 비교해보면 많이 다르지요. 전자는 서술적 묘사 형태이고 후자는 운율이 내재되도록 형상화된 문장이니까요. 그러므로 전자는 마치 동화 형식의 작품 같고, 후자는—광활한 우주의 바다에 지구라는 왕국이 태양계 속에 감금되어 있는 것처럼—눈에 안 보이게 감금되어 버린 틀로 인해 고뇌하는 정신적 갈등의 구조지요.

시와 운율은 따로 떨어져서는 존립할 수조차 없는 관계이므로 영시건 한국 시이건—함축적·내포적 문장 속에 형상화되어 내재된 운율이 존재해야 한다는 시와 운율의 관계상 독일어로 된 시이건 서반아어로 된 시이건 모두—운율적으로 형상화되어야 한다는 장르적 특성은 일치해야 하는 것 아니겠어요?

운율적으로 형상화되어야 한다는 장르적 특성을 규명하려면 운율의 정체를 구체적으로 증명해야 하는 것이고요. 운율의 정체가 구명되어야 어떤 작품이 운율 시인지 무운 시인지 분류할 수 있을 것이고, 나아가서는 내재율이나 율격 같은 학문적 중요 소양들도 구체적으로 제시할 수 있을 테니까요.

부족하지만 20여년 시를 연구하며 축적된 지식을 노하우로 제시한 운율의 정체이며 장르적 특성 같은 학문적 진실을 비롯해, 영시나 한국 시나—공통적으로—시는 운율 중심의 문맥이어야 한다는 사실을 깨우쳤는지 모르겠네요.

운율과 음률은 전혀 상관이 없는데 동일시하는 지식이나 어떤 문장이 운율 시 문장인지, 어떤 형식의 시가 무운 시인지도 구분하지 못하며, 산문시는 운율이 없어도 된다고 정의되어—국어사전에—등재되어 있을 정도로 왜곡된 시에 대한 지식들, 부디 하루라도 빨리 고쳐져야 지대로 된 교육과 문학이 정립될 수 있는 것 아니겠어요?

에필로그

운율의 정체를 보다 구체적으로 증명하려 하다 보니 비록 유명한 시인이 발표한 작품이지만 시인의 시라 하기에 부족한 작품을 예로 들어야 했지요.

시인이 시라고 발표했을지언정 시인의 시라 하기에 부족한 작품이 미당 선생의 〈자화상〉뿐만은 아님에도 불구하고, 미당 선생의 〈자화상〉 위주로 예를 든 것은, 단지 제가 알고 있는 작품들 중 이해시키기가 가장 용이한 작품이라 사료되어서이며, 개인적 감정이 있어서는 아니라는 점을 밝혀둡니다.

본문에서 말했듯 시인은 아주 많지만 진정 시인의 경지에 도달한 시인의 시집이라 할 수 있는 작품집을 볼 수 없는 현실이라서, 일일이 다 거론할 수 없는 수많은 시인의 작품들 중 예문으로 제시해 설명하기에 가장 적당한 작품이 미당 선생의 〈자화상〉이었거든요.

이 작품은 운율의 정체를 파악하기 너무 쉬운 작품이라, 운율의 정체를 명확히 알고 있으면 /아비는 종이었다./ 같은 행을 보는 순간 판단이 서거든요. 운율적으로 형상화된 문장인지 아닌지를 쉽게 알 수 있다는 말이지요.

영시의 두드러진 특성 중의 하나는 서두에 주제를 제시한다는 것이라 배웠는데, 미당 선생의 〈자화상〉은 영시처럼 서두에 주제를 제시했다는 점도 이목을 끌었지요. 영시의―구어체 시―작법을 접목시킨 것은 아닐까 하는 생각도 갖게 했으니까요.

앞에 제시한 예문―〈자화상〉 리메이크 1―에서 볼 수 있는 것처럼, 1연에서 /아비는 종이었다. / 외에는 몽땅 운율에 불필요한 것들이라는 점은 미당 선생의 명성이나 시인이라는 사회적 신분 같은 것을 고려해볼 때 분명 실망스러운 부분이지요.

문단의 흐름이나 학문적으로 지대한 영향력을 끼치는 미당 선생의 인지도 상, 작품의 진정성을 제대로 파악하지 못함으로 인한 막대한 파급 효과에 대해서도 생각해보아야 하는 것이잖아요.

현재 교육용 교재에 등재된 많은 시들 중에 진정 시인이 경지에 도달한 시인의 시로 부족함이 없는 시는 얼마나 될까요?

교육은 백년지대계라고들 하는데 시인의 시라 할 수 없는 작문 수준의 문장들을—교재에 실어—감히 시인의 시라 가르치고 있다면 이 나라 교육의 미래가 암담하다 아니 할 수 있겠습니까.

문학이 병들면 정치, 사회, 교육 등 전반적으로 모든 면에서 병들게 되어 있지요. 국민의 정신이나 정서에도 대단히 크게 영향을 미치는 것이 문학이니까요.

시인의 시와 시인의 경지에 도달하지 못한 습작 단계의 수준을 분명히 증명하지 못하는 것은 운율의 정체를 명확히 모르는 결과라 사료되지요. 그러므로 대한민국 학계나 문단의 최우선 과제는 운율의 정체를 명확히 규명하는 일일 겁니다.